Charmed

Charmed

Zauberhafte Schwestern

Hexenhochzeit

Roman von Torsten Dewi
und Marc Hillefeld

vgs

Die Deutsche Bibliothek - CIP-Einheitsaufnahme

Charmed - Zauberhafte Schwestern. - Köln : vgs
(ProSieben-Edition)
Hexenhochzeit : Roman / von Torsten Dewi
und Marc Hillefeld. 1. Aufl. - 2002
ISBN 3-8025-2945-6

Das Buch »Charmed - Zauberhafte Schwestern. Hexenhochzeit«
von Torsten Dewi und Marc Hillefeld entstand auf der Basis
der gleichnamigen Fernsehserie von Spelling Television
ausgestrahlt bei ProSieben.

1. Auflage 2002

Lektorat: Ilke Vehling
Produktion: Wolfgang Arntz
Umschlaggestaltung: Sens, Köln
Titelfoto: © Spelling Television Inc. 2002
Satz: Kalle Giese, Overath
Druck: Clausen & Bosse, Leck
Printed in Germany
ISBN 3-8025-2945-6

Inhalt

Verschwörung des Bösen

1

DER TAG WAR sehr warm gewesen, doch als die Nacht den Abend ablöste, wurde es kühler. Zum Glück funktionierten die alten Wände des Hauses, in dem Prue Halliwell mit ihren Schwestern lebte, wie eine Klimaanlage: Im Winter hielten sie die Wärme, im Sommer die Kühle.

Prue saß, wie so oft, auf dem Dachboden des Hauses in einem Sessel und blätterte im *Buch der Schatten*. Es war eine Sammlung von Zaubersprüchen und seltsamen Zeichnungen – aber vor allem war es der Ursprung für die Kraft der Halliwell-Schwestern. Denn Prue, Phoebe und Piper waren Hexen, genannt die *Zauberhaften*, und das *Buch der Schatten* bot ihnen Schutz in der Welt der Finsternis.

Doch heute schien das Buch nicht weiterhelfen zu können. Prue seufzte. Es war wirklich wie verhext und sie wusste, wie komisch dieser Gedanke war. Es ging ja nicht nur um den Fall, in dem die Polizei sie um ihre Mithilfe gebeten hatte. Sie war auch auf der Suche nach einem Hinweis, wie sie Kontakt zu ihrer Schwester Piper aufnehmen konnte. Denn nur mit der *Macht der Drei* konnten die *Zauberhaften* feindliche Dämonen bezwingen.

Jede von ihnen hatte eine besondere magische Kraft: Prue konnte seit mehr als zwei Jahren mit der Macht ihrer Gedanken Gegenstände bewegen, Phoebe sah Visionen aus der Zukunft und Piper war in der Lage, die Zeit anhalten zu können.

Doch nur wenn die Schwestern vereint waren, konnten sie ihre magischen Kräfte ausüben. Aber das war gegenwärtig nicht der Fall. Denn vor noch nicht allzu langer Zeit waren die *Zauberhaften* von einem Dämon ausgetrickst worden. Er hatte ihnen jeweils einen Wunsch

erfüllt und dadurch eine ungeahnte Katastrophe ausgelöst. Die Konsequenz war, dass die völlig verstörte Piper mit ihrem Freund Leo aus dem Haus floh und seither unsichtbar blieb.

Prue strich sich die schwarze Haarsträhne aus der Stirn und blätterte lustlos weiter. Die Sache war wirklich verfahren. Nicht, dass sie prinzipiell etwas gegen Pipers Romanze gehabt hätte. Schließlich waren sie und Piper die beiden Halliwells, die nicht gerade mit übermäßigem Erfolg beim männlichen Geschlecht gesegnet waren. Diese Auszeichnung ging definitiv an das Nesthäkchen Phoebe, auch wenn dies eher an ihren engen Tops und ihrer leichtfertigen Einstellung zum Sex lag. Nein, Prue missgönnte Piper die Liebe zu Leo nicht. Aber Leo war ein *Wächter des Lichts*, ein Wesen aus einer anderen Dimension, erschaffen aus einem Mann, der schon lange tot war. So etwas war in magischen Kreisen strikt verboten. Diese Beziehung konnte das gesamte Machtgefüge durcheinander bringen.

Doch im *Buch der Schatten* stand einfach nichts über »magisch talentierte Ausreißer«.

»Kuckuck!«, gellte es plötzlich durch den Speicher.

Erschreckt ließ Prue das Buch auf ihren Schoß fallen.

Es war die Uhr!

Diese blöde Kuckucksuhr, die ihre Großmutter mal von einer Reise mitgebracht hatte. Das hässliche Ding mit dem noch hässlicheren Schreihals drin kam angeblich aus Deutschland.

Prue schüttelte den Kopf und wollte sich gerade wieder dem Buch zuwenden, als die Tür zum Dachboden mit einem Krachen aufgeworfen wurde.

Sie reagierte völlig instinktiv, fuhr herum und warf den Eindringling mit einem kräftigen telepathischen Stoß um. Die unbekannte Person wurde wie von einer unsichtbaren Faust drei Meter entfernt auf das alte Sofa geworfen.

Prue atmete heftig ein. Was jetzt?

Aus dem Knäuel von Kissen und Decken wühlten sich zwei schlanke Arme hoch, die zu einem ebenso schlanken wie wohlgeformten Oberkörper führten, auf dessen Hals ein zierlicher Kopf mit dichten langen Haaren saß.

»Oh Gott, Phoebe!«, flüsterte Prue entsetzt und sprang sofort auf, um ihrer Schwester zu helfen.

Sie konnte gerade noch stützend eingreifen, als Phoebe, ganz orangefarben gekleidet, sich aufrappelte. »Phoebe, bist du in Ordnung?«, fragte sie besorgt und entschuldigend zugleich.

»Geht schon«, grummelte Phoebe und schüttelte die helfende Hand ihrer Schwester ab. »Kann es sein, dass du ein bisschen schreckhaft bist?«

»Das mag sein«, gab Prue zu, »aber dazu habe ich ja wohl auch allen Grund, seit wir wissen, dass die *Triade* hinter uns her ist.«

Die *Triade* war ein Orden von Dämonen, der es sich zur Lebensaufgabe gemacht hatte, die *Zauberhaften* zu vernichten. Und da das Trio der Hexen-Schwestern momentan ein Duo war, standen die Chancen gar nicht so schlecht.

»Danke«, winkte Phoebe ab, »ich war dabei, du kannst dir die Zusammenfassung der Ereignisse also sparen. Woran du allerdings nicht sparen solltest, sind die Heizkosten. Hier drin ist es ja erbärmlich kalt. Kann es sein, dass du die Gasrechnung nicht bezahlt hast?«

Prue sah ihre Schwester verwirrt an. »Ich dachte, das ist deine Aufgabe?«

Phoebe schüttelte energisch den Kopf. Es kam selten genug vor, dass die Vorwürfe ihrer Schwestern unberechtigt waren. »Nein, das weißt du doch. Seit ich wieder zur Schule gehe und seit Piper verschwunden ist, kann ich mich allenfalls um den Club kümmern. Wir hatten uns doch geeinigt, dass du für das Haus zuständig bist.«

Prues Schultern sackten herunter. »Stimmt, richtig. Tut mir Leid. Ich rufe morgen früh die Stadtwerke an. Ich bin so froh, wenn Piper wieder zurückkommt.«

Phoebe ließ die Aussage eine Sekunde in der Luft stehen, bevor sie dagegenhielt: »Und was ist, wenn nicht?«

In den Räumen unter ihnen klingelte es. »Das ist mein Faxgerät«, erklärte Prue. Sie drehte sich um und hob das *Buch der Schatten* auf. »Wenn nicht was?«

»Was ist, wenn Piper nicht wieder zurückkommt? Vielleicht hat sie sich mit Leo endgültig aus dem Staub gemacht«, überlegte Phoebe.

Prue war zu überrascht, um darauf zu antworten. Sie hatte sich die Frage noch gar nicht gestellt. »Phoebe, das ist doch lächerlich.«

Gemeinsam machten sie sich auf den Weg nach unten.

»Nein, das ist gar nicht lächerlich«, beharrte Phoebe. »Wir haben jetzt schon seit einem Monat nichts mehr von Piper gehört und das ist doch sonst nicht ihre Art.«

»Piper wird uns nicht sitzen lassen«, sagte Prue. »Sie ist unsere Schwester. Und Leo ist ein *Wächter des Lichts*.«

»Warum hat sie sich dann noch nicht bei uns gemeldet? Sie weiß doch, dass wir uns Sorgen machen. Und sie weiß auch, dass ohne die dritte Schwester die *Macht der Drei* gefährdet ist. Während sie sich irgendwo den Rücken massieren lässt, hängen wir hier ganz schön im Wind. Wir haben Glück, dass uns noch niemand angegriffen hat!«

Es gefiel Prue nicht, aber sie musste ihrer kleinen Schwester Recht geben. »Das hat bestimmt nichts mit Glück zu tun. Die *Triade* plant etwas. Wir wissen nur noch nicht, was.«

»Genau. Und Piper ist das auch bekannt. Wo also bleibt sie?«

»Ich suche ja schon im *Buch der Schatten* nach einer Antwort«, erkärte Prue und klopfte mit den Handflächen

auf das großformatige Werk, das sie an ihren Oberkörper gepresst hielt.

»Prue, das Buch wird uns nicht weiterhelfen! Ohne Piper sind wir machtlos! Sorgst du dich denn nicht?«, fragte Phoebe.

»Natürlich«, gab Prue zu. »Und nicht nur, weil Piper vielleicht nicht wiederkommen will, sondern weil sie vielleicht festgehalten wird. Schließlich hat sie einige Hexenregeln gebrochen.«

In diesem Moment klingelte das Telefon.

»Wer ruft denn um zwei Uhr morgens hier an?«, fragte Phoebe in einer Mischung aus Sorge und Ärger.

»Wahrscheinlich Darryl«, sagte Prue.

Darryl war Inspector bei der Polizei von San Francisco. Er wusste vom Hexengeheimnis der Halliwell-Schwestern. Sein früherer Partner Andy Trudeau war Prues Freund gewesen, bis er den dunklen Mächten zum Opfer fiel.

Prue nahm das Mobiltelefon auf. »Hallo?«

Wie erwartet, schnarrte Darryls Stimme aus dem Hörer. »Prue, hast du mein Fax bekommen?«

»Ich hole es gleich aus dem Gerät«, gab Prue zurück, während sie sich auf den Weg zum Schreibtisch machte.

Phoebe folgte ihr: »Worum geht's?«

»Darryl jagt einen Mordverdächtigen, der seiner Ansicht nach mit einem Dämon im Bunde steht.«

»Wie kommt er auf die Idee?«, wollte Phoebe wissen.

Prue zog den Polizeibericht aus dem Faxgerät und gab ihn an Phoebe weiter. »Der Täter ritzt seinen Opfern ein auf der Spitze stehendes Dreieck in die Stirn und scheint sich kurz vor der Festnahme jedes Mal in Luft aufzulösen.«

»Sieht mir eher nach einer Rune aus«, murmelte Phoebe, während sie auf das körnige Photo einer Leiche mit einer geometrischen Wunde auf der Stirn blickte.

Prue nickte beiläufig und klemmte sich das Mobiltelefon zwischen Kopf und Schulter, um besser im *Buch der Schatten* nachschlagen zu können. »Ich habe es hier irgendwo schon einmal gesehen. Ist der Typ immer noch auf dem Rave in der Pier-Street?«

»Ja«, antwortete Darryl, der am anderen Ende der Leitung versuchte, den glatzköpfigen Verdächtigen in der Disco nicht aus den Augen zu verlieren. »Aber er scheint sich auf den Weg machen zu wollen. Er hat mich noch nicht gesehen. Ich denke, er will zur Hintertür raus.«

Während er sprach, fand Prue im *Buch der Schatten* die Seite, die sie gesucht hatte. Darauf war die kolorierte Zeichnung eines Dämons in Kutte zu sehen, auf dessen Stirn sich ein umgedrehtes Dreieck befand. Darüber war das Wort ›Wächter‹ zu lesen.

»Ein Portal, durch das Dämonen unschuldige Seelen rauben«, las Phoebe vor, ohne dass Darryl es hören konnte.

Sie und Prue sahen sich an. Das klang nicht gut.

»Darryl, halte dich von dem Typ fern«, sagte Prue bestimmt, obwohl sie wusste, dass es zwecklos war.

»Damit er sich noch ein weiteres Opfer holt? Keine Chance.«

Prue seufzte. »Darryl, hör zu. Anscheinend wird der Killer von einem Dämon beschützt, der als Belohnung dafür die Seelen der Opfer erhält. Den kannst du nicht aufhalten!«

Inzwischen hatte Darryl den Club durch den Hinterausgang verlassen, um seiner Zielperson unauffällig zu folgen. Jetzt stand er in einer menschenleeren dunklen Seitenstraße. Nur dumpf war noch die Musik aus dem Gebäude zu hören. »Ich muss jetzt Schluss machen. Der Typ ist gerade nicht zu sehen.«

Eine Sekunde später wusste Darryl, warum der Verdächtige nicht zu sehen war: Der Killer hatte die Feuer-

leiter erklommen und war dem Inspector direkt in den Rücken gesprungen. Darryl fiel zu Boden und sein Handy rutschte über das feuchte Kopfsteinpflaster.

»Darryl?«, fragte Prue, die ein unbestimmtes Geräusch durch das Telefon wahrnahm. Sie machte sich große Sorgen.

In der Seitenstraße nahm der Verdächtige lässig grinsend Darryls Handy vom Boden und schaltete es ab.

Prue hörte das Klicken. Das war kein Funknetzausfall. Da war etwas passiert!

Sie legte das *Buch der Schatten* und das Telefon beiseite und eilte in die Küche. »Okay, wir sind nur drei Minuten von dieser Disco entfernt.«

Phoebe war direkt hinter ihr. »Und was machen wir, wenn wir dort sind?«

Prue verstand die Frage nicht ganz. »Ich denke mal, wir retten Darryls Leben, oder?«

Sie griff nach ihrer Handtasche und den Autoschlüsseln.

»Ich meine, wegen des Dämons. Wie sollen wir den bekämpfen?«

Prue antwortete, während sie sich die schwarze Jacke über ihren weißen Rollkragen-Pulli zog: »Nach dem, was im *Buch der Schatten* steht, kann man ihn wie einen Vampir töten – mit einem Holzpflock direkt ins Herz.«

»Okay«, sagte Phoebe unsicher und während ihre Schwester schon halb aus der Tür war, warf sie einen Blick gen Himmel. »Piper, wo bist du?«

Emilio, der Killer, grinste dreckig. Er hatte es wieder einmal geschafft! Dieser Pakt mit dem Teufel war im wahrsten Sinne des Wortes eine Mordsidee gewesen. Nicht einmal die Cops konnten ihm etwas anhaben. Und dieses Exemplar würde er nun mit Freuden beseitigen.

Langsam hob er das Athame, den geschwungenen Zeremoniendolch, mit dem er alle seine Morde beging. In seinem Kopf waren die vielen verschiedenen Stimmen des Wächters zu hören.

Doch Emilio hatte die junge Frau nicht gesehen, die in die Gasse getreten war, um sich über den Hintereingang am Türsteher der Disco vorbeizuschmuggeln. Sie war in den neusten Grunge-Chic gekleidet und ihre Haare hatten mehr Farben als der Regenbogen. Sie sah den Killer kurz vor dem tödlichen Stoß und stieß einen spitzen Schrei aus.

Emilio sah auf. Verdammt!

Andererseits – zwei Opfer an einem Abend …

Er blickte zu Darryl hinab. Dieser miese Cop würde noch eine Weile brauchen, bis er aufwachte. Genug Zeit, die Kleine zu killen.

Mit ein paar schnellen Schritten nahm er die Verfolgung der jungen Frau auf. In ihrer Panik war sie nicht besonders schnell. Emilio erwischte sie, bevor sie zur Hauptstraße kam. Er riss sie herum und stieß sie gegen den Maschendrahtzaun, der das nächste Grundstück abgrenzte. Sie hatte noch nicht einmal Zeit zu schreien.

Emilio kniete neben ihr nieder. Drei schnelle Schnitte mit dem Athame und auf der Stirn der Frau war das Teufelsdreieck zu sehen. Langsam begann das Zeichen tiefrot zu glühen, als wären die Wundränder mit flüssigem Feuer gefüllt.

Wieder ertönten die Stimmen in Emilios Kopf. Sie sangen und ächzten vor Gier. Er schloss die Augen und legte den Kopf in den Nacken. Was nun kam, hatte er selber noch nie gesehen, aber er konnte es sich sehr gut vorstellen. Der ihm zugeteilte Wächter löste sich aus der Symbiose ihrer Körper und lehnte sich als schemenhafte Gestalt nach vorne. Die Seele der Toten, die nun einem zuckenden Lichtwirbel gleich

aus der Stirnwunde entwich, wurde von ihm aufgesogen.

Dann verschwand der Wächter wieder in Emilios Körper – so schnell, wie er gekommen war.

Zitternd öffnete der Killer die Augen. Das Gefühl, wenn der Wächter den Opfern die Seele nahm, war mit nichts zu vergleichen. Es war wie ein Rausch.

Nun zu diesem Cop ...

Emilio fand Darryl genau so vor, wie er ihn verlassen hatte. Der farbige Inspector war noch nicht wieder zu sich gekommen. Es würde schnell gehen.

Das Geräusch der sich öffnenden Tür zur Disco und die lauter werdende Musik lenkten ihn ab.

Was war denn nun schon wieder?

Emilio sah zwei junge Frauen, die in die Seitenstraße traten.

Hübsch.

Leichte Beute.

Doch es störte ihn ein wenig, dass sie nicht in Panik gerieten, als sie die Leiche der jungen Raverin ein paar Meter weiter liegen sahen.

Es war nicht schwer zu erkennen, was hier vor sich ging. Der Killer hatte bereits ein Opfer gefunden und Darryl sollte das nächste sein.

»Prue«, rief Phoebe.

Ihre Schwester brauchte keine Aufforderung. Mit einer Handbewegung riss sie den Mörder von Darryl weg und schleuderte ihn durch die Luft. Krachend landete er auf einem Müllcontainer.

Sofort waren Phoebe und Prue bei Darryl. Wie es schien, war er bewusstlos, aber nicht ernsthaft verletzt. Sie tätschelten ihm vorsichtig die Wangen.

Es war Phoebe, der das dröhnende Geräusch hinter ihrem Rücken zuerst auffiel. Sie drehte sich um – und

was sie sah, brachte sie dazu, ihrer Schwester unverzüglich einen Stoß in die Rippen zu versetzen. »Prue, ich glaube, ich habe den Wächter gefunden.«

Prue drehte sich um – und erstarrte.

Aus dem regungslosen Leib des Killers entstieg eine schemenhafte Gestalt – ein Dämon in Menschengestalt, mit einer Kutte und einem Dreieck auf der Stirn. Obwohl er kein stoffliches Wesen war, hielt der Wächter das Athame in seinen transparenten Händen.

»Das ist nicht gut«, murmelte Prue.

»Los, mach ihn fertig«, flüsterte Phoebe, die sich ihrer nutzlosen Kräfte in diesem Augenblick mal wieder bewusst wurde.

Zum Glück lag in der Seitenstraße genügend Gerümpel herum, darunter auch ein paar abgebrochene Stuhlbeine und Reste einer Obstkiste. Es war eine Kleinigkeit für Prue, mit der Kraft ihrer Gedanken Holzstücke in Geschosse zu verwandeln. Eines davon traf den Dämon genau in die Brust – und flog ohne jegliche Wirkung durch ihn hindurch!

Der Wächter lachte.

»Ich dachte, Wächter wären genau so zu töten wie Vampire?«, fragte Phoebe entsetzt.

»Da muss ich mich wohl verlesen haben«, vermutete Prue kleinlaut.

»Du hast was?« Phoebe war völlig fassungslos, aber ihr Gehirn arbeitete auf Hochtouren. »Die Rune in seiner Stirn. Ziel darauf!«

Prue versuchte es noch einmal. Ein weiteres spitzes Stück Holz pfiff durch die warme Nachtluft – und diesmal blieb es stecken! Obwohl der Wächter nicht körperlich existent war, wurde die Rune in der Stirn durch den kleinen Gegenstand wie ein Luftballon von einem Dartpfeil durchbohrt. Mit einem lauten Knall und einem grellen Lichtblitz verschwand der Dämon. Zurück blieb nur eine Rauchwolke.

Phoebe atmete tief durch. Das war knapp gewesen. Zwei Hexen waren eben nicht so gut wie drei. »Wenn Piper irgendwann wiederkommt«, knurrte sie, »bringe ich sie um.«

2

DIE ROTIERENDEN LICHTER der Streifenwagen tauchten die Seitenstraße in ein surrreales rotblaues Licht. Die hektische Aktivität hatte die Stille, in der Emilio seine Verbrechen begangen hatte, ersetzt. Die Polizeibeamten sicherten den Tatort. Zwei Sanitäter brachten die Leiche der jungen Frau auf einer Bahre weg. Darryl saß auf einer ausgeklappten Trage, während ein Arzt ihm mit einer kleinen Taschenlampe ins Auge schien, um die Reaktion seiner Pupillen zu testen.

»Irgendein Problem? Schwindelgefühl?«, fragte der Doktor.

Darryl schüttelte missmutig den Kopf.

»Sehen Sie klar? Kopfschmerzen?«

Darryl scheuchte ihn weg. »Ich sage doch, es geht mir gut. Nur mein Stolz hat was abbekommen.«

»Wird er wieder?«, fragte Prue besorgt.

Der junge Arzt lächelte. »Aber sicher. Das hat er Ihnen zu verdanken.«

»Wieso uns?«, wollte Phoebe wissen.

»Na ja, Sie haben doch den Angreifer erledigt. Oder habe ich da was missverstanden?«

Phoebe und Prue drucksten herum. Sie hatten sich noch gar keine Erklärungen zurechtgelegt. Aus dem Augenwinkel sah Prue, wie der immer noch dämonisch grinsende Emilio abgeführt wurde.

»Ja ... Ja schon«, stotterte Phoebe drauflos. »War ja keine große Sache.«

Der Arzt hob abwehrend die Hand. »So, wie ich das sehe, haben Sie sein Leben gerettet. Und das ist schon eine große Sache. Inspector, Sie sind ein Glückspilz.«

Dann machte sich der Arzt endlich davon, ohne weitere verfängliche Fragen zu stellen.

Prue und Phoebe atmeten erleichtert auf.

»Können wir jetzt gehen?«, drängelte Phoebe ihre Schwester.

»Nein«, mischte sich Darryl auf einmal ein. »Ich brauche eure Zeugenaussagen.«

Prue sah ihn verwirrt an: »Darryl ...«

»Nein, Prue, wirklich«, beharrte Darryl, »ihr ward die Zeugen eines Verbrechens – und in diesem Fall die einzigen Zeugen.«

»Wir können nicht aussagen!«, erklärte Phoebe kategorisch. »Wir haben unsere Kräfte benutzt. Wie sollen wir das erklären?«

»Und er hat es gesehen«, ergänzte Prue.

»Niemand wird diesem Widerling glauben«, versicherte Darryl den Schwestern. »Ihr müsst nur eure Geschichte gut absprechen.«

»Du meinst unsere Lügen«, korrigierte Phoebe missmutig.

Prue schüttelte langsam den Kopf.

»Hört zu«, sagte Darryl eindringlich, »ohne eure Aussage wird Emilio davonkommen.«

Die Schwestern warfen einen Blick auf Emilio, der mit dem gleichen stupiden Grinsen im Fond des Streifenwagens saß.

»Ich weiß überhaupt nicht, warum der so grinst«, murmelte Prue. »Sein dämonischer Schutzengel wird ihm nicht mehr helfen können.«

»Aber unser Schutzengel scheint auch nicht helfen zu können«, setzte Phoebe seufzend hinzu. Sie warf einen Blick gen Himmel. »Obwohl wir jetzt wirklich etwas Hilfe brauchen könnten. Was sollen wir denn bloß machen?«

»Lasst euch schnell was einfallen«, flüsterte Darryl, »da kommt schon der stellvertretende Staatsanwalt.«

Staatsanwälte waren üblicherweise Typen mit angegrauten Halbglatzen, die dreiteilige Anzüge und weinrote Hosenträger trugen. Bis in die frühen Morgenstunden saßen sie in ihren Büros über Akten, ernährten sich von Fastfood und Kaffee, was wiederum Fettleibigkeit und Herzrasen zur Folge hatte. Attraktive Staatsanwälte gab es einfach nicht.

Mit einer Ausnahme – und die stellte sich gerade vor Phoebe und Prue. Er war schlank und groß gewachsen, mit kurzen schwarzen Haaren, die im Ansatz lockig waren. Seine Augen waren dunkel und seine Haut braun gebrannt. Über einer Sporthose und einem lässigen schwarzen Pullover mit V-Ausschnitt hatte er einen exquisiten Trenchcoat gezogen.

»Meine Damen, ich bin der stellvertretende Staatsanwalt Cole Turner. Man hat mich beauftragt, diesen Fall zu übernehmen. Hat eine von Ihnen irgendetwas gesehen?«

Augenblicklich schoss Phoebes Hand begeistert nach oben, als wäre sie in der Schule. »Ich! Ich habe alles gesehen!«

Prue rollte die Augen.

Na prima.

Phoebe hatte sich mal wieder spontan verknallt.

Das würde Ärger geben.

Der helle Spätsommertag schien die Schatten der vorigen Nacht vertrieben zu haben. Das alte Gerichtsgebäude vermittelte das Gefühl von Sicherheit.

Phoebe und Prue saßen in der Vorverhandlung, in der die Fakten geklärt werden sollten, ob gegen Emilio Anklage erhoben würde.

Das Holz der Sitzbank war hart, aber angenehm kühl. Phoebe hatte sich bewusst dezent angezogen und über ihr orangefarbenes Top eine olivefarbene Jacke gezo-

gen. Ihre Haare hatte sie zu zwei Zöpfen geflochten. Irgendwie hatte sie das Gefühl, dass Cole mehr auf »brave Mädchen« stand.

Im Vergleich dazu sah Prue beinahe wild aus. Sie trug ein fliederfarbenes T-Shirt, das neben der Tatsache, dass es zwei Nummern zu klein war, auch noch einen rasanten Ausschnitt zu bieten hatte.

»Okay«, sagte Cole gelassen, während er vor den beiden jungen Frauen auf und ab schritt, »ich denke, wir sind so weit klar, was die Fakten angeht. Bis auf die Mordwaffe – ein Attima ... Atimo ...?«

»Ein Athame. Das ist ein Zeremoniendolch«, sprang ihm Phoebe spontan bei und bereute es gleich wieder, als sie Prues strafenden Blick sah. »Den benutzen viele ... verrückte Leute.«

»Und Sie sind sicher, dass Sie nicht gesehen haben, wer ihn vom Tatort entwendet hat?«, hakte Cole nach.

»Nein, wir wollten nur nach Darryl sehen und da ...« Phoebe hielt inne, weil Prue sie leicht in die Seite knuffte.

Phoebes Drang, sich dem stellvertretenden Staatsanwalt anzubiedern, wurde langsam gefährlich.

»Vermutlich hat ein Besucher des Raves ihn mitgenommen«, sagte Prue mit einem endgültigen Tonfall in der Stimme. »Ist das ein Problem?«

»Der Verteidiger wird natürlich darauf herumreiten, aber es geht ja auch nur um die Vorverhandlung. Ich denke, die Faktenlage ist eindeutig genug, um Emilio in Gewahrsam zu nehmen.« Cole lehnte sich zu den beiden Schwestern und flüsterte: »Keine Sorge, ich bin gut in dem Job.«

Phoebe lief es eiskalt den Rücken herunter. Dieser Paragraphenreiter war genau ihre Kragenweite ...

Der Richter betrat den Saal, alles erhob sich und gemäß den Richtlinien ergriff der Saalsprecher das Wort: »Die Verhandlung ist eröffnet. Den Vorsitz hat der

ehrenwerte Richter William Hamilton. Bitte nehmen Sie Platz.«

»Ich bin nervös«, flüsterte Phoebe ihrer Schwester zu.

»Keine Sorge«, gab Prue tonlos zurück. »Hexen vor Gericht. Was soll da schon schief gehen?«

»Nein, ich meine die Lügerei«, quengelte Phoebe. »Das ist doch nicht richtig.«

»Wäre es besser, wenn Emilio wieder frei kommt?«, zischte Prue zurück, die sich wunderte, dass ihre Schwester immer zur falschen Zeit moralische Krisen bekam.

Der Gerichtssprecher unterbrach das Gespräch: »Es kommt Fall B684400 zum Aufruf. Der Staat Kalifornien gegen Emilio Smith. Mord und Mordversuch.«

Cole drehte sich dem Richter zu. »Stellvertretender Staatsanwalt Cole Turner für die Anklage, Euer Ehren.«

Ein junger Schwarzer in einem hellgrauen Anzug, der neben Emilio Smith auf der anderen Seite des Saals saß, erhob sich: »Alan Sloan für die Verteidigung, Euer Ehren.«

Der Richter, ein in Ehren ergrauter Profi, kam gleich zur Sache: »Mr. Sloan, worauf plädiert ihr Mandant?«

»Nicht schuldig«, sagte Sloan emotionslos.

»Notiert. Mr. Turner, ich habe Ihren Bericht gelesen, wollen Sie noch etwas hinzufügen?«

»Nein, Euer Ehren«, sagte Cole, »der Staat beruft sich weiterhin auf die Umstände der Festnahme und die Zeugenaussagen.«

»Mr. Sloan?«

Der Verteidiger nahm sich einen Moment Zeit, um seine Aussagen sorgfältig zu formulieren: »Es scheint uns, Euer Ehren, dass man eine Anklage wegen Mordes schlecht ohne eine Mordwaffe zulassen kann.«

Cole ging sofort dazwischen: »Wie bereits zu Protokoll gegeben, ist die Mordwaffe zum derzeitigen Zeitpunkt nicht verfügbar. Wir verlassen uns auf zwei Zeugenaussagen, die ...«

»... was gesehen haben wollen?«, unterbrach Sloan höhnisch. »Meinen Klienten, wie er sich über den Inspector gebeugt hat? Und das rechtfertigt Ihre Attacke? Woher wissen wir, dass Emilio Smith nicht zufällig am Tatort vorbeikam und dem Inspector zur Hilfe eilen wollte?«

»Oh, Mann«, stöhnte Phoebe etwas zu laut, weswegen Prue sie in die Seite knuffte und der Richter nach Ordnung rief. Sie sah den sichtlich genervten Cole entschuldigend an.

Alan Sloan war jetzt nicht mehr zu bremsen: »Und wenn es den jungen Damen so leicht gefallen ist, meinen Mandanten zu überwältigen, wieso haben sie dann keine Ahnung, was mit der Tatwaffe passiert ist? Hat sie sich in Rauch aufgelöst?«

»Einspruch!«, rief Cole entschlossen.

»Oh Gott, der weiß was«, murmelte Phoebe erschreckt.

»Locker bleiben«, zischte Prue zurück.

»Euer Ehren, die Zeugen stehen nicht im Kreuzverhör«, argumentierte Cole.

»Warum eigentlich nicht?«, hielt Sloan dagegen. »Bewusste Falschaussagen sind strafbar.«

»Einspruch, Euer Ehren!«

Der Richter blickte missmutig in die Runde: »Mr. Turner, wenn Sie nicht mehr zu bieten haben, oder wenigstens die Tatwaffe beibringen können, dann muss ich Mr. Sloan da leider zustimmen.«

Cole Turner war völlig entgeistert. »Was?«

Der Richter seufzte. »Mr. Turner, haben Sie weitere Beweise gegen den Verdächtigen, die Sie vorbringen können?«

Cole trat einen Schritt auf die Richterbank zu. »Außer der Tatsache, dass er auch noch der Hauptverdächtige in drei anderen Mordfällen ist? Dass fünf Leute ihn gesehen haben, wie er kurz vor dem Verbrechen die Disko-

thek verlassen hat? Und dass wir bis auf die Mordwaffe alles haben, was eine Verurteilung zu einer reinen Formsache machen sollte?«

Richter Hamilton sah Cole ein paar Sekunden lang eisig an. Dann fiel sein Hammer: »Die Anklage wird abgewiesen. Der Verdächtige ist freizulassen. Nächster Fall.«

Im Gerichtssaal herrschte für einen Moment erschrockene Stille. Dann erhob sich Emilio Smith schmierig grinsend von seinem Platz – als freier Mann. Er wandte sich den großen Flügeltüren des Gerichtssaals zu, doch Cole Turner packte ihn von hinten am Jackett: »Nicht so schnell, Bastard. Dich werde ich auf den Stuhl bringen.«

Darryl, der bis zu diesem Augenblick reglos im Zuschauerraum gesessen hatte, ging dazwischen: »Ganz ruhig, Turner. Das bringt nichts.«

Auch Alan Sloan war sein eigener Mandant anscheinend unheimlich, denn er schob ihn hastig aus dem Saal. »Los, gehen wir.«

Phoebe stand auf und ging zu dem völlig niedergeschlagenen Cole. »Es tut mir wirklich Leid. Ich wünschte, wir könnten etwas tun.«

Cole beugte sich zu ihr und flüsterte: »Wenn Sie mir irgendetwas verschwiegen haben, dann raus damit. Wir können Ihnen Schutz verschaffen, den Fall neu aufrollen ...«

Doch Prue zog ihre Schwester von dem attraktiven Staatsanwalt weg, bevor diese sich um Kopf und Kragen reden konnte: »Wir müssen gehen, tut uns Leid.«

Im Halliwell-Haushalt herrschte gereizte Stimmung.

»Wir hätte nicht lügen sollen«, sagte Phoebe, während sie nervös auf und ab ging. »Wir hätten die Wahrheit sagen sollen, um dieses Monster nicht wieder auf die Menschheit loszulassen.«

Die Schwestern hatten sich umgezogen und die Rollenverteilung stimmte wieder – Phoebe trug ein knappes bauchfreies Disco-Top und Prue eine schwarze hochgeschlossene Bluse. Auf dem Sofa im Wohnzimmer sitzend, blätterte Prue im *Buch der Schatten.* »Was hätten wir dem Gericht denn sagen sollen? Dass wir Hexen sind?«

»Warum denn nicht?«, rief Phoebe. »Ist es nicht wichtiger, einen Killer hinter Schloss und Riegel zu bringen, als unser Geheimnis zu wahren?«

Prue seufzte. »Phoebe, der Richter hätte uns für verrückt erklärt und Smith trotzdem laufen lassen. Das weißt du genau.«

»Nicht, wenn du ihm deine Kräfte gezeigt hättest«, hielt Phoebe dagegen, obwohl sie um die Schwäche ihrer Argumente wusste.

»Dann wären wir statt Smith weggesperrt worden. Und damit hätten wir die Chance, ihn noch einmal zu schnappen, verloren.«

Man konnte Phoebe förmlich mit den Zähnen knirschen hören. »Und machen wir das, bevor oder nachdem er noch einmal zuschlägt?«

Prue wollte etwas erwidern, doch Phoebe erledigte das selbst: »Tut mir Leid, ich bin bloß so frustriert. Was ist mit dem Verteidiger? Wenn Emilio Smith ihm von unseren Kräften erzählt hat, wieso hat er das vor Gericht nicht gegen uns verwendet?«

»Aus dem gleichen Grund, aus dem wir es nicht getan haben«, mutmaßte Prue, »es ging um die Glaubwürdigkeit. Ich frage mich, ob er ein Mensch oder ein Dämon ist.«

»Cole ist jedenfalls ein Engel«, seufzte Phoebe. »Der war wirklich super im Gerichtssaal.«

»Trifft deinen Geschmack, wie?«, fragte Prue süffisant.

Phoebe lächelte. »Vielleicht. Vielleicht ist es aber auch

der Reiz, es mal nicht mit einem Schuljungen zu tun zu haben. Mehr Jahre auf dem Buckel, weniger Hormone in der Hose.«

»Und ein knackiger Hintern«, fügte Prue hinzu.

Ein melodisches Klingeln erfüllte die Luft und hinter dem Sofa, auf dem Prue und Phoebe saßen, begann die Luft hellblau zu schimmern. Ähnlich dem Beamen auf dem »Raumschiff Enterprise« materialisierten sich Piper und Leo in einem Funkenregen - und stritten.

»Es ist mir egal, ob sie es sind oder nicht«, stieß Piper hervor und hielt ihrem Freund dabei den Zeigefinger unter die Nase, »es ist nicht richtig. Und fair ist es schon gar nicht!«

Leo seufzte. »Ich weiß, aber so sind nun einmal die Regeln.«

Das Pärchen schien weder Piper noch Prue wahrzunehmen, die dem Streit völlig entgeistert zusahen.

»Pfeif auf die Regeln!«, rief Piper. »Die sind falsch!«

»Piper«, versuchte Prue ihre Aufmerksamkeit zu gewinnen.

Piper verschob den Zeigefinger in Richtung ihrer Schwester, ohne den Blick von ihrem persönlichen Schutzgeist zu nehmen: »Moment noch. Leo, ich erwarte von dir, dass du dich um diese Sache kümmerst.«

»Aber Piper«, setzte Leo an, erstarrte aber mitten im Satz, als Piper mit einer schnellen Handbewegung die Zeit anhielt.

Sie stampfte wütend mit dem Fuß auf. Dann drehte sie sich auf dem Absatz um, schnappte ihre Handtasche von der Kommode und machte sich auf den Weg zur Haustür. »Ich bin im Club. Sagt ihm nichts.«

Rumms.

Die Haustür fiel ins Schloss.

Piper war weg.

Prue und Phoebe sahen sich an. Sie hatten sich Sorgen um ihre Schwester gemacht, befürchtet, sie nie wieder zu

sehen. Aber diese Heimkehr hätten sie sich selbst in ihren kühnsten Träumen nicht vorgestellt.

»Willkommen zu Hause«, murmelte Prue verdattert.

»Okay, was sollte das jetzt?«, legte Phoebe los. »Ich hatte nicht einmal die Gelegenheit, sie anzuschnauzen.«

»Ich auch nicht«, stimmte Prue zu.

Mit einem leichten Brausen in der Luft kündigte sich die Rückkehr der Zeit an. Mitten im Satz erwachte Leo wieder. »... darüber können wir doch reden.«

Als ihm auffiel, dass seine Freundin nicht mehr vor ihm stand, schaute er sich verwirrt um.

»Sie ist weg«, erklärte Prue.

»Jetzt kann ich dir ja die Leviten lesen«, sagte Phoebe und machte ein paar schnelle Schritte zu dem Freund ihrer Schwester. »Wenn du meine Schwester noch mal irgendwohin entführst, dann erwarte ich, dass ihr euch meldet, wenn ihr angekommen sein. Auch wenn ihr im Him ...«

Prue trat schnell hinzu und strich ihrer kleinen Schwester beruhigend über die Haare. Leo war ein *Wächter des Lichts*, ein Wesen des Himmels, den schnauzte man nicht an wie einen Postboten: »Ist schon gut, Phoebe, ganz ruhig. Leo, sei ein Schatz und finde alles heraus, was du über die Wächter finden kannst. Dämonen, in diesem Fall. Vielen Dank und auf Wiedersehen.«

Leo war den *Zauberhaften* »zugeteilt« worden und ihr Wille war sein Befehl. Obwohl es ihm nicht gefiel, musste er deshalb Prues Anweisungen Folge leisten. Mit einem missmutigen Blick löste er sich in denselben blauen Funkenregen auf, in dem er vor knapp deißig Sekunden aufgetaucht war.

»Hey, Moment mal«, meckerte Phoebe, »ich war noch nicht mit ihm fertig!«

»Mag sein«, erwiderte Prue, »aber Leo sah schon ziemlich mitgenommen aus.«

»Du hast Recht«, lenkte Phoebe ein, »darum werde ich jetzt Piper suchen und ihr in den Hintern treten!«

Sie schnappte sich den Wagenschlüssel und wandte sich zur Haustür. Doch mit einer knappen Handbewegung ließ Prue das Türschloss einschnappen.

Phoebe hielt inne, drehte sich zu ihrer Schwester und starrte sie giftig an: »Das gilt nicht. Du kennst die Vereinbarung – solange ich keine aktiven magischen Kräfte habe, darfst du auch deine nicht gebrauchen!«

Prue seufzte. Klar wusste sie das, aber so einfach lag der Fall nicht. Phoebe war sichtlich geladen und das war nie ein guter Weg, um einen Konflikt auszutragen. »Ich bin mir dessen bewusst, Phoebe, und es tut mir auch Leid. Aber wenn eine von uns mit Piper spricht, dann ich. Denn ich bin weniger wütend. Außerdem solltest du schon längst in der Schule sein!«

Sie schnappte sich den Wagenschlüssel aus Phoebes Hand und verließ das Haus.

Phoebe atmete pfeifend aus. Bleib ruhig, sagte sie zu sich selbst. Du bist die Jüngste. Du darfst nicht meckern, du musst in die Schule, bla bla bla ...

Sie ließ die Schultern hängen. Es war ihr klar, dass Piper und Prue es ja nur gut mit ihr meinten. Aber manchmal kam sie sich wie in einem Kindergarten vor – sie als Kind und ihre Schwestern als böse Erzieherinnen.

Zum Glück war es vom Anwesen der Halliwells zum *P3* nicht weit. Piper leitete den Club, seit sie das Restaurant *Quake* aufgegeben hatte. Momentan war noch nichts los, denn der Betrieb begann erst am frühen Abend.

Nachdem Prue einen Parkplatz gefunden hatte, nahm sie den Lieferanteneingang, der erwartungsgemäß offen stand. Von der Treppe aus konnte sie Piper erkennen, die mit den Unterlagen in der Hand aus dem Lagerraum kam.

»Das ist total abgefahren«, sagte Piper, ohne einen Hinweis auf ihre lange Abwesenheit. »Unsere Vorräte sind fast völlig aufgebraucht. Der Whisky, das Mineralwasser ... Nicht mal Erdnüsse sind mehr da. Und die Buchhaltung ist ein einziges Chaos. Wie kann man an nur einem Tag so viel Unordnung veranstalten?«

Prue sah ihre Schwester überrascht an. »Einen Tag? Machst du Witze? Piper, wir haben dich seit einem Monat nicht mehr gesehen!«

Piper grinste unsicher. »Wovon redest du?«

Prue sah sich kurz um, packte eine Zeitung vom Tresen und hielt sie ihr hin. »Hier. Schau mal auf das Datum.«

Piper tat es und ihre Augen weiteten sich. »Oktober? Es ist Oktober? Wie ist das möglich?« Sie strich sich über die Stirn. »Anscheinend vergeht die Zeit da oben nicht so schnell.«

»Das mag sein«, erwiderte Prue betont cool, »aber das wird nichts daran ändern, dass man dir hier unten den Kopf abreißen wird.«

»Dämonen?«, fragte Piper erschrocken.

Prue rückte etwas näher und wechselte in einen verschwörerischen Tonfall. »Schlimmer als Dämonen – Schwestern. Ganz besonders Phoebe. Sie hatte schon Angst, du würdest uns im Stich lassen.«

»Ich würde euch doch nie im Stich lassen«, sagte Piper etwas verletzt. »Wenn ich gewusst hätte, dass die Zeit so schnell vergeht, hätte ich angerufen, mich materialisiert, was auch immer.«

»Warum hat Leo es nicht getan?«, wollte Prue wissen.

Piper winkte ab: »Der kämpft momentan mit seinen ganz eigenen Dämonen.« Sie schien sich an etwas zu erinnern. »Moment mal, welcher Tag ist heute? Da kommt doch die Band – die *Barenaked Ladies* spielen morgen. Hat irgendwer die angerufen?«

Prue schüttelte den Kopf: »Ich glaube nicht, dass Phoebe davon etwas gewusst hat.«

Piper griff nach dem Telefonhörer, den Prue ihr gleich wieder aus der Hand nahm: »Piper, sollten wir nicht erst einmal diese Sache zwischen uns klären? Erzähl mir, was ›da oben‹ passiert ist.«

Piper atmete tief durch und strich sich die Haare aus der Stirn: »Leider werden meine Erinnerungen immer nebulöser seit ich zurückgekommen bin. Ich denke, die machen das aus Absicht. Sie wollen anonym bleiben.«

Prue nickte ungeduldig: »Kannst du dich an irgendwas erinnern?«

Ihre Schwester legte den Kopf schräg: »Hauptsächlich waren da Gefühle. Gute Gefühle. Wärme. Frieden. Aber alles hörte auf, als sie uns, Leo und mir, befahlen, unsere Beziehung aufzugeben, sonst ...«

»Sonst was?«

»Sonst würden sie ihm einen anderen Auftrag geben und er würde mich nie mehr wieder sehen.« Es fiel ihr offensichtlich schwer, darüber zu reden. »Nur weil sie es uns verbieten, darf ich keine Zukunftspläne schmieden?«

Prue sah Piper mitleidsvoll an. Die Wut auf ihre Schwester war verraucht: »Ich bin sicher, ihr werdet einen Weg aus dem Schlamassel finden. Leo würde dich nie kampflos aufgeben. Komm her.«

Sie nahm Piper in den Arm und drückte sie kräftig an sich.

Piper war dankbar für diese Zuwendung. Trotzdem blieb die Sorge: »Was ist, wenn er keine Wahl hat?«

Auf dem College-Gelände war nicht viel los, der Unterricht in den meisten Klassen lief bereits. Trotzdem war Phoebe nicht allzu sehr in Eile. Klar, diesmal wollte sie etwas erfolgreicher in der Schule sein als beim ersten

Durchgang. Aber als Hexe hatte man so viele Dinge im Kopf, da war es praktisch unmöglich, ständig an Algebra und Chemie zu denken. In den letzten Tagen war außerdem die Sorge um Piper hinzugekommen – und das Interesse für diesen attraktiven Staatsanwalt.

Es musste wohl an ihren telepathischen Fähigkeiten liegen, dass Phoebe den Mann wahrnahm, der erst einige Meter hinter ihr her gelaufen war, aber immer näher kam. Sie sah ihn nicht, doch sie spürte deutlich seine Präsenz.

In ihrem Körper verkrampfte sich alles. Am helllichten Tag überfallen oder sonst wie attackiert zu werden, war leider nicht auszuschließen. Und als Hexe musste man sowieso ständig auf der Hut sein.

Sie spürte fast schon den Atem des Fremden. Seine Hand glitt nach vorne und legte sich auf ihre Schulter.

Phoebe reagierte ganz instinktiv. Sie hatte nicht nur Selbstverteidigungskurse besucht, sondern auch eine Karateschule. Die Bewegungen waren ihr in Fleisch und Blut übergegangen. Sie umklammerte ihre Schulbücher, drehte den Oberkörper nach rechts und stieß die Hand des Fremden von ihrer Schulter. Die ausholende Bewegung verlieh ihr genügend Schwung, um direkt einen Highkick auf den Brustkorb des Angreifers zu landen. Doch ihr Bein wurde in Wadenhöhe mit einem kräftigen Griff abgefangen.

Es war Cole Turner!

Ein, zwei Sekunden herrschte Schweigen. Cole stand da und hielt Phoebes hoch gestrecktes Bein wie ein Ballettlehrer fest – während sie versuchte, ihre Balance zu halten.

Seine starke Hand fühlte sich auf ihrem nackten Unterschenkel gut an ...

»Cole«, sagte sie angemessen verdattert.

»Ist schon okay, nichts passiert«, sagte er lächelnd und blickte auf das gut gebräunte Bein in seiner Hand. »Nette Waden.«

»Danke«, lächelte Phoebe und es dauerte ein paar Sekunden, bis ihr auffiel, dass er nicht losließ. »Kann ich mein Bein wiederhaben?«

»Oh, sicher«, antwortete er und gab es frei.

»Okay«, lachte Phoebe. »Wie haben Sie mich gefunden?«

Er lächelte süffisant. »Ich habe Ihnen doch gesagt, dass ich gut in meinem Job bin.« Nun wurde er ernst. »Auch wenn man das nach meiner Vorstellung im Gericht nicht glauben sollte.«

Es schien ihn wirklich zu ärgern und Phoebe fühlte sich verpflichtet, zu widersprechen: »Oh nein, Sie waren toll. Echt super. Es war halt nur ein blöder Richter, der was gegen Sie hatte.«

Cole nickte gedankenverloren mit dem Kopf. »Man nennt ihn nicht umsonst ›Free Willy‹. Der lässt auch die übelsten Subjekte manchmal laufen. Trotzdem habe ich mich nicht gerade mit Ruhm bekleckert. Darum bin ich hier – ich wollte sehen, ob Sie mir helfen können, meinen Job besser zu machen.«

»Wie soll das gehen?«, fragte Phoebe, der der Gedanke, mehr Zeit mit Cole Turner zu verbringen, nicht unangenehm war.

»Sagen Sie es mir«, setzte Cole mysteriös dagegen. »Phoebe, ich mag nicht der beste Staatsanwalt in diesem Bezirk sein, aber ich kann mich auf meine Instinkte verlassen. Ich kann mich in Menschen hineinversetzen und ich spüre, wenn ihnen etwas auf dem Herzen liegt.«

Phoebe fand, dass das Gespräch eine unerwartete Wendung nahm. Was wusste Cole? »Was spüren Sie denn bei mir?«, fragte sie betont unschuldig.

Cole blieb ernst. »Sie wollen die Wahrheit sagen. Sie sind ein guter Mensch und in Ihnen brodelt es, weil Sie sich nicht so verhalten können. Liege ich damit richtig?«

Phoebe blickte betreten zu Boden. Verdammt, das war

wirklich nicht schlecht. »Ich sage nichts mehr ohne meinen Verteidiger.«

Sie lachten. Coles Lachen war warm und weich.

Er griff in die Innentasche seines Jacketts und zog eine Visitenkarte heraus. Diese steckte er zwischen den Bücherstapel, den Phoebe immer noch an ihre Brust gepresst hielt. »Wenn Ihnen noch irgendetwas einfällt, rufen Sie mich bitte an. Die Privatnummer steht auf der Rückseite. Ciao.«

Er drehte sich um und schlenderte davon. Phoebe nahm sich ein paar Augenblicke, um ihm nachzusehen, wie er im teuren Anzug das Schulgelände durchschritt.

Prue hatte Recht. Cole hatte wirklich einen knackigen Hintern.

Sie musste lächeln.

Und jetzt hatte sie auch seine private Telefonnummer ...

Sie fischte die Visitenkarte aus den Büchern hervor – und wurde sofort von einer heftigen Vision heimgesucht.

Da war Cole.

Er lag am Boden.

Auf seiner Stirn.

Was war das auf seiner Stirn?

Es war ein auf der Spitze stehendes Dreieck – Emilios Zeichen!

In diesem Moment schob sich die grinsende Gestalt des glatzköpfigen Killers in ihr Blickfeld. Er hatte das Athame in der Hand und die Klinge näherte sich Coles Kopf ...

Phoebe zuckte zurück und die Vision erlosch wie in einem Kino, in dem man den Projektor abstellte und das Saallicht nach oben fuhr.

»Oh nein«, flüsterte Phoebe.

Das bedeutete nichts Gutes ...

3

*P*HOEBE HATTE SICH SELTEN so beeilt. Die Schule war für diesen Tag erst einmal gestrichen. Sie musste ihre Schwestern benachrichtigen!

Völlig außer Atem stolperte sie die Stufen im *P3* hinunter.

»Ich brauche definitiv ein Handy«, keuchte sie.

Wie erwartet, waren sowohl Prue als auch Piper im Club. Sie saßen an der Bar und schienen sich zu unterhalten. Phoebe fand, dass ihr Anliegen wichtig genug war, sie zu unterbrechen: »Hört zu, Mädels! Ich hatte eine Vision, in der Emilio Cole das Dreieck in die Stirn ritzt.«

Ihre Schwestern waren sofort alarmiert.

»Hast du erkennen können, wo das war?«, fragte Prue.

Phoebe dachte angestrengt nach. »Nein, es schien aber so eine Art Parkplatz zu sein.«

»Wer ist Cole?«, fragte Piper verwirrt. »Und was hast du mit deinen Haaren gemacht?«

Erst jetzt erinnerte sich Phoebe, dass sie im letzten Monat ihre Frisur verändert hatte. Und dass sie seit dem Wiederauftauchen von Piper noch kein Wort miteinander gewechselt hatten. Und es fiel ihr auch wieder ein, dass sie noch stinksauer war.

»Entschuldigung, kennen wir uns?«, waren die ersten Worte, die sie an Piper richtete.

Erneut musste Prue dazwischengehen. »Phoebe, dafür ist jetzt keine Zeit. Bist du sicher?«

»Klar, absolut«, antwortete sie. »Andererseits ist es schon seltsam, schließlich haben wir den Wächter doch besiegt.«

Das gab auch Prue zu denken. »Vielleicht hat er sich einen neuen Wächter zugelegt.«

Piper wollte gerade etwas sagen, aber Phoebe schnitt ihr lächelnd das Wort ab: »Was ein Wächter ist, möchtest du wissen? Wenn du dich mal hier unten hättest sehen lassen, wüsstest du die Antwort.«

Prue griff ihre kleine Schwester am Arm und zog sie Richtung Ausgang. Während sie das *P3* verließen, drehte sie sich noch einmal um: »Wir rufen dich an und bringen dich auf den neusten Stand. Leo recherchiert bereits im Fall der Wächter, er kann dir alles erklären.«

»Und nicht wegbeamen, klar?«, rief Phoebe noch, dann waren sie raus.

Piper stützte ihren Kopf auf die Hände.

Es war so schön gewesen, mal einen Tag nichts von diesem Irrenhaus sehen zu müssen. Ein Monat wäre allerdings besser gewesen. Sie rechnete im Kopf kurz nach – das wären in Erdenzeit dann fast drei Jahre.

Sie ahnte langsam, warum viele Menschen die Dimension »da oben« den Himmel nannten …

Emilio Smith fühlte wieder die rasende Wut in sich. Die Wut auf alles und jeden. Es war ein Hass, der ihn seit Jahren nachts auf die Strasse trieb.

Aber Emilio war auch nicht dumm. Vor ein paar Tagen war er gerade noch davongekommen. Hätte Kalifornien die Todesstrafe, wäre er ohne seine »Versicherung« sicherlich auf dem Stuhl gegrillt worden.

Und diese »Versicherung« brauchte er nun.

Es war für ihn kein Problem gewesen, sich an der Sekretärin des Richters vorbeizuschmuggeln. Jahrelange Verfolgung durch die Polizei hatten ihn zu einem vorsichtigen Mann werden lassen. Er hielt sich so lange im Korridor auf, bis sie kurz zur Toilette ging. Dann schlüpfte er durch das Vorzimmer in das mit schwerem Holz ausgestattete Büro.

Der Richter schien ihn erwartet zu haben. Es über-

raschte Emilio immer wieder, wie weit die Arme Satans reichten.

»Ich muss einen neuen Wächter haben«, knurrte er böse.

»Du musst vor allem vorsichtiger sein«, erwiderte Richter William Hamilton. »Noch einmal kann ich dich nicht beschützen.«

»Das wird nicht nötig sein«, gab Emilio selbstsicher zurück. »Ich kann die Hexen erledigen.«

Ein grausames Lächeln umspielte die Lippen des Richters. »Kannst du nicht. Du bist nur sterblich. Aber kümmere dich um den Staatsanwalt.« In seiner Hand erschien plötzlich das Athame. »Er darf nichts von dir oder mir erfahren, verstanden?«

Emilio schluckte trocken.

Der Dolch.

Endlich würde er wieder töten können.

Und diesmal war es kein beliebiges Opfer.

Er würde Cole Turner mit Vergnügen ermorden.

Eigentlich brauchte Darryl Morris keine Unterlagen aus dem metallenen Aktenschrank im Großraumbüro des Reviers. Aber er hatte keine Lust auf dieses Gespräch und er hoffte, es würde schneller vorbei sein, wenn er sich beschäftigt gab: »Ich wünschte, ich könnte Ihnen helfen, Turner, aber ich habe Ihnen schon alles gesagt, was ich weiß.«

»Nennen Sie mich Cole«, sagte der stellvertretende Staatsanwalt, »wir spielen doch alle auf derselben Seite.«

Darryl schloss den Aktenschrank und machte sich auf den Weg zu seinem Schreibtisch, weshalb er Cole nun leider von Angesicht zu Angesicht gegenüberstand: »Seit wann sind Polizisten und Staatsanwälte auf derselben Seite?«

Cole atmete geräuschvoll aus. »Hören Sie, Inspector, ich mache hier auch nur meinen Job, okay? Heute musste ich einen Mörder laufen lassen und das schmeckt mir nicht.«

Darryl grinste bitter. »Mir auch nicht.«

»Dann helfen Sie mir, etwas dagegen zu unternehmen«, sagte Cole und hob beschwörend die Hände. »Was habe ich bei der Sache verpasst?«

Darryl baute sich demonstrativ vor Cole auf: »Was Sie verpasst haben, ist der Verdächtige, der vor Ihren Augen aus dem Gerichtssaal spaziert ist. Wenn Sie mich meinen Job machen lassen, kann ich ihn vielleicht noch einmal für Sie finden.«

Er drehte sich um und wollte den Staatsanwalt stehen lassen, aber Cole Turner hatte noch ein As im Ärmel: »Warum haben Sie gestern Abend die Halliwells angerufen?«

Darryl meinte, sich verhört zu haben: »Was?«

Cole zog ein Protokoll aus seinem Jackett: »Während sie auf Streife waren. Um 2:17 Uhr, laut Auskunft der Telefongesellschaft.«

»Sie haben mich überprüfen lassen?!« Darryl war kurz davor zu explodieren.

Cole hob entschuldigend die Hände. »Standard-Prozedur, Inspector.«

Da war Darryl nicht so sicher. Ein Polizist konnte nicht ohne triftigen Grund und richterliche Anweisung überprüft werden, aber es machte keinen Sinn, Cole Turner noch mehr zu reizen. »Ach, und ich dachte, wir spielen auf derselben Seite.« Er atmete tief ein, um etwas Zeit zu gewinnen. »Ich habe die Schwestern angerufen, weil ihnen der Club gehört. Ich dachte, sie wollten den Rave mal in Augenschein nehmen.«

Cole trat einen Schritt auf Darryl zu und seine Stimme wurde leise, fast bedrohlich: »Das war aber nett von Ihnen.«

Darryl hatte in seinem Beruf mit zu vielen harten Jungs zu tun, um sich so leicht einschüchtern zu lassen: »Ich bin eben ein netter Kerl.«

»Darauf wette ich«, flüsterte Cole.

Er hatte nicht vor, den Inspector, der anscheinend mehr wusste, als er sagte, so einfach davonkommen zu lassen. Ärgerlicherweise klingelte genau in diesem Moment sein Handy. Er fischte das winzige Ding aus seinem Jackett und nahm das Gespräch an.

»Turner hier.«

Es war seine Sekretärin. »Ich habe eine Miss Phoebe Halliwell dran.«

Lächelnd deckte Cole mit einer Hand das Mikro des Handys ab und sah Darryl an: »Wenn man vom Teufel spricht.«

»Soll ich eine Nachricht aufnehmen?«, wollte die Sekretärin wissen.

»Nein, stellen Sie gleich durch.«

Phoebe saß neben Prue im Wagen, die das Gaspedal weit mehr herunterdrückte, als es nach der Straßenverkehrsordnung erlaubt war. Als Phoebe endlich zu Cole durchgeschaltet wurde, atmete sie erleichtert auf. Wenigstens war er im Moment noch in Ordnung. »Cole, ich habe versucht, Sie zu erreichen.«

»Tut mir Leid, ich war in einem Meeting«, kam es quäkend und rauschend aus dem Hörer. Die Verbindung war schlecht. »Ich bin hier gerade bei Inspector Morris. Würden Sie gerne mal ›Guten Tag‹ sagen?«

»Nein, das muss nicht sein«, stotterte Phoebe und legte nun ihrerseits die Hand über das Mundstück: »Er ist auf dem Revier.«

Prue dachte einen Moment lang nach. In ihrem Kopf klapperte sie alle Straßen zwischen ihrem momentanen Aufenthaltsort und der Wache ab, inklusive der zu erwar-

tenden roten Ampeln und Baustellen. »Zehn bis fünfzehn Minuten brauchen wir bis dahin, mindestens.«

Phoebe wandte sich wieder dem Gespräch zu: »Cole, ich muss mit Ihnen reden. Es ist sehr, sehr wichtig.«

Es knackte hässlich in der Leitung. Ein Funkloch kündigte sich an.

»Wie bitte?«, kam es stotternd zurück. »Ich kann Sie kaum verstehen.«

»Bleiben Sie einfach, wo Sie sind. Ich bin unterwegs.«

Die Antwort war kaum noch zu verstehen, irgendwas von »... nicht durch« und »... vom Auto aus«. »Cole?«, rief Phoebe.

Aber es war sinnlos. Die Leitung war zusammengebrochen.

»Verdammt«, murmelte sie.

Cole war schon spät dran. Der Fall Emilio Smith war nicht der einzige Aktenberg auf seinem Schreibtisch und bei Gericht musste er auch noch vorbeischauen.

Er ging die Metalltreppe hinunter in die stinkende und verrottete Parkgarage des Präsidiums. Er hätte auch vor dem Revier parken können, aber das war ihm zu auffällig. Cole Turner machte nicht gerne Wind.

Er schritt in seinen teuren italienischen Halbschuhen durch Pfützen aus Öl und Brackwasser, immer darauf bedacht, sich nicht schmutzig zu machen.

Es war seltsam leer und dunkel in dem Kellergewölbe, bis auf das gleißende Sonnenlicht, das am anderen Ende durch die Einfahrt des Parkhauses hereinstrahlte.

Cole rümpfte die Nase. Nicht sehr angenehm. Er würde froh sein, wieder ins Gericht zu kommen. Dort war alles der Örtlichkeit entsprechend sauber und frisch.

War da ein Geräusch gewesen?

Ach was.

Von unterwegs würde er Phoebe noch einmal anrufen. Sie hatte besorgt geklungen.

Phoebe.

Sie gefiel ihm.

Das war nicht gut.

Emilio Smith lächelte so sehr, dass seine Mundwinkel schmerzten. Es lief einfach zu gut. Das Parkdeck war bis auf Cole Turner menschenleer. Keine Polizeibeamten waren zu sehen, obwohl hier ihre Dienstfahrzeuge standen. Zufall? Emilio war mittlerweile daran gewöhnt, dass ihm die dunklen Mächte auch in scheinbar belanglosen Details zur Seite standen.

Er stand hinter einer Betonsäule und passte den richtigen Moment ab. Es durfte nicht zu früh sein. Sollte Cole Turner ihn kommen sehen, würde er versuchen, zu flüchten. Und Emilio war nicht gut zu Fuß. Doch wenn er zu spät war und Cole die Autotür schon geöffnet hatte, bestand die Gefahr, dass er sich einschließen konnte.

Aber Emilio hatte das schon zu oft gemacht, um nervös zu sein. Er kannte den richtigen Augenblick, die richtigen, schnellen Bewegungen. Mord war eine relativ einfache Angelegenheit.

Cole Turner ging jetzt zu dem geparkten Wagen. Er zog den Schlüsselbund aus der Tasche und drückte die Funköffnung seines Mercedes.

Emilio trat aus dem Schatten hervor und war mit drei leisen Schritten hinter Cole. Er hielt das Athame mit der Klinge nach oben. Er durfte den Staatsanwalt nicht von hinten töten. In lebendem Zustand musste das Dreieck in die Stirn eingeritzt werden. Also schlug er dem Staatsanwalt mit dem Knauf des Dolchs bewusstlos. Cole sackte in sich zusammen und rutschte auf den groben Asphaltboden.

Emilio kniete nieder, drehte das Athame in seiner Hand, sodass dass die Klinge nun nach unten zeigte und wälzte den Bewusstlosen auf den Rücken. In seinem Kopf meldeten sich wieder die Stimmen. Sie sangen, sie drängten, sie forderten.

Perfekt.

Perfekt wie immer, wenn er nicht von den Hexen gestört wurde.

In diesem Moment hörte er das Quietschen von Gummi auf Asphalt. Ein Wagen mit hoher Geschwindigkeit schlitterte in die Parkgarage.

Phoebe betete selten, aber in diesem Moment sendete sie ein Stoßgebet nach dem anderen gen Himmel. Sie hoffte inständig, dass sie es rechtzeitig zum Revier schaffen würden. Sie hatte keine Ahnung, wo Cole sich befand und wahrscheinlich würden sie ihn erst einmal suchen müssen.

Prue holte jetzt alles aus dem Wagen heraus. Sie hatte zwar nicht ganz so persönliche Gründe, den Staatsanwalt zu retten, wie Phoebe, aber die Abwehr eines dämonischen Angriffs war Motivation genug. Sie war froh, beim Automobilclub ein paar Kurse zum Thema »Fahren in Extremsituationen« gemacht zu haben.

Prue brach ein gutes Dutzend Regeln des Straßenverkehrs – auf dem Weg ins Polizeipräsidium.

Der schwarze Wagen schoss förmlich in das Parkdeck und Prue musste sofort auf die Bremse drücken, um einem Kontakt mit einer der Betonwände auszuweichen. Jaulend rutschte das Gefährt in eine Parklücke, die Bremslichter strahlten wie Satansaugen.

Noch bevor der Motor endgültig zur Ruhe kam, hatten Phoebe und Prue den Wagen verlassen.

Die Situation, die sie vorfanden, war eindeutig: Emilio Smith kniete mit einem Athame über dem stellvertreten-

den Staatsanwalt Cole Turner, der bewusstlos am Boden lag.

Phoebe nahm sich den Bruchteil einer Sekunde, um für Coles Unversehrtheit zu beten.

Emilio Smith sah die Schwestern kommen und aus seiner Kehle drang ein hässliches Knurren.

Was wollten die denn schon wieder?

Da Cole bewusstlos war, konnte sich Emilio zuerst um die Hexen kümmern. Er trat zu Phoebe, und stieß mit dem Athame nach ihr.

Der jüngsten Halliwell-Schwester fiel instinktiv nichts anderes ein, als in die Luft zu springen. Ob ihr Ballett- und Karatetraining ausreichen würde, aus dem Stand über die Klinge zu springen?

Es reichte.

Und wie es reichte!

Wie eine Rakete schoss Phoebe nach oben und der verdutzte Emilio musste den Kopf in den Nacken legen, um sie im Auge zu behalten.

Vier, fünf Meter, bis direkt unter die Betondecke, sprang Phoebes schlanker Körper – und blieb dort regungslos hängen!

Emilio schrie vor Wut.

Was war das denn schon wieder?

Phoebe wurde schlagartig bleich. Was ging denn hier vor? Sie hatte doch nur einen Hüpfer machen wollen! Von Fliegen und Schweben war nicht die Rede gewesen!

Hatte Prue ihre telekinetischen Kräfte mobilisiert? Ein Blick aus luftiger Höhe auf ihre Schwester beantwortete die Frage klar mit Nein – Prue war ebenso verdattert wie Emilio und Phoebe.

Aber als die Ältere fing sich Prue schnell wieder. Es folgte eine bewährte Handbewegung, die Emilio in hohem Bogen auf eines der Fahrzeuge schleuderte.

Kaum war die direkte Gefahr vorbei, schienen Phoebes neue Kräfte wieder zu schwinden. Sie fiel von der

Decke herab wie eine Marionette, der man die Fäden durchschnitten hatte. Der Asphalt bereitete ihr einen harten Empfang, doch es gelang ihr gerade noch, sich abzurollen.

Aber das war egal. Etwas Wichtiges war geschehen.

»Ich habe eine aktive magische Kraft«, keuchte Phoebe.

Knirschendes Metall lenkte ihre Aufmerksamkeit wieder auf Emilio, der sich ächzend auf dem Autodach herumdrehte. Aus seinem Körper stieg eine schemenhafte Gestalt in einer Kutte auf – ein neuer Wächter!

Phoebe musste husten. »So aktiv sind meine Kräfte wohl doch nicht. Prue?«

Prue war längst wieder bereit. Sie hatte das Athame erspäht, das Emilio aus der Hand gefallen war. Lässig ließ sie es vom Boden aufsteigen.

»Hey!«, rief sie dem Wächter zu, der nun bedrohlich über dem Wagen schwebte. »Fang!«

Wie schon in der Seitenstraße hinter dem *P3* sauste der Dolch durch die Luft und traf direkt in der Stirn des Dämons. Das Ergebnis war das Gleiche – der Wächter verschwand in einer übel riechenden Wolke samt Schwefelblitz.

Wenigstens waren diese Dämonen leicht zu beseitigen.

Phoebe und Prue nahmen sich nur wenig Zeit, um das Schauspiel zu genießen. Sie eilten zu Cole, der stöhnend wieder zu Bewusstsein kam.

»Cole? Cole, alles in Ordnung?«, fragte Phoebe besorgt.

Mühsam rappelte sich der junge Staatsanwalt hoch, bis er sitzen konnte. Er fasste sich an den Hinterkopf. »Phoebe? Wie kommen Sie hierher? Was ist passiert?«

Phoebe dachte einen Moment lang nach. Sie wollte ihm wirklich die Wahrheit sagen – nicht nur über diesen Fall. Aber ihre Schwestern hatten Recht – es war zu

gefährlich. Jeder Sterbliche, der von ihrer Hexen-Identität wusste, wurde dadurch automatisch zur Zielscheibe dämonischer Angriffe.

»Ich denke, ich verweigere da lieber die Aussage«, sagte sie lächelnd.

Verwirrt sah Cole zu Prue. Doch auch hier erntete er nur ein Lächeln.

Diese Halliwell-Schwestern waren wirklich merkwürdig.

Piper war von ruhiger Natur. Unter den Halliwell-Schwestern war sie diejenige, die immer den Ausgleich suchte. Harmonie war ihr sehr wichtig.

Aus diesem Grund passte es ihr auch gar nicht, dass momentan alles quer lief. Die Mächte des Lichts wollten ihre Beziehung zu Leo unterbinden, sie hatte einen kompletten Monat verpasst, ihre Schwestern waren sauer, das *P3* lief nicht besonders gut – und ein paar neue Dämonen waren auch noch aufgetaucht.

Sie fühlte sich gar nicht zauberhaft.

Und wo war Leo eigentlich? Er wusste doch, dass viel zu tun war.

Auf dem Weg in den ersten Stock des Halliwell-Hauses hörte sie seine Stimme. Sie seufzte unwillkürlich. Wahrscheinlich sprach Leo mal wieder mit seinen »Vorgesetzten«.

Piper stellte zu ihrer Überraschung fest, dass Leos Stimme aus dem großen Badezimmer kam.

»Ich sehe dich an und mir wird klar, wie glücklich ich bin«, tönte es gedämpft aus dem Raum. »Ich kann nicht aufhören, dich zu lieben.«

Leise legte Piper den Kopf gegen die Tür. Die Sache wurde immer merkwürdiger. Es war kaum anzunehmen, dass Leo eine heimliche Geliebte in der Toilette versteckt hielt. Er würde Piper sowieso nie betrügen. Aber

mit seinen »Chefs« würde er in diesem Tonfall auch nicht sprechen.

Sie kam ins Grübeln.

Im Badezimmer hing ein großer Spiegel. Redete Leo mit sich selbst? Unsinn. Narzissmus dieses Ausmaßes hätte sie schon vorher bemerkt.

Leo sprach unverdrossen, wenn auch etwas unsicher weiter: »Jedes Mal, wenn ich dich sehe, verliebe ich mich mehr in dich. Du bist wunderschön und etwas ganz Besonderes. Ich kann mir ein Leben ohne dich nicht vorstellen.«

Piper atmete tief durch.

Jetzt hatte sie aber genug.

Energisch drückte sie die Klinke herunter und betrat das Badezimmer.

Leo stand vor dem Spiegel und als er sie sah, erschrak er, als hätte man ihn mit der Hand in der Keksdose erwischt. »Piper!«

»Leo, mit wem redest du?«

»Ich? Mit niemandem. Also, mit mir selbst.« Leo kämpfte mit jedem Wort.

Piper hatte ihren Freund noch nie so unsicher erlebt. Die Sache wurde immer mysteriöser.

Sie sah ihn misstrauisch an: »Du hast dir gerade selber gestanden, wie sehr du dich liebst?!«

Leo kratzte sich verlegen am Kopf: »Nein, natürlich nicht. So ist das nun auch wieder nicht. Lass uns runtergehen und ich erklär's dir.«

Pieper schüttelte den Kopf. »Wir haben dafür keine Zeit. Hast du etwas über diese Wächter herausgefunden?«

Leo blickte betreten zu Boden. »Das habe ich völlig vergessen.«

Sie konnte es kaum fassen – Leo war ein *Wächter des Lichts*, mit dem Auftrag, den *Zauberhaften* zur Seite zu stehen. So weit sie wusste, *konnte* er gar nichts verges-

sen. »Leo, was ist los mit dir? Warum benimmst du dich so seltsam?«

»Können wir nicht nach unten gehen?«, quengelte er.

»Nein, wieso?«

Leo atmete tief ein und sammelte all seinen Mut. »Okay, gut. Geht auch hier. Piper, ich habe viel über uns nachgedacht.«

Wenn es eine Sache gab, die Piper jetzt gar nicht vertragen konnte, dann war es eine weitere Diskussion über das Für und Wider ihrer Beziehung. »Leo …«

Er hob abwehrend die Hand. »Nein, lass mich bitte ausreden. Ich glaube, ich habe eine Lösung für unser Problem.«

Jetzt war Piper neugierig.

»Es gibt einen Weg, der es uns erlaubt, zusammenzubleiben, ohne dass sie etwas dagegen tun können.«

Er ging auf die Knie und nahm ihre Hand.

Pipers Herz setzte einen Schlag aus.

Er würde doch nicht …?

»Piper Halliwell, willst du meine Frau werden?«

4

»DAS KANN ICH NICHT GLAUBEN«, stöhnte Piper, während sie die Treppe ins Erdgeschoss hinunterstürzte.

Leo bemühte sich, ihr auf den Fersen zu bleiben, ohne zu stolpern. »Piper, hör mir doch zu! Ich habe mir das genau überlegt!«

Am Absatz der Treppe hielt sie an und drehte sich zu ihm um. Er stand zwei Stufen über ihr und wirkte deshalb wie ein Riese, aber das war ihr egal. »Aus dem Grund hast du im Badezimmer um meine Hand angehalten?«

Leo hob entnervt die Hände. »Ich habe dich gebeten, mit mir nach unten zu gehen.«

Piper deutete auf die große Eingangshalle des Hauses. »Nun, wir sind unten und ich glaube immer noch nicht, dass du es ernst meinst.«

»Ich meine es ernst«, erwiderte Leo, »so ernst wie nichts sonst in meinem Leben!«

»Leben«, setzte Piper dagegen, »gutes Stichwort. Genau das, was wir verlieren werden, wenn sie jemals dahinter kommen.«

Sie drehte sich um und lief in das Wohnzimmer. Diese Diskussion wuchs ihr über den Kopf.

Leo ließ nicht locker: »Piper, kannst du nicht mal für eine Minute stehen bleiben und mir zuhören?«

Okay, er war ihr Freund. Mit verschränkten Armen erwartete sie von ihm jede noch so verrückte Erklärung.

»Wenn wir heiraten«, begann er wieder, »dann wäre das ein heiliger Bund und so weit ich das sehe, können nicht einmal sie etwas dagegen machen.«

Piper zwinkerte nervös. »Das verstehe ich nicht.«

Leo knetete seine Hände und fuchtelte damit herum, wie immer, wenn er nervös war. »Es ist auch nicht leicht zu erklären. Ich bin mir da selber nicht ganz sicher. Aber so, wie es aussieht, gibt es auch ›da oben‹ eine Hierarchie. Ein heiliger Bund fällt nicht in ihre Zuständigkeit. Das ist, als würde man mit einer Bitte zu Papa rennen, weil Mama Nein gesagt hat.«

»Mama? Papa?« Piper konnte kaum glauben, dass Leo so mit ihr sprach.

»Genau.« Er ignorierte ihren skeptischen Gesichtsausdruck. »Es gibt nur einen Haken: Wir müssten heimlich heiraten, denn wenn sie davon erfahren, würden sie alles daransetzen, die Hochzeit zu verhindern. Also kein großes Brimborium.«

»Durchbrennen – läuft es darauf hinaus?« Vor ihrem geistigen Auge sah Piper so eine grässliche 25-Dollar-Kapelle mit einem Elvis-Imitator als Pfarrer.

»Genau«, sagte Leo noch einmal, aber sie war nicht sicher, ob er dasselbe meinte.

»Damit niemand was davon erfährt?«, fragte sie nach.

»Richtig.« Er sah ihren Blick und der war nicht schwer zu interpretieren. »Du findest die Idee furchtbar.«

Piper versuchte, sich zu sammeln. Es brachte nichts, jetzt einen Streit vom Zaun zu brechen. »Na ja, es ist nicht gerade wie im Märchen. Und woher sollen wir wissen, dass sie nicht schon längst davon wissen? Vielleicht hören sie uns ja jetzt gerade zu!«

Leo sah sich einen Moment lang unauffällig um, dann schüttelte er den Kopf: »So etwas machen sie nicht.«

»Warum muss die Hochzeit dann ein Geheimnis sein?«

»Wenn sie davon erfahren, dann werden sie ...«, begann er, bis Piper ihm mit einer Handbewegung das Wort abschnitt.

Sie kannte dieses Argument zu gut.

»Leo, das ist nicht meine Vorstellung einer Heirat. Ehe ist keine Lösung. Es geht dabei um Liebe, um zwei Menschen, die zusammenbleiben wollen, den Rest ihres Lebens.«

»Aber genau das ist es doch auch.« Leo verzweifelte langsam am Widerstand seiner Freundin.

»Du magst vielleicht so empfinden, aber das ist nicht der Grund für deinen Antrag. Klar, es löst ein Problem, aber es geht dabei nicht um unsere Liebe.«

Leo streckte sich etwas. Er war entschlossen, nicht so leicht aufzugeben. »Ich bin auf diese Idee gekommen, weil wir uns lieben. Und nur darum geht es. Wir sind für einander bestimmt, Piper. Du weißt das. Wir sind in die Zukunft gereist und in dieser Zukunft waren wir verheiratet. Das bedeutet, dass sie uns nicht aufhalten konnten. Wir sind unseren Weg gegangen.«

Pipers Augen füllten sich mit Tränen. Sie wollte es glauben, wirklich. Sie wollte Leo heiraten, sie wollte mit ihm glücklich sein. Aber ihr Herz fühlte sich verraten. Es fiel ihr schwer weiterzusprechen: »Ich weiß es nicht, Leo. Ich liebe dich und ich will bei dir sein, aber eine heimliche Hochzeit kann kein heiliger Bund sein. Es tut mir Leid.«

Die letzten vier Worte waren mit einer Endgültigkeit gesprochen, die das Gespräch abrupt beendete. Es gab nichts mehr zu sagen.

Auch Leo begann zu weinen.

In diesem ungünstigen Augenblick stürmten Prue und Phoebe herein, die unbedingt von ihrem Erlebnis in der Parkgarage erzählen wollten.

»Piper, Leo?«, rief Prue, während sie durch die Halle in das Wohnzimmer lief. »Ah, Leo, klasse. Hast du etwas über den Wächter herausfinden können?«

Leo sah Phoebe und Prue nicht an, sein Blick hing wie hypnotisiert an Piper. »Nein«, flüsterte er leise, »noch nicht.«

»Noch nicht?«, fragte Phoebe überrascht. »Was heißt das?«

Piper riss sich zusammen, schluckte kräftig und machte sich wortlos auf den Weg in ihr Zimmer.

Leo stand mit herunterhängenden Armen da. »Ich sehe zu, was ich herausfinden kann«, sagte er knapp und löste sich in einen Funkenregen auf.

Phoebe und Prue sahen einander an.

Was war denn hier los?

Emilio Smith grinste nicht mehr. Er saß im abgedunkelten Verhörraum des Polizeireviers.

Zwei Wächter hatte er »verbraucht«. Zwei Mal hatte er sich von den *Zauberhaften* die Tour vermasseln lassen.

Es sah nicht gut aus.

Darryl Morris stand hinter ihm und klappte die Akte zu. Die Tür öffnete sich und Cole Turner wollte eintreten. Darryl versperrte ihm sicherheitshalber den Weg.

»Hat er schon was gesagt?«, fragte Cole.

»Kein Wort«, seufzte Darryl. »Er schweigt wie ein Grab.«

»Vielleicht kann ich das ändern«, knurrte Cole, und wollte sich an Darryl vorbeidrängen. Doch der breitschultrige Inspector ließ ihm keine Chance.

»Machen Sie keine Dummheiten, Turner. Damit spielen Sie ihm nur in die Hände.«

Cole grinste säuerlich. »Glauben Sie ernsthaft, man wird ihn wegen tätlichen Angriffs einbuchten, nachdem er wegen Mord davongekommen ist?«

Das sah Darryl ein. Er zuckte mit den Schultern und ließ Cole durch. Der junge Staatsanwalt schnappte sich einen Stuhl und setzte sich an den Holztisch, der nur von einer kleinen Lampe beleuchtet wurde. Er blickte Emilio Smith düster an: »Wie geht's? Ich mache dir einen Vor-

schlag. Wenn du klug bist, wirst du es dir überlegen. Wer auch immer dich beschützt, wird wohl langsam die Nase voll haben. Ständig baust du Mist und wirst dauernd eingebuchtet. Ich würde an deiner Stelle jetzt mal gut zuhören.«

In Emilios Kopf rumorte es. Er war sich klar, dass er die Sache verbockt hatte. Und seine Auftraggeber würden seine Niederlagen nicht so leicht wegstecken.

Er entschloss sich, Cole Turner zuzuhören.

»Ich will«, flüsterte Cole leise, »dass du den Hintermännern eine Nachricht überbringst. Sag ihnen, dass ich weiß, dass du auf mich angesetzt worden bist. Und sag ihnen auch, dass ich sie persönlich dafür zur Rechenschaft ziehen werde.«

Jetzt musste Emilio doch wieder grinsen. »Sie machen mir keine Angst.«

Die Bewegung kam blitzschnell und völlig unerwartet. Coles rechte Hand packte Emilios Glatzkopf und hämmerte ihn mit aller Wucht auf die Tischplatte.

Ein Feuerwerk ging im Schädel des Killers los. Er riss den Kopf wieder hoch, um durchatmen zu können.

Damit tat er genau das, was Cole erwartet hatte. Sofort drückte der Staatsanwalt kräftig mit zwei Fingern auf den Kehlkopf des Mannes. Emilio röchelte.

»Du hast keine Ahnung, mit wem du dich einlässt«, zischte Cole.

Der ganze Vorgang hatte gerade mal eine Sekunde gedauert, doch nun ging Darryl dazwischen. »Was zum Teufel machen Sie da, Turner? Lassen Sie ihn los!«

Cole nahm die Hand vom Hals seines Gegners, stand auf und strich sich den Anzug glatt. »Wir sehen uns vor Gericht.«

Mit diesen Worten verließ er das Zimmer.

Emilios Augen flackerten vor Angst.

Darryl Morris strich sich den Schweiß von der Stirn.

Das war eine Seite von Staatsanwalt Cole Turner, die er noch nicht gesehen hatte.

Piper lag in ihrem Bett, aber sie schlief nicht. Vollständig angezogen starrte sie an die Decke und versuchte, den Wirbelsturm in ihrem Kopf zu beruhigen.

Die Diskussion mit Leo hatte sie sehr mitgenommen. Sie hatte immer davon geträumt zu heiraten und sie wusste, dass Leo der Richtige war. Warum musste es dann so kompliziert sein?

Ihre Zimmertür wurde aufgerissen und ihre beiden Schwestern stürmten herein. Phoebe und Prue hatten gemerkt, dass etwas nicht stimmte und jetzt wollten sie Piper aufmuntern.

Die beiden Halliwell-Schwestern sprangen auf das alte Bett, sodass Piper fast hinausfiel. Phoebe legte sich quer über ihre Beine, während Prue es sich schließlich auf der Bettkante gemütlich machte und sich dabei zu Piper hinunterbeugte.

»Willst du allein sein?«, fragte Phoebe.

»Nein«, murmelte Piper. »Aber ich werde wohl alleine bleiben. Leo hat mich gefragt, ob ich ihn heiraten will.«

Phoebe stieß ein begeistertes schrilles Kieksen aus. Prue reagierte etwas angemessener: »Das ist doch toll!«

Piper drehte sich frustriert zur Seite: »Mag sein, aber ich habe Nein gesagt.«

»Wieso das denn?«, fragte Phoebe entsetzt. »Du liebst Leo doch.«

»Von ganzem Herzen«, bestätigte Piper. »Aber warum muss es so kompliziert sein? Warum kann ich kein normaler Mensch sein, der sich in einen anderen normalen Menschen verliebt hat?«

Prue ahnte, worauf das hinauslief. »Will Leo dich hei-

raten, weil er glaubt, ›ihnen‹ damit ein Schnippchen zu schlagen?«

Piper nickte. »Aber er ist nicht einmal sicher, ob es funktioniert.«

Phoebe zuckte mit den Schultern: »Aber es *könnte* funktionieren. Piper, du und Leo – ihr seid füreinander geschaffen. Ihr habt eine Liebe gefunden, von der andere Menschen nur träumen können. Ich träume ständig davon, du nicht auch?«

»Rund um die Uhr«, bestätigte Prue.

»Ich meine, es mag ja ein Risiko sein«, fuhr Phoebe fort, »aber ist es nicht ein viel größeres Risiko, wenn ihr es nicht versucht?«

Piper setzte gerade zu einer Antwort an, als Leo sich im Schlafzimmer materialisierte.

»Das ging aber schnell«, kommentierte Prue.

»Ein bisschen zu schnell«, ergänzte Phoebe.

Das war nie ein gutes Zeichen.

»Tut mir Leid«, sagte Leo, »aber ›sie‹ waren sehr interessiert, als ich von den Wächtern erzählte. Wie es aussieht, helfen Wächter den Sterblichen, das Böse zu verbreiten.«

»Wissen wir schon«, warf Prue ein, »nächster Punkt.«

»Wie es aussieht, seid ihr auf eine Verschwörung gestoßen, deren Ziel es ist, freigelassene Verbrecher mit Wächtern auszustatten. Ein hochrangiger Dämon arrangiert bei Gericht diese Symbiosen.«

»Das würde auch erklären, wieso Emilio gleich einen zweiten Wächter hatte«, schlussfolgerte Phoebe.

»Genau«, stimmte Prue zu. »Aber wer ist dieser hochrangige Dämon?«

Piper mischte sich ein. »Habt ihr nicht gesagt, dass der Verteidiger verdächtig erschien?«

»Stimmt«, sagte Prue skeptisch, »aber der entscheidet nicht, wann Verbrecher freigelassen werden.«

»Im Gegensatz zu ›Free Willy‹«, warf Phoebe ein.

»Wer ist das?«, wollte Piper wissen.

»Der Richter. Das würde auch erklären, warum er so viele Angeklagte davonkommen lässt.«

Leo nickte nachdenklich. »Trotzdem können wir schlecht einen Bannspruch gegen einen Richter aussprechen, bevor wir nicht wissen, ob er ein Dämon ist.«

Phoebe sah auf ihre Uhr: »Wir müssen uns auf jeden Fall schnell etwas einfallen lassen. In einer Stunde ist die Anhörung beim Nachtgericht.«

»Ich glaube, ich habe eine Idee«, verkündete Prue.

Es gehörte zu den Besonderheiten des amerikanischen Rechtssystems, die Anhörungen auch nachts durchzuführen, um Verdächtige nicht grundlos auch nur einen Tag lang in eine Zelle zu sperren. Ein Verteidiger und ein Staatsanwalt mussten dem Richter ihre Argumente vortragen, auf deren Basis entschieden wurde, ob ein Bußgeld verhängt, eine Freilassung angeordnet oder ein Verfahren eröffnet wurde.

Die Gänge des Gerichtsgebäudes waren wie leer gefegt, sogar das Licht hatte man ein wenig heruntergedreht.

Die Schritte der Halliwell-Schwestern hallten deutlich über den Marmor. Leo hatte sich entschlossen, sie zu begleiten.

»Können wir es nicht einfach mit einem Zauberspruch versuchen?«, fragte Piper halblaut. Nicht jeder sollte hören, worüber sie sich unterhielten.

»Nein, das könnte nach hinten losgehen«, gab Prue zu bedenken.

»Das könnte es sowieso«, hielt Piper dagegen.

»Wir müssen herausfinden, wer der Dämon ist, der mit den Verbrechern unter einem Hut steckt.«

»Und weil du mittlerweile die Zeit auch selektiv anhalten kannst«, erklärte Phoebe weiter, »musst du eben

versuchen, nur die Unschuldigen im Saal erstarren zu lassen.«

»Leicht gesagt«, seufzte Piper. »Schließlich habe ich das noch nie gemacht.«

»Na und?«, flötete Phoebe. »Ich bin ja auch noch nie geflogen.«

»Wie bitte?«, fragte Piper, die von Phoebes Kunststück in der Parkgarage noch nichts gehört hatte.

Prue brachte ihre Schwestern wieder auf das Thema zurück: »Piper, konzentriere dich einfach auf die Unschuldigen, okay?«

»Gut«, stimmte Piper zu. »Und was sollte die Sache mit den Haaren?«

Phoebe brauchte eine Sekunde, bis ihr klar wurde, dass sie gemeint war. »Na ja, ich brauchte eine Veränderung.«

Piper nickte. Im Augenblick hätte sie auch eine Veränderung brauchen können.

Leo schüttelte Kopf. Den *Zauberhaften* bei ihren Diskussionen zuzuhören, war schon verwirrend. Sie hielten zusammen wie Pech und Schwefel, obwohl sie sich ständig zankten.

Schwestern eben.

Alan Sloan war wieder einmal in seinem Element: »Wie oft muss sich mein Mandant eigentlich noch vom Staatsanwalt belästigen lassen, Euer Ehren? So wie ich das sehe, verwandelt sich dieser Fall mehr und mehr in eine Hexenjagd!«

Cole sah aus dem Augenwinkel, wie die Halliwell-Schwestern und Pipers Freund Leo in den Gerichtssaal schlichen. Er wandte sich an Richter Hamilton: »Euer Ehren, ich hätte gerne die Möglichkeit, mich kurz mit den Zeugen zu beraten.«

Hamilton winkte gelangweilt ab. »Es ist spät, Mr. Tur-

ner. Entweder können Sie etwas Handfestes vorbringen oder nicht.«

Cole streckte sich und glättete seinen Anzug. »Nun gut. Warum hat mich der Verdächtige angegriffen, wenn alle von mir gegen ihn erhobenen Vorwürfe falsch sind?«

Ein Kinderspiel für Sloan, dagegenzuhalten: »Euer Ehren, es gibt ja nicht einmal einen Beweis, dass mein Mandant den Staatsanwalt angegriffen hat.«

Prue zischte Piper zu: »Jetzt!«

Piper versuchte, sich zu konzentrieren, aber das war gar nicht einfach. Ihr ging momentan zu viel im Kopf herum.

»Was hatte der Angeklagte dann in der Parkgarage zu suchen?«, setzte Cole erneut an. »Und warum gibt es zwei Zeuginnen, die ...«

»Sie meinen dieselben Zeuginnen wie beim letzten angeblichen Angriff?«, unterbrach Sloan höhnisch.

»Piper«, knurrte Phoebe drängelnd.

»Ich versuch's ja!«

Piper riss sich zusammen. Ein Gedankenstoß in den Raum, der sich an allen festkrallte, die reinen Herzens waren ...

»Wie ist es möglich, dass die Halliwell-Schwestern jedes Mal am Ort des Verbrechens auftauchen?«, fuhr Sloan ungerührt fort.

»Noch mal!«, zischte Prue.

Piper atmete tief durch. Das war anstrengender, als sie gedacht hatte.

»Einspr ...«, setzte Cole an, aber in der Bewegung hielt er inne.

Phoebe warf einen Blick zu Darryl und Leo. Die beiden rührten ebenfalls keinen Muskel mehr.

Es hatte funktioniert.

Jetzt mussten sie nur noch darauf achten, wer sich trotz des Zaubers bewegen konnte.

»Einspruch abgelehnt«, verkündete Richter Hamilton.

»Es ist tatsächlich der Richter«, murmelte Prue.

»Ich beantrage, den Fall abzuweisen«, sagte Alan Sloan.

»Und der Verteidiger«, ergänzte Phoebe.

Die Schwestern sahen sich um. Die Protokoll-Chefin, die Saalhelfer, sogar Emilio Smith – sie saßen zwar ruhig auf ihren Plätzen, aber erstarrt waren sie ganz offensichtlich nicht.

Der gesamte Gerichtssaal war voll mit Dämonen oder mit Menschen, die mit Dämonen in Verbindung standen!

»Ach, du meine Güte«, keuchte Phoebe.

»Ups«, ergänzte Prue.

Jetzt war auch Richter Hamilton aufgefallen, was vor sich ging. Er erhob sich von der Richterbank, schlug seinen Hammer auf den Holzblock und verkündete: »Tötet sie!«

Binnen zwei Sekunden verwandelte sich der Gerichtssaal in ein Kampfgebiet. Die Gerichtshelfer zogen ihre Waffen und selbst Sloan angelte sich aus einem gut versteckten Holster unter seinem Jackett eine großkalibrige Waffe.

»Was machen wir denn jetzt?«, zischte Piper.

Die Entscheidung fiel leicht, als sie sahen, dass Richter Hamiltons Gesicht sich in eine purpurne Monsterfratze verwandelte. Das war ihr Dämon!

»Nichts wie raus hier«, presste Prue hervor. In Windeseile stürmten die *Zauberhaften* zu einer Tür, die seitlich aus dem Saal führte.

Keine Flucht – ein strategischer Rückzug.

5

VOM REGEN IN DIE TRAUFE. So nannte man das wohl. Die Tür, durch die die *Zauberhaften* aus dem Gerichtssaal geflüchtet waren, führte leider nicht nach draußen. Stattdessen fanden sich die Halliwell-Schwestern in einem kleinen, unordentlichen Büro wieder, das vermutlich dem Gerichtsschreiber gehörte.

Piper, die als Letzte durch die Tür gehetzt war, schob den Riegel vor.

»Okay«, keuchte Phoebe erschöpft, »hat irgendjemand eine brillante Idee, wie wir aus dem Schlamassel wieder rauskommen?«

Prue wandte sich an Piper. »Kannst du sie nicht erstarren lassen?«

Piper schüttelte den Kopf. »Nein, wenn sie einmal immun sind, ist es unmöglich geworden.«

»Na, klasse«, sagte Phoebe entmutigt.

Die Flügeltüren begannen sich zu bewegen. Von der anderen Seite wurde versucht, die Verriegelung zu durchbrechen.

»Prue, dies hier war deine Idee«, stellte Phoebe lakonisch fest.

»Verklag mich«, antwortete Prue.

Die Satansanhänger vor der Tür wurden immer unruhiger. Sie traten, schlugen, drückten. Doch das Schloss hielt.

»Zurück!«, rief der Dämon, der sich mittlerweile wieder in Richter Hamilton verwandelt hatte. Dann holte er weit aus und schmetterte einen Feuerball, der sich in seiner Hand gebildet hatte, gegen die Tür.

Die Funken stoben durch die Holzritzen und ein schwefelartiger Rauch stieg auf, doch die Tür hielt.

»Hat eine von euch einen Massen-Bannspruch parat?«, fragte Prue vorsichtig.

»Du bist doch diejenige, die das *Buch der Schatten* so eifrig gelesen hat«, erinnerte Phoebe sie.

»Warum hackst du auf mir rum?«

Phoebe wandte den Blick nicht von der Tür. »Weil ich Angst habe und weil wir in der Minderheit sind.«

»Wir können nicht den Rest unseres Lebens in diesem Raum bleiben«, stellte Piper fest.

Ein weiterer Feuerball erschütterte die Tür. So langsam gab das gequälte Holz nach.

»Na gut«, seufzte Prue, »Angriff ist die beste Verteidigung. Fertig?«

»Nein«, sagte Piper.

»Doch.«

»Ganz bestimmt nicht.«

»Sicher. Auf drei. Eins, zwei – Phoebe, lass meine Hand los – drei!«

Prue nahm jetzt ihre gesamten Hexenkräfte und all ihren Mut zusammen. Sie hatte ihre Kraft schon mehrfach gegen Dämonen eingesetzt, aber noch nicht gegen so viele auf einmal. Sie musste auf den Überraschungseffekt setzen und eine Schneise schlagen.

Die Tür wurde förmlich aufgerissen und die Dämonen, die nicht von Prues telekinetischem Schlag durch den Raum gewirbelt wurden, stießen mit dem Holz zusammen. Wie von einer unsichtbaren Faust wurde die Gruppe gesprengt.

Die *Zauberhaften* verloren keine Sekunde, sondern rannten sofort aus dem Büro.

Alan Sloan war als Erster wieder auf den Beinen. Er hob seine Pistole, aber Prue hielt ihn durch einen weiteren telekinetischen Stoß zurück. Ein Gerichtshelfer packte sie von hinten, während ein Weiterer von vorne auf sie zukam. Doch Prue nutzte ihre Situation, ließ sich nach hinten in den Griff ihres Angreifers fallen, zog die

Beine hoch und stieß sie kraftvoll nach vorne. Der Teufelsanhänger ging augenblicklich zu Boden. Dann zog sich Prue zusammen und rollte den Gerichtshelfer über ihren Rücken ab. Mit einem harten Schwinger unter das Kinn schlug sie ihn nieder.

Derweil musste Phoebe die Protokollführerin abwehren, die unter dem Einfluss dämonischer Mächte übermenschliche Kräfte besaß. In ihrem schwarzgrauen Kostüm kickte und schlug die ältliche Frau wie Jean Claude Van Damme. Aber Phoebe kam wieder ihre Karate-Ausbildung zugute. Sie packte den Arm der Frau und wirbelte sie herum. Krachend landete ihr übergewichtiger Körper auf dem Saalboden.

Nicht schlecht gelaufen, dachte Phoebe zufrieden, als ein Tritt ins Kreuz sie nach vorne warf. Das hatte sie einem Saaldiener asiatischer Herkunft zu verdanken, der anscheinend lange Zeit die Kampfkunst studiert hatte. Er wirbelte mit einer erschreckenden Behändigkeit um die eigene Achse. Phoebe konnte die Angriffe gerade noch abblocken. Doch inzwischen war auch die Protokollführerin wieder auf den Beinen. Aber ein Roundhouse-Kick erledigte das Problem.

Emilio Smith hatte sich Piper als Opfer ausgesucht. Aus seinem Jackett zog er ein Butterfly-Messer. Einen Moment lang fragte sich Piper, wie er damit unbemerkt in den Gerichtssaal gekommen war.

Doch richtig, der Saaldiener war ja auf seiner Seite.

Sie packte einen Schlagstock, der in dem allgemeinen Chaos auf den Boden gefallen war, und schlug den Killer gegen die Wand.

Piper war keine geborene Kämpferin, aber sie nutzte ihre Chance. Mit aller Kraft zog sie Emilio den Schlagstock über den Schädel. Ohne einen Laut brach der Killer zusammen.

Richter Hamilton hatte sich das Chaos aus sicherer Entfernung angesehen. Als er ein freies Blickfeld hatte,

warf er einen weiteren Feuerball – direkt auf Prue. Doch sie sah die Gefahr kommen und stieß das funkensprühende Geschoss kurzerhand zurück. Hamilton musste sich ducken, um nicht von seiner eigenen Waffe vernichtet zu werden.

Er entschied, dass es Zeit für einen Rückzug war und machte sich durch die Tür hinter der Richterbank aus dem Staub.

Phoebe, Piper und Prue war es gelungen, alle anderen Satansdiener auszuschalten. Und das, ohne dabei Cole, Darryl und Leo in Mitleidenschaft zu ziehen.

»Gut gemacht«, lobte Prue.

»Du aber auch«, sagte Phoebe anerkennend.

Nur Piper fand, dass die Sache zu einfach gewesen war. »Das sollen Dämonen gewesen sein? Wo waren dann ihre Kräfte?«

Sie sahen sich um und erhaschten gerade noch einen Blick auf Richter Hamilton, der die Tür zum Richterzimmer hinter sich zuzog – gefolgt von einem halben Dutzend schemenhafter Gestalten!

»Wächter!«, rief Prue. »Diese Leute hier sind keine Dämonen, sie werden nur von ihnen beschützt!«

»Hinterher«, sagte Phoebe und gemeinsam machten sie sich auf den Weg, um Richter Hamilton aufzuhalten.

In all dem Chaos sahen die drei Halliwell-Schwestern nicht, wie Cole Turner sich aus seiner Erstarrung löste und sich vorsichtig umschaute.

Die Luft schien rein.

Es genügte ein Gedanke und er verschwand. Nicht in einem Funkenregen und nicht in einer Schwefelwolke, sondern einfach so. Als wäre er nie da gewesen.

Mit der gleichen Selbstverständlichkeit materialisierte sich Cole einen Augenblick später direkt vor dem

Richter, der hektisch versuchte, aus dem Gebäude zu flüchten.

Richter Hamilton war nicht gerade ein Dämon der unteren Klasse, aber diese lässige Beiläufigkeit, mit der sich der junge Staatsanwalt vor seinen Augen materialisierte, raubte ihm den Atem: »Was zum Teufel ...?«

Cole wischte sich ein bisschen Staub vom Revers und lächelte: »Danke. Ich übernehme jetzt.«

Er winkte ein bisschen mit der rechten Hand und augenblicklich war Hamilton von Flammen umgeben, die ihm entgegenzüngelten.

Der Dämon schrie. Sein selbst gewählter Körper konnte dem Feuer nicht entkommen.

Cole sah sich das Schauspiel eine Sekunde lang zufrieden an. Dann hörte er die Hexen-Schwestern nahen und verschwand, wie er gekommen war.

Im Gerichtssaal materialisierte er sich wieder und nahm genau die Stellung ein, die er innehatte, als Piper ihn erstarren ließ.

Es war wichtig, jetzt keinen Fehler zu machen ...

Prue, Piper und Phoebe waren ein wenig überrascht, dass es ihnen gelungen war, den Richter doch noch einzuholen. Dämonen konnten verdammt flink sein.

Aber sie waren noch überraschter über den Zustand, in dem sie Hamilton vorfanden – er brannte!

Und nicht nur das: Er schrie! Gebannt sahen die Halliwell-Schwestern zu, wie Hamilton sich innerhalb von wenigen Sekunden auflöste und nur noch als dunkler Fleck auf dem Läufer übrig blieb.

Es war Phoebe, die zuerst ihre Stimme wieder fand: »Okay, was ist passiert?«

»Keine Ahnung«, sagte Prue, »aber es sieht so aus, als wären wir nicht allein.«

»Wir sollten zurückgehen, bevor die anderen sich wie-

der bewegen können«, schlug Piper vor. Es war erstaunlich genug, dass ihr Zauber so lange angehalten hatte. Es stimmte also, dass sich die magischen Kräfte der *Zauberhaften* in den letzten Jahren verdoppelt hatten. Aber es kamen auch neue hinzu – wie bei Phoebe.

Im Gerichtssaal hatte sich nichts verändert. Darryl und Leo saßen auf der Zuschauerbank und Cole versuchte immer noch, Einspruch zu erheben. Die Satansjünger lagen bewusstlos am Boden.

»Wie sollen wir Cole das bloß erklären?«, fragte Prue.

Piper nickte skeptisch. Stimmt, Darryl und Leo wussten ja, dass sie Hexen waren. Aber Cole hatte von nichts eine Ahnung.

Phoebe nahm den Schlagstock auf, mit dem Piper gegen Emilio Smith gekämpft hatte. Sie stellte sich mit einem unglücklichen Gesichtsaudruck hinter Cole auf.

»Das tut mir jetzt wirklich, wirklich sehr Leid«, sagte sie, und versetzte ihrem neuen Bekannten einen heftigen Schlag auf den Schädel.

Zum zweiten Mal binnen 24 Stunden sackte Cole Turner in sich zusammen.

Jetzt konnte Piper gefahrlos den Zauber lösen.

Phoebe kümmerte sich sofort um Cole: »Cole, sind Sie okay?«

Sie tätschelte ihm leicht die Wangen und er kam wieder zu sich. Mit schmerzverzerrtem Gesicht tastete er seinen Hinterkopf ab: »Geht schon. Was ist passiert?«

Phoebe lächelte ihn zuckersüß an: »Wird es Ihnen nicht langsam langweilig, mich immer das Gleiche zu fragen?«

Leider fiel der Staatsanwalt darauf nicht herein. Er wollte offensichtlich eine etwas fundiertere Antwort. Phoebe biß sich auf die Unterlippe: »Na ja, Emilio drehte plötzlich durch und wollte türmen. Plötzlich standen die Leute hier im Gerichtssaal auf seiner Seite und dann ...«

»... hat Darryl ihn glücklicherweise aufhalten können«, vollendete Prue die schwache Lügengeschichte.

Cole blickte zu Darryl. Dieser zuckte mit den Schultern.

»Er ist ein Held«, bemerkte Piper, der klar war, dass diese Story keiner genauen Untersuchung standhalten würde.

Cole schaute wieder zu Phoebe: »Was?«

»Etwas Gutes ist passiert«, sagte Phoebe, »reicht das nicht als Antwort?«

Cole dachte eine Sekunde lang nach: »Nein. Liegt nicht in meiner Natur.«

Aber er lächelte, als er dies sagte und Phoebe half ihm auf die Füße.

Das *P3* war brechend voll. Kein Wunder, die *Barenaked Ladies* spielten. Seit zwei Jahren gehörten die übergewichtigen und nicht gerade umwerfend hübschen Jungs zu den Stars der US-Indie-Szene. Sie absolvierten ihren Gig mit Energie und Freude an der Musik. Auf der Tanzfläche wirbelten mindestens 200 Fans.

Piper stand wie üblich hinter dem Tresen. Sie mixte gerade einen Martini – »den besten in der Stadt«, wie sie gerne sagte.

Phoebe und Prue bahnten sich einen Weg durch die tanzende Menge.

»Oh Mann«, rief Phoebe, »wie hast du es geschafft, die *Barenaked Ladies* zu bekommen?«

»Waren nur ein paar Anrufe«, meinte Piper bescheiden.

»Wenn ich es versuche, bekomme ich nicht mal *Modern Talking* ans Telefon«, seufzte Phoebe. Sie sah ihre Schwester an: »Es tut mir Leid, dass ich hier so schlecht gewirtschaftet habe.«

Piper nahm über die Theke hinweg die Hand ihrer Schwester: »Mach dir nichts draus. Ich muss mich

sowieso bei euch entschuldigen, weil ich so lange weg war.«

»Ist mir gar nicht aufgefallen«, flötete Phoebe unschuldig.

»Lügnerin«, grinste Prue.

Phoebe lachte, wurde aber schnell wieder ernst: »Sieht aus, als wäre Lügen mein neues Hobby, besonders gegenüber Cole. Ich hoffe nur, dass das bald aufhört.«

»Ich habe das dunkle Gefühl, dass wir Cole nicht so schnell loswerden«, orakelte Prue.

»Dagegen habe ich auch nichts einzuwenden«, erklärte Phoebe.

»Ich aber«, warf Piper ein. »Er ist zwar ein Traumtyp, aber auch der stellvertretende Staatsanwalt. Das macht ihn zu einer Gefahr.«

»Wenigstens gehört er zu den Guten«, protestierte Phoebe.

»Da wir gerade von den Guten reden«, sagte Prue, die auf der Treppe Leo entdeckt hatte.

Piper folgte dem Blick ihrer Schwester und sah ihren Freund jetzt auch.

»Hast du deine Meinung geändert?«, fragte Phoebe hoffnungsvoll.

»Eigentlich nicht«, sagte Piper betreten und wischte sich die Haare aus der Stirn. Dann ging sie, um Leo auf halbem Wege entgegenzukommen.

Mitten auf der Tanzfläche trafen sie sich.

»Hi«, murmelte Leo unsicher.

»Hi«, gab Piper zurück.

Er druckste herum. »Piper, ich ...«

Sie legte ihm einen Zeigefinger auf die Lippen. »Ich zuerst.«

Sie sammelte sich einen Augenblick. Es war sicher nicht der richtige Zeitpunkt und wahrscheinlich auch nicht der richtige Ort, aber in Gottes Namen – Leo hatte

ihr in einem Badezimmer einen Antrag gemacht, da war das hier auch nicht schlimmer.

»Ich habe sehr viel über uns nachgedacht«, begann sie. »Gestern Abend, während des Kampfes im Gerichtssaal, hatte ich große Angst. Es war nicht die Angst vor dem Tod.«

Leo sah sie fragend an.

»Es war die Angst, zu sterben, ohne deine Frau gewesen zu sein.«

Die Musik, die wirbelnden Lichter, die tanzenden Körper – alles schien auf einmal in den Hintergrund zu treten. Leo und Piper waren in ihrer eigenen Welt, auf ihrer eigenen Insel. Die Zeit war erneut stehen geblieben – nur für sie und nur für diesen Moment.

Leo nahm ihre Hand. »Du meinst ...«

Piper sah ihn fest an. »Leo, ich liebe dich. Und ja, ich will dich heiraten.«

Sie lächelte.

Er lächelte.

Er nahm sie in die Arme.

Sie küssten sich.

Sehr lange.

Hexenhochzeit

1

Piper hätte in diesem Moment gerne gegen ein paar Dämonen gekämpft. Oder mit ihren Schwestern gestritten. Oder ein schlechtes Risotto bei einem wenig begabten italienischen Schnellkoch gegessen.

Sie hätte ihre momentane Situation gerne gegen jeden vorstellbaren Alptraum eingetauscht.

Sie saß beim Friseur.

Grundsätzlich war das nicht weiter schlimm. Ihre Haare waren lang, da mussten nur die Spitzen nachgeschnitten werden. Sie war ja nicht so verrückt wie Phoebe, die jeden Monat einen anderen Look brauchte, um sich wohl zu fühlen.

Piper hatte keine Angst vor dem Friseur, seit Prue im Alter von sieben Jahren zur Schere gegriffen hatte, um ihre kleine Schwester »hübscher« zu machen.

Nein, der Grund, warum sie sich momentan so miserabel fühlte, waren die anderen Kundinnen, die auf den Wartestühlen saßen.

Jede Einzelne las in einem Magazin für angehende Hochzeitspaare! *Braut heute*, *Braut&Welt*, *Hochzeit modern* – kaum zu glauben, wie viele Hochglanzblätter es zu diesem Thema gab. Und auf jedem Cover strahlte einem ein Model mit unverschämt weißen Zähnen entgegen.

Piper dachte an *Vier Hochzeiten und ein Todesfall* – und wünschte sich auf einmal, der Todesfall zu sein.

Gab es denn nichts anderes mehr auf diesem Planeten als das Thema Ehe?

Sie griff sich lustlos eine Zeitschrift von dem speckigen Stapel auf dem Tisch vor ihr – *Hochzeit&Hund*!

Entnervt warf Piper das Blatt auf den Tisch zurück und stand auf.

Es war wie ein Fluch.

Seit sie eingewilligt hatte, Leo zu heiraten, drehte sich in ihrem Leben alles nur noch um das Thema Hochzeit. An jedem Wagen zierte ein weißes Band die Antenne, jede zweite Einladung im Briefkasten war eine Verlobung und sogar in Pipers Lieblings-Seifenoper *Alle Jahre wieder* heirateten Duke und Moira!

Entschlossen stand Piper auf. Sie pfiff auf den Friseurtermin. Keine Minute länger wollte sie eingekeilt sein in die nervige hoffnungsfrohe Gesellschaft der werdenden Mütter und Bräute.

Sie ging auf den Ausgang des Salons zu und schnappte sich im Vorbeigehen die aktuelle Ausgabe von *Brautwelt.* Der auf dem Titelblatt angekündigte Artikel über modernes Hochzeitsgebäck könnte vielleicht ...

Aber es gab kein Entrinnen. Schon im Aufzug des Einkaufszentrums musste Piper zwei Sekretärinnen ertragen, die laut schnatternd ihre Verlobungsringe verglichen.

Als Piper es endlich nach Hause geschafft hatte und aus dem Wagen stieg, wurde sie fast von einer fröhlich hupenden Hochzeitskolonne überrollt.

Sie lehnte sich erschöpft an das Auto.

Unglaublich. Es war einfach unglaublich.

Und unerträglich obendrein.

Für einen Moment fragte sie sich, ob es ein Fehler gewesen war, Leos Antrag anzunehmen.

Quatsch!

Sie liebte den *Wächter des Lichts*. Und selbst, wenn seine ›Vorgesetzten‹ durch ihre Starrsinnigkeit sie nicht zur Ehe gedrängt hätten, hätte Piper Ja gesagt.

Aber sie durfte Leo nur heimlich heiraten. Keine Freunde, keine Familie – mit Ausnahme ihrer Schwestern.

Sie fühlte sich betrogen. Sie wusste, warum alle so einen Wirbel um die Hochzeit machten. Man hatte das Gefühl, vor Glück platzen zu können und wollte die ganze Erde daran teilnehmen lassen.

Doch sie durfte nicht ...

»Sie wird dich wählen«, sagte Prue pragmatisch.

»Wohl kaum«, entgegnete Phoebe, während sie mit der Kinderschere das gelbe Papier zurechtschnitt.

»Du verbringst viel mehr Zeit mir ihr als ich«, beharrte Prue.

»Dafür kennst du sie länger. Ihr konntet eine Beziehung aufbauen, bevor ich überhaupt geboren war.«

Prue musste unwillkürlich kichern. »Eine Beziehung? Phoebe, ich war drei und Piper gerade mal ein Jahr alt. Wir hätten uns allenfalls um Windeln und Schnuller gestritten.«

Phoebe war mit ihrer Bastelstunde fertig und setzte sich die quietschgelbe Pappbrille mit den dunklen Foliengläsern auf die Nase.

»Was ist das eigentlich?«, wollte Prue wissen.

»Eine Brille, damit wir uns die Sonnenfinsternis ansehen können«, erklärte Phoebe.

»Cool.«

»Ich habe dir auch eine gemacht.«

»Noch besser.«

In diesem Moment ging die Haustür auf und Piper trat in die Halle des altehrwürdigen Anwesens. Sie sah genervt aus.

»Oh klasse, da bist du ja«, rief Phoebe, die wie immer negative Stimmungen einfach nicht wahrnahm.

»Hi«, sagte Prue, die etwas vorsichtiger reagierte, weil sie Pipers Gesichtsausdruck sah, »wir hoffen, du kannst eine Sache zwischen uns beiden klären.«

Stöhnend ließ Piper die Handtasche fallen und

schlurfte an den Tisch. »Na ja, solange es mich vom Thema Hochzeit ablenkt. Also?«

Phoebe und Prue sahen sich betreten an.

»Nein, ist nicht so wichtig«, stammelte Phoebe.

»Raus damit«, sagte Piper.

Es war offensichtlich kein guter Zeitpunkt. Aber die Halliwell-Schwestern gingen die Probleme immer direkt an und darum redete Prue auch nicht um den heißen Brei: »Wir haben uns gefragt, wer deine Brautjungfer sein wird.«

»Oh«, machte Piper. Sie setzte ein nachdenkliches Gesicht auf. »Fassen wir mal zusammen: Ich darf weder eine Feier haben, noch eine Torte. Es wird keine Band geben und keine Zeremonie in der Kirche. Warum sollte ich also eine Brautjungfer brauchen?«

»So schlimm ist es nun auch wieder nicht«, widersprach Phoebe mühsam und legte den Arm um ihre Schwester. Sie gingen gemeinsam in den Wohnraum, wo sie sich auf die große weiße Couch setzten.

»Es ist ja nicht so, dass ich ein kleines Mädchen bin, das auf seine Traumhochzeit besteht«, führte Piper aus, »aber ich dachte, ein paar Sachen wären selbstverständlich.«

»Wie der Kampf mit dem Partyservice und die Frage, wer nicht eingeladen wird?«, scherzte Phoebe.

»Selbst so etwas«, bestätigte Piper nickend. »Ich würde einfach gerne ein bisschen feiern.«

»Du bekommst zwar keine Traumhochzeit, aber wenigstens deinen Traummann«, gab Prue zu bedenken.

Piper seufzte.

Prue hatte ja Recht.

Und wie auf Kommando funkelte es blau auf dem Treppenabsatz und Leo materialisierte im Wohnzimmer.

»Leo!«, rief Phoebe begeistert, in der Hoffnung, seine Gegenwart würde Piper ein wenig aufheitern.

»Pssst!«, machte Leo verschwörerisch.

»Leo ...«, flüsterte Phoebe noch einmal deutlich leiser.

Der *Wächter des Lichts* gesellte sich zu den drei Schwestern auf das Sofa. »Ich bin ungern der Überbringer der schlechten Nachricht«, sagte er halblaut.

»Wer ist das schon gerne?«, entgegnete Piper.

Leo atmete tief durch. »Piper, sie wollen eine Antwort, was uns beide angeht. Entweder unsere Beziehung ist zu Ende oder ihr bekommt einen neuen Wächter zugeteilt. Bis morgen Abend müssen wir unsere Antwort geben.«

»Morgen Abend?«, keuchte Piper entgeistert. »Das ist doch verrückt!«

Leo hob beschwörend die Hände: »Es gibt noch eine dritte Möglichkeit. Wenn wir die ganze Sache bis morgen Abend durchziehen, können sie den Bund nicht brechen.«

»Aber uns, wenn sie es herausfinden«, bemerkte Piper düster.

»Wie bitte?«, fragte Phoebe.

Piper dachte einen Moment lang nach. »Wenn ich mich recht erinnere, benutzten sie bei unserem letzten Besuch den Ausdruck ›unaussprechliche Rache, die über das Vorstellungsvermögen hinausgeht‹.«

Die Halliwell-Schwestern waren von den Aussichten sichtlich geschockt und Leo mahnte zur Vorsicht: »Ich will euch nichts verheimlichen. Sie werden uns sehr genau beobachten, bis wir die Antwort gegeben haben. Es ist ein großes Risiko und deshalb sollten wir das H-Wort dringend vermeiden.«

»Ich bin ja ungern pedantisch«, warf Prue ein, »aber wie soll das gehen, wenn sie uns rund um die Uhr im Auge haben? Phoebe, irgendwelche Hinweise im *Buch der Schatten*, wie wir uns gegen sie abschirmen könnten?«

Phoebe schüttelte den Kopf. »Nein, gar nichts.« Dann wandte sie sich an Piper und Leo. »Ich verstehe das mit der ›unaussprechlichen Rache‹ noch nicht ganz – gilt das nur für Braut und Bräutigam oder schließt das die Brautjungfer mit ein?«

»Phoebe ...«, mahnte Prue.

»Nein, ehrlich«, fuhr sie fort. »Es muss doch einen Grund geben, warum sie so sehr gegen die Beziehung sind. Ein Gesetz, eine Regel.«

»Regeln sind da, um gebrochen zu werden«, entgegnete Prue, der das Glück ihrer Schwester am Herzen lag.

»Unsere Körper aber nicht«, setzte Phoebe dagegen.

»Oder unsere Herzen«, flüsterte Piper. »Leo, bist du sicher, wir können das durchziehen, ohne erwischt zu werden?«

»Wir müssen«, sagte Leo entschlossen. »Wir benutzen ab jetzt Code-Worte und vermeiden jegliches ...«

Er nahm ihre Hände in die seinen und summte die ersten Takte des Hochzeitsmarsches.

Piper nickte tapfer: »Okay, es ist vielleicht besser, wenn wir so wenig Zeit wie möglich miteinander verbringen. Du solltest jetzt besser gehen.«

Sie standen auf und ihre Gesichter waren nur Zentimeter voneinander entfernt. Leo beugte sich vor, doch Piper schüttelte leicht den Kopf: »Das sollten wir nicht tun.«

»Aber bald«, flüsterte Leo.

Ihr zartes Lächeln war das Letzte, was Leo in der irdischen Dimension sah, bevor er sich in einem Funkenregen auflöste.

Prue stand auf und nahm ihre Schwester in den Arm: »Warum sind die so erpicht darauf, dass wir allein bleiben?«

Piper schloss die Augen.

Sie hatte keine Ahnung.

An der Haustür waren plötzlich Geräusche zu hören.

Ein Fauchen, ein seltsam hohes Quietschen und ein Kratzen.

Prue war die Erste, die es aussprach: »Kit?«

Die Katze der drei *Zauberhaften* ging immer ihre eigenen Wege und manches an ihr war nicht irdischer Natur. Aber meistens war sie ein Katze wie jede andere, die im Sommer gerne mal eine gefangene Maus präsentierte.

Die Halliwell-Schwestern begaben sich zum Eingang des Hauses. Wie befürchtet fanden sie dort Kit und ihr Opfer. Aber das war keine Maus.

Es war eine Eule!

Ein sehr prachtvolles Exemplar, mit eisgrauem Gefieder und runder Zeichnung um die Augen.

Der Vogel kauerte eingeschüchtert in der Ecke neben der Haustür und Kit setzte gerade zum großen Angriff an.

»Lässt du das arme Tier wohl in Ruhe!«, rief Piper in gewollt scharfem Ton und fuchtelte mit den Händen.

Kit fühlte sich gestört und fauchte noch einmal, bevor sie sich zurückzog. Als Katze war sie schlau genug, sich nicht mit den Besitzerinnen des Dosenöffners anzulegen.

»Böse Katze«, setzte Prue noch hinzu.

Die Eule saß ganz still und begann plötzlich weißlich zu schimmern. Es war, als wäre ihr ganzer Körper von einem Heiligenschein umgeben, der sich langsam auszubreiten begann. Das Tier blickte die Schwestern direkt an, während sich seine Augen verwandelten. Die Pupillen wurden schmaler, die Form länglicher. Dann schien sich der Körper zu strecken und die Federn wurden in die Haut gesaugt.

Binnen drei Sekunden verwandelte sich die Eule in einen nackten Mann, der vor den Halliwell-Schwestern auf der Veranda hockte.

»Korrektur: Gute Katze«, flüsterte Prue, die als Einzige der Schwestern noch etwas hervorbrachte.

2

ER WAR JUNG, ER SAH GUT AUS, hatte einen Körper wie ein griechischer Gott und war braun gebrannt.

Keine Frage – der Typ bedeutete Ärger. Jeder gut aussehende Mann im Leben der Halliwell-Schwestern bedeutete Ärger.

Mittlerweile hatten sich die Schwestern mit dem unerwarteten Besuch ins Haus zurückgezogen. Piper hatte ihm ein Badetuch gegeben, welches er gerade um seine Hüfte wickelte.

»Okay«, sagte Prue streng, »von Anfang an – Name?«

Der Fremde schien ihr kaum zuzuhören, er war mit den Gedanken ganz woanders. Trotzdem antwortete er: »Chris.«

»Chris, gut zu wissen.«

»Sie haben keine Angst vor mir?«, fragte Chris mit einem Ausdruck der Verwunderung im Gesicht.

»Solange Ihnen keine Hörner wachsen oder Sie beabsichtigen, uns zu essen.« Prue versuchte, möglichst lässig zu klingen. Es kam ihr komisch vor, einen Mann zu siezen, den sie nackt gesehen hatte.

»Wenn ihr für *ihn* arbeitet, wird er Schlimmeres mit euch tun«, entgegnete der Mann geheimnisvoll.

»Von wem reden wir?«, wollte Prue wissen.

Piper ging jetzt dazwischen: »Okay, nichts gegen eine nette zweideutige Plauderei, aber wir haben schließlich noch diese andere Sache zu erledigen. Also machen wir es kurz – beschützen oder bekämpfen?«

»Hat es Ihnen keine Angst gemacht, was da eben mit mir geschehen ist?«, fragte Chris überrascht.

Phoebe winkte ab. »Wenn ich einen Dollar hätte für

jede Eule, die sich in meinem Vorgarten in einen nackten Mann verwandelt ...«

Piper hielt ihrer Schwester den Mund zu, bevor diese sich um Kopf und Kragen redete. »Es gibt Schlimmeres.«

»Wenn Sie nicht hier sind, um uns zu töten«, schlussfolgerte Prue, »dann sollen wir Ihnen vermutlich beistehen.«

Chris schüttelte vehement den Kopf. »Ihr müsst mich gehen lassen, sonst nichts.«

Sein Blick schweifte ab in den Garten. Prue versuchte zu erahnen, was er dort sah, aber die einsetzende Dunkelheit machte es schwer. Trotzdem fiel ihr ein Schatten auf, der sich durch das Buschwerk bewegte. Kein Mensch, sondern ein Tier.

Ein Wolf?

»Es scheint offensichtlich, dass Sie mit der Welt der Magie vertraut sind«, versuchte Prue eine erneute Annäherung. »Wir spielen vermutlich im selben Team.«

Chris hob abwehrend die Hand. »Das Letzte, was ich momentan brauche, ist mehr Magie.«

»Ich glaube, Sie verstehen nicht ganz«, warf Piper ein.

Er schüttelte den Kopf. »Das stimmt, ich verstehe nichts. Ich habe aufgehört, Dinge zu verstehen, als er mich verfluchte und damit mein Leben zerstörte. Das Einzige, was ich je verstanden habe, ist tot. Und das Einzige, was ich jetzt noch will, ist Rache.«

»Wer hat Ihnen das angetan?«, wollte Phoebe wissen. »Ein Zauberer? Ein Hexer?«

»Es war mein Boss«, murmelte Chris.

»Geben Sie uns ein bisschen Zeit, wir werden sicher ...«, begann Prue.

»Ich habe schon zu viel Zeit verloren, als Ihre Katze mich hierher geschleppt hat!«, unterbrach Chris. »In zwölf Stunden, bei Sonnenaufgang, werde ich wieder eine Eule sein. Ich kann das nicht noch einen weiteren

Tag durchstehen. Es wird heute Nacht enden, so oder so. Sein Leben – und mein Fluch.«

Prue hob den Zeigefinger. »30 Sekunden, bitte.«

Chris nickte.

Piper warf Chris ein paar Sachen zu, die sie schnell aus ihrem Zimmer geholt hatte. »Die sind von meinem Freund. Ziehen Sie sich an, während wir uns beraten.«

Die Halliwell-Schwestern steckten die Köpfe zusammen.

»Na ja, die Masche mit der verlorenen Seele hat er ja ganz gut drauf«, stellte Phoebe fest.

»Aber wir sind sehr beschäftigt und er scheint unsere Hilfe nicht zu wollen«, hielt Piper dagegen.

»Alles wie gehabt«, seufzte Prue. »Wir kümmern uns drum. Hoffen wir nur, dass er nicht abhaut.«

Sie drehte sich um – und Chris war verschwunden!

Dafür stand die Verandatür offen.

Nach einer Schrecksekunde atmete Piper hörbar aus: »Okay, weg ist er. Schade.«

Es war deutlich zu hören, dass sie genau das Gegenteil dachte.

»Piper, das können wir doch nicht einfach so auf sich beruhen lassen«, empörte sich Phoebe. »Er wurde nicht ohne Grund zu uns gebracht.«

»Ja«, gab Piper zu, »aber wir müssen uns um die Ho ... äh ... Kirmes kümmern, bevor sie dahinter kommen.«

»Die Kirmes?«, fragte Prue verwirrt.

»Das Codewort für die Sache, über die wir nicht sprechen dürfen«, sagte Piper überdeutlich und summte energisch ein paar Takte des Hochzeitsmarsches.

Jetzt fiel bei Prue der Groschen. »Ach so. Klar. Die Kirmes.«

»Also wird getrennt marschiert, aber vereint zugeschlagen, okay?«, stellte Piper klar.

Prue sah, dass Kit in der Ecke gemütlich mit einer

Eulenfeder spielte. Sie nahm das Beweisstück dem Haustier aus den Klauen. »Ich werde mal im *Buch der Schatten* nachlesen, was es mit dieser Eulen-Verwandlungsgeschichte auf sich hat. Ihr könnt euch ja derweil um Pipers ... äh ... Kirmes kümmern.«

Sie begab sich in den Flur und wollte sich auf den Weg zum Dachboden machen, als Phoebe sie einholte: »Vielleicht sollte ich hier bleiben und dir helfen.«

Prue schüttelte den Kopf: »Piper braucht dich im Moment vermutlich mehr, als der Fremde uns braucht.«

Damit war Phoebe nicht zufrieden: »Es gehört zu den Spielregeln, dass wir den Unschuldigen helfen. Ich bin mir nicht sicher, ob ich Piper dabei helfen möchte, diese und andere Regeln zu brechen.«

Die beiden Schwestern sahen sich fest an.

Sie waren auf dünnem Eis, soviel war klar.

Es war nicht nötig gewesen, Phoebe davon zu überzeugen, sich um Piper zu kümmern. Phoebes schlechtes Gewissen hatte bereits dafür gesorgt.

Jetzt standen die jüngeren Halliwell-Schwestern in einem riesigen Buchladen in der Schlange vor der Kasse.

Piper hatte sich diverse Bücher zum Thema ... Kirmes ausgesucht, die sie sicherheitshalber in Papier geschlagen hatte, für den Fall, dass sie beobachtet wurden. Wenn ihre Ehe schon ein Drahtseilakt war, wollte sie sie nicht dadurch gefährden, dass sie die grundlegenden Verhaltensregeln einer Partnerschaft nicht kannte. Die diversen Ratgeber, die sie im Arm trug, sollten ihr dabei helfen.

»Ich kapiere das nicht«, plapperte Phoebe munter drauflos. »Wenn unsere magischen Fähigkeiten uns schon nicht helfen, warum sollten dann Ratgeber von Nutzen sein?«

»Was ich nicht kapiere«, zischte Piper schärfer als beab-

sichtigt, »ist, warum du es mir so schwer machst. Wenn ich mich recht erinnere, hast du doch darauf gedrängt, dass ich Ja sage. Wenn ich nicht ... auf die Kirmes gehen sollte, dann hättest du das vielleicht ein bisschen früher sagen sollen.«

»Das war der Gong, beide Kämpfer bitte in ihre Ecken bis zur nächsten Runde«, ertönte plötzlich eine freundliche Stimme hinter ihnen.

Es war der stellvertretende Staatsanwalt Cole Turner.

»Oh, hi!«, flötete Phoebe begeistert. Cole sah aber auch wieder zum Anbeißen aus.

»Phoebe«, lächelte er schelmisch, »und ... ?«

Es war ihm sichtlich peinlich, dass er ihren Namen schon wieder vergessen hatte, aber Piper machte es ihm nicht allzu schwer: »Piper.«

»Natürlich«, sagte Cole.

Automatisch begann Phoebe zu flirten: »Staatsanwalt Turner, wir müssen aufhören, uns zu treffen.«

Sein Lächeln wurde noch ein bisschen breiter: »Komisch, ich dachte schon, Sie verfolgen mich. Brauche ich eine einstweilige Verfügung?«

Phoebe lachte etwas zu laut und etwas zu aufgesetzt.

»Eher einen Waffenschein für zweitklassige Sprüche«, murmelte Piper halblaut.

Phoebe knuffte ihre Schwester kräftig: »Cole, was bringt Sie denn in diesen Teil der Stadt?«

Er deutete vage hinter sich. »Ich brauchte ein paar Bücher über forensische Psychologie.«

»Kein Glück gehabt, wie?«, grinste Phoebe, denn Cole hatte nichts in Händen.

Er lachte und Piper hatte den Verdacht, dass Cole nicht die Wahrheit sagte. Aber in diesem Augenblick trat eine Verkäuferin mit einem Stapel Bücher herbei: »Mr. Turner, hier sind die Bände, um die Sie gebeten hatten.«

»Danke«, sagte Cole, der heute Abend scheinbar nicht ohne Lächeln auskam.

Gemeinsam schritt das Trio zur Verkaufstheke. Als Piper ihren Stapel auf den Tresen legte, erhaschte Cole einen Blick auf den obersten Einband: »*Wie führe ich eine gute Ehe?* Darf ich fragen, wer der Glückliche ist? Oder vielmehr – welche der Schwestern die Glückliche ist?«

Die Angestellte hinter dem Tresen begann, die Bücher in zwei Papiertüten zu legen.

»I ... Iris«, stotterte Piper. »Unsere Cousine Iris.«

»Die gute alte Cousine Iris«, murmelte Phoebe bestätigend, aber sichtlich amüsiert.

Die beiden Schwestern waren einen Moment lang zu sehr miteinander beschäftigt, um zu sehen, wie Cole eine unauffällige Handbewegung in Richtung der Papiertüten machte. Ein kurzes Leuchten bestätigte seine Aktion.

»Nun«, sagte er betont, »ich sollte dann wohl mal wieder los. Ich muss in der Kaffeestube noch eine andere bildhübsche Zeugin treffen.«

Er nahm die Augen nicht von Phoebe, während er dieses Wort aussprach und ihr lief ein angenehmer Schauer über den Rücken. »Wie nett Sie sind«, sagte sie.

»Ich kann noch netter sein«, antwortete er zwinkernd.

»Können wir dann?«, unterbrach Piper sichtlich genervt den Flirt.

Sie packte ihre Büchertüte und zog Phoebe in Richtung Ausgang.

Cole blickte den Schwestern nach. Dann griff er seine Papiertüte, in der sich dank seines magischen Tricks die Bücher der Halliwells befanden. Interessiert blätterte er durch Titel wie *Verliebt, verlobt und durchgebrannt* und *Gegen jede Chance – Ehen in Krisenzeiten.*

Er war der Chef. Durch seine Finger flossen die Millionen im Minutentakt. Der Zusammenbruch der New Economy war an ihm und seiner Firma spurlos vorbeigegan-

gen. Sein Anzug kostete mehr, als mancher Angestellte in einem Jahr verdiente. Sie residierten in einem der luxuriösen Geschäftshäuser und ihre Büros waren von den edelsten Innenarchitekten eingerichtet worden. Die Sekretärin saß an einem Schreibtisch aus schwarzem Marmor auf einem Stuhl aus Nappaleder.

Selbstsicher marschierte der Boss in sein Büro, dicht gefolgt von seinem Assistenten, der den Tag zusammenfasste: »Wir haben heute wieder abgeräumt. Als Sie ankündigten, bei 54 zu kaufen, sind die Trader ganz schön nervös geworden. Aber binnen 30 Minuten haben sie alle nachgezogen und jeder hat kräftig verdient.«

Der Boss ließ sich auf seinen Stuhl fallen und lockerte seine Krawatte: »Magie nimmt der Börse ein wenig die Spannung. Leider haben alle meine Aktionen noch nicht zum gewünschten Ergebnis geführt.«

»Sie haben davon gehört?«

»Natürlich«, sagte er verächtlich. »Sein Ruf ist verzweifelt. Er umkreist uns, sehnt sich nach ihr.«

»Das wird sich mit der Zeit geben.«

Der Boss schlug mit der flachen Hand auf die Schreibtischplatte. »Ich habe auf Magie zurückgegriffen, damit es nicht so lange dauert! Der Fluch sollte ihre Liebe längst zerstört haben. Alles, was ich besitze, ist wertlos ohne sie. Raus jetzt.«

Er machte eine Handbewegung und der Assistent löste sich in eine hässliche graue Wolke auf.

Der Boss lehnte sich zurück. Er war wütend.

Plötzlich spürte er kalten Stahl.

Eine Klinge.

»Ich werde dein Herz herausreißen, so wie du meins herausgerissen hast«, flüsterte Chris heiser.

Der Boss lächelte süffisant und scheinbar unbeeindruckt. »Christopher, ich bin überrascht. Dein Verhalten zeugt von erstaunlicher Courage.«

»Willst du was davon abhaben?«

»Nein danke, ich gewöhne mir die Tugenden gerade ab. Es beeindruckt mich, dass du mir so nahe gekommen bist. Da muss ich wohl mal ein Wörtchen mit dem Wachdienst sprechen.«

»Die Vogelperspektive erlaubt neue Strategien«, zischte Chris und drückte das Messer noch fester an den Hals seines Gegners.

»Ach ja, der Fluch«, sagte der Boss lässig, »wie sieht's aus – ist Liebe aus der Ferne wirklich schöner?«

Er lachte schmutzig und Chris drückte fester zu, sodass ein Blutstropfen auf den Kragen des teuren Hemds floss.

»Vorsicht«, flüsterte der arrogante Börsenmakler, »wenn du mich tötest, wird der Fluch ewig andauern.«

Er machte eine unauffällige Handbewegung und sein Assistent erschien wieder auf der Bildfläche – mit einer mächtigen Armbrust bewaffnet!

»Sie haben gerufen?«, fragte er.

Chris blickte unsicher vom Boss zum Assistenten. Seine Strategie ging nicht auf.

»Was darf's denn sein?«, höhnte sein ehemaliger Arbeitgeber. »Du liegst völlig daneben. Der Fluch wird andauern, bis sie sich mir hingibt. Die Schlüsselfrage: Sage ich die Wahrheit? Die Antwort: Ich bluffe nie!« Er deutete auf seinen Handlanger. »Und er schießt selten daneben.«

Wie zur Bestätigung drückte der Assistent ab und der Pfeil flog so nah an Chris' Gesicht vorbei, dass er den Luftzug spüren konnte.

Im Bruchteil einer Sekunde musste der Verfluchte sich eingestehen, dass er hier nicht gewinnen konnte. Mit einem Ruck stieß er den Körper seines Gegners von sich und sprintete durch die Tür aus dem Büro hinaus.

Der Boss wischte sich mit einem Finger das Blut vom Hals. »Finde ihn. Und wenn du ihn gefunden hast, töte

ihn. Und wenn du ihn morgen früh noch nicht gefunden hast, tötest du jede Eule, die du finden kannst.«

Der Dachboden war die »Zentrale« der Halliwell-Schwestern, wenn es um ihre Kräfte ging. Hier war das Podest, auf dem das *Buch der Schatten* lag und hier experimentierten sie mit den Zaubersprüchen.

Prue blätterte entmutigt in der dicken Schwarte, die schon oft Antworten – aber auch so manche Überraschung – bereitgehalten hatte.

Piper und Phoebe betraten den Dachboden.

»Hi«, sagte Prue, »ich hoffe, ihr hattet ein bisschen mehr Glück als ich.«

Piper stellte sich neben sie ans Podest und schüttelte den Kopf: »Nicht wirklich. Ich habe die falschen Bücher mit aus dem Laden genommen. Dafür hätte Phoebe dort fast eine Eroberung gemacht.«

»Sehr witzig«, sagte Phoebe giftig. »Und, irgendetwas herausgefunden?«

»Schon«, sagte Prue entnervt, »aber es ergibt alles keinen Sinn. Natürlich kann man jemanden zu der Existenz eines Tieres verfluchen – aber warum nur für den halben Tag?«

»Und wir wissen nicht einmal, wo er jetzt ist«, fügte Phoebe hinzu.

»Ich habe es mit der Feder versucht, aber solange er ein Mensch ist, gibt es keine magische Verbindung zu ihm, die uns zu ihm führen würde.«

»Hier steht was«, sagte Piper auf einmal und deutete auf eine Seite im *Buch der Schatten*.

»Was über den Fluch?«, fragte Prue überrascht.

»Nein«, erwiderte Piper etwas verlegen, »über die ... Kirmes. Es gibt ein Ritual, das dem ähnelt, und es heißt ...«

Sie konnte sich gerade stoppen. Dann schnappte sie

sich eine Schiefertafel und ein Stück Kreide. Darauf schrieb sie groß das Wort »Handreichung«, sodass ihre Schwestern es sehen konnten.

»Oh klar, die Handr ...«, begann Phoebe, bis Pipers Blick sie traf.

»Wir schreiben die bösen Worte auf, damit wir sie nicht sagen müssen«, knurrte Piper im Stile einer genervten Kindergärtnerin. Dann drehte sie sich zu Prue: »Ich dachte, du konntest nichts finden, das mir hilft?«

Prue druckste herum: »Na ja, für die Zeremonie braucht man eine Hohe Priesterin – und wir haben doch keine. Außerdem löst es nicht das Problem, wie wir die ganze Aktion geheim halten sollen. Ich habe keine Lust auf die ...«

Sie nahm ihrer Schwester die Tafel ab und schrieb »unaussprechliche Rache« darauf.

»Ich denke, das kannst du gefahrlos laut aussprechen«, mutmaßte Piper.

»Es ist gar nicht schlecht so«, mischte sich Phoebe ein. »Auf diese Weise vergessen wir es nicht. Ich mache mir Sorgen, dass wir hier mit einer sehr gefährlichen Sache hantieren. Piper, vielleicht bist du in dieser Angelegenheit – versteh das bitte nicht falsch – ein bisschen zu egoistisch.«

»Egoistisch?«, wiederholte Piper verwirrt.

»Was ist, wenn deine ... Kirmes uns davon abhält, unseren Job zu machen?«, fragte Phoebe. »Wenn wir dadurch abgehalten werden, Unschuldige zu retten?«

»Das stimmt«, gab Piper zerknirscht zu. »Aber was ist mit mir und meinem Glück? Klar, vielleicht bin ich egoistisch, aber habe ich denn nicht das Recht dazu? Was ist mit unseren Wünschen, unseren Träumen? Habt ihr nie mal etwas für euch selbst tun wollen?«

»Natürlich«, sagte Phoebe sanft. »Aber nicht auf Kosten Unschuldiger.«

Piper atmete tief durch. »Geht es darum? Dass ihr Angst habt?«

»Nein«, widersprach Phoebe, »es geht darum dass du keine zu haben scheinst.«

»In den letzten zwei Jahren habe ich so viel erlebt – es gibt keinen anderen Weg, um das Problem zu lösen«, erklärte Piper. »Ich würde ja auch gerne das Richtige tun, aber ich will es mit Leo zusammen tun.«

Sie schlug das *Buch der Schatten* zu und die Feder, mit der Prue versucht hatte, Chris aufzuspüren, fiel zu Boden. Fast automatisch griff Phoebe danach – und eine Vision ungeahnter Härte traf sie.

Nacht. Sie sah Chris, bekleidet diesmal. Er lief durch einen Park, vielleicht war es sogar ein Wald. Plötzlich war ein Knurren zu hören – ein tiefes Knurren. Ein Wolf trat im Mondlicht aus dem Gebüsch hervor.

Phoebe riss sich mit aller Kraft aus der Vision heraus. Pfeifend entwich ihr der Atem. Auf ihrer Stirn hatten sich Schweißperlen gebildet.

»Was ist?«, fragte Prue, die ihre Schwester schon häufiger in diesem Zustand erlebt hatte.

»Chris«, keuchte Phoebe. »Ich glaube, er wird angegriffen. Ein Kojote, vielleicht ein Wolf.«

Phoebe, Prue und Piper hatten sich nicht einmal Jacken übergeworfen. Zum Glück war es nachts noch nicht sehr kalt. Dass sie aber eine Taschenlampe vergessen hatten, stellte sich als Fehler heraus. Ziemlich ziellos irrten sie durch das kleine Waldstück am See, das Phoebe wiedererkannt haben wollte.

»Ich glaube, ganz hier in der Nähe war es«, sagte sie mit einem unsicheren Tonfall in der Stimme.

Piper sah sich skeptisch um. »Das hast du in den letzten drei Stunden schon mehrfach geglaubt.«

Sie war bloß froh, dass der Vollmond genug Licht

spendete, um nicht vollends blind durch die Botanik zu stapfen. Und in ein paar Minuten würde die Sonne aufgehen – am Horizont wurde es bereits hell.

Phoebe blieb beleidigt stehen. »Entschuldigung, aber meine Visionen sind kein Navigationssystem. Wenn ihr GPS wollt, dann sucht euch eine andere Hexe.«

Plötzlich fiel ihr ein seltsam geformter Baum auf. »Da! Das ist die Stelle, an der Chris in meiner Vision gestanden hat!«

Piper und Prue starrten in die Dunkelheit. Es war schwer, irgendetwas zu erkennen.

Ein leises Knurren ertönte aus dem dichten Buschwerk.

»Was war das?«, flüsterte Piper.

Prue konzentrierte sich. Das Rascheln und Knacken kleiner Äste war zu hören.

Etwas bewegte sich leise durch das Gehölz.

»Da!« Prue deutete nicht in die Richtung, aus der die Geräusche kamen, sondern nach vorne zu dem verwachsenen Baum.

Eine menschliche Gestalt war zu erkennen.

Es war Chris.

»Hey!«, rief Phoebe laut.

Chris sah erschreckt zu ihnen herüber.

Aber das war nicht die einzige Reaktion auf Phoebes Geschrei.

Mit zwei, drei schnellen Sprüngen schoss ein grauweißer Wolf aus dem Dickicht hervor und brachte sich zwischen Chris und den Halliwell-Schwestern in Stellung. Das Tier fletschte die spitzen Zähne und knurrte gefährlich.

Vor Schreck fielen Phoebe, Piper und Prue nach hinten und landeten im weichen Laub.

So ist das eben mit Visionen, dachte Phoebe. Sie war überzeugt gewesen, dass der Wolf Chris angeknurrt hatte und nicht die Halliwell-Schwestern.

Aber nun standen offensichtlich sie auf seiner Speisekarte.

»Nein!«, rief Chris, als er sah, was vor sich ging. Zur Überraschung der Halliwells drehte der Wolf sich zu ihm um.

»Okay, Piper, du musst ihn einfrieren«, zischte Prue, als sie sich etwas von dem Schreck erholt hatte.

»Warte«, murmelte Piper, während sie sich aufrappelte.

»Wir haben nicht viel Zeit, meine Geliebte«, sagte Chris zu dem schlanken Raubtier, »jemand ist hinter mir her.«

Beide wandten sich dem Wald zu und verschwanden mit schnellen Schritten.

»Der Wolf wollte uns gar nicht angreifen«, stellte Prue überrascht fest.

Auch Phoebe kam wieder auf die Füße. Gemeinsam verfolgten die Schwestern das seltsame Gespann und stießen nach fünfzig Metern auf ein altes Holzhaus.

Die Morgendämmerung ermöglichte es ihnen, einen Blick durch das Fenster ins Innere des Gebäudes zu werfen. Es war fast leer, wie die meisten Hütten im Wald, deren einziger Zweck darin bestand, müden Wanderern Schutz zu bieten.

Chris und der Wolf saßen sich in der Mitte des großen Raumes auf dem Boden gegenüber. Einen Moment lang befürchtete Prue, dass er die Halliwells am Fenster entdecken würde, aber die Gefahr bestand nicht. Chris' Augen fixierten den Wolf, der mit der gleichen Intensität den jungen Mann ansah.

Zehn, zwanzig Sekunden lang blieb alles ruhig. Dann leuchtete ein heiligenscheinartiger Schimmer auf und ein sanfter Ton hob an.

Dieselbe Verwandlung, die die Halliwell-Schwestern vor zwölf Stunden erlebt hatten, vollzog sich nun erneut – jedoch in umgekehrter Reihenfolge.

Aus Chris wurde wieder eine Eule.

Und aus dem Wolf wurde – was noch faszinierender war – eine junge Frau.

In ihrer menschlichen Gestalt saßen sie sich nur für eine Sekunde gegenüber, doch es war offensichtlich, dass hier zwei Liebende beisammen waren.

Zwei Liebende – getrennt durch einen entsetzlichen Fluch.

3

*E*S WAR MITTLERWEILE HELLER TAG. Die junge Frau, die eben noch ein Wolf gewesen war, hatte ein in der Hütte verstecktes Kleid angezogen und ein paar Schuhe aus einer Kiste geangelt. Die Eule war durch ein offen stehendes Fenster weggeflogen.

In großer Eile verließ die Frau das Haus. Dabei stapfte sie an Phoebe, Piper und Prue vorbei, die respektvollen Abstand hielten.

»Moment!«, rief Piper, aber die Frau reagierte nicht.

»Chris wollte, dass wir mit Ihnen reden!«, versuchte es Prue.

Phoebe sah sie fragend an.

»Ich improvisiere«, flüsterte Prue. Dann, an die junge Frau gewandt: »Wie ist Ihr Name?«

»Brooke«, sagte sie unsicher.

»Wir haben Chris letzte Nacht getroffen, als er sich auf den Weg zu dem Zauberer machen wollte. Sie wissen, was geschieht, wenn er es noch einmal versucht.«

»Er wird sterben«, nickte Brooke. Doch dann wurde sie skeptisch: »Woher weiß ich, dass Sie nicht für den Hexer arbeiten?«

»Das wissen Sie nicht«, gab Prue zu. »Sie werden uns vertrauen müssen.«

»Vertrauen muss man sich verdienen«, entgegnete Brooke.

Phoebe hob die Hand: »Ich unterbreche ja ungern diesen spannenden rhetorischen Schlagabtausch, aber sagte Chris nicht, dass jemand hinter ihm her sei?«

»Wenn Chris den Hexer bedroht hat, hat dieser vermutlich jemanden auf seine Fährte angesetzt«, mutmaßte Brooke.

»Warum?«, wollte Piper wissen.

»Weil er sich in mich verliebt hat und ich diese Liebe nicht erwidere. Der Fluch ist meine Strafe dafür.«

»Tagsüber eine Frau, nachts ein Wolf«, fasste Piper das Dilemma zusammen.

Brooke nickte, als plötzlich die Eule über die Lichtung flog. »Er will uns warnen, wir müssen hier weg!«

Sie rannte los und den Schwestern blieb keine andere Wahl, als es ihr gleich zu tun. Aus dem Augenwinkel bekam Phoebe mit, wie sich in der Luft eine schwarze Wolke bildete, aus dem ein dunkel gekleideter Mann mit einer schwarzen Armbrust auftauchte.

Das konnte kein gutes Zeichen sein.

Der Gedanke war kaum zu Ende gedacht, da schlug auch schon ein gelber Glasfaser-Pfeil in einen Baumstamm neben ihr.

Einen Augenblick später sauste der zweite Pfeil durch die Luft – direkt auf Piper.

Instinktiv gebrauchte Piper ihre Kräfte und der Pfeil blieb in der Luft hängen.

»Wo ist er?«, fragte der Angreifer mit einer eiskalten Stimme.

»Das ist momentan dein geringstes Problem«, antwortete Prue und verpasste dem Dämon einen telepathischen Stoß. Er überschlug sich in der Luft und knallte auf den Waldboden. Er rappelte sich mühsam auf und trat den Rückzug an.

Einen Moment lang konnten sie durchatmen.

»Haben wir nun Ihr Vertrauen?«, fragte Phoebe spitz.

Sie zog Brooke am Arm von der Lichtung.

Es war Zeit, wieder nach Hause zurückzukehren, wo die Halliwell-Hexen das weitere Vorgehen planen konnten.

Die nächste Attacke musste gelingen, um den Kampf nicht zu verlieren.

»Ich könnte schwören, so etwas schon einmal in einem Film gesehen zu haben«, sagte Piper, während sie die Haustür aufschloss.

Phoebe nickte. »*Der Tag des Falken* mit Rutger Hauer und Michelle Pfeifer. Er ein Ritter, sie eine Edelfrau. Er ist nachts ein Wolf, sie tagsüber ein Falke.«

»Erstaunlich, wo böse Zauberer sich heutzutage ihre Ideen klauen«, bemerkte Piper sarkastisch.

»Phoebe?«, fragte Prue.

»Ich weiß«, winkte das Nesthäkchen der Halliwell-Schwestern ab, »nach oben, *Buch der Schatten*, Fluch-Check. Bin dabei.«

Prue wandte sich an Brooke. »Wir gehen jetzt erst mal in die Küche.«

»Aber ich möchte lieber helfen«, entgegnete Brooke schwach.

»Nein«, widersprach Prue. »Sie sind hungrig und müde, also übernehmen wir das.«

Sie hakte sich bei Brooke unter und dirigierte die junge Frau sanft in Richtung Küche.

Phoebe drehte sich zu Piper um. Ihr lag etwas auf dem Herzen: »Piper, hör mal, was ich da eben gesagt habe ...«

»Hast du genau so gemeint«, vollendete ihre Schwester den Satz.

Phoebe knetete ihre Hände. »Du gibst doch auch zu, dass du es dir so nicht vorgestellt hast. Ich verstehe deine Gründe ja. Leo sieht dich mit einem Blick an, der ... Aber es ist nicht richtig. Ich wünschte, meine Zweifel wären unberechtigt.«

»Das wünschte ich mir auch«, flüsterte Piper resigniert, »aber du hast Recht. Und deshalb werde ich die Sache auch nicht durchziehen, wenn du nicht einverstanden bist.«

Es folgte ein langer, trauriger Moment und beiden Schwestern standen Tränen in den Augen. Endlich schaffte es Piper, sich abzuwenden und Prue in die Küche zu folgen.

Phoebe stand noch einen Moment lang auf dem Treppenabsatz, dann wischte sie sich die Augen ab und ging auf den Speicher.

Sie musste etwas erledigen.

Brooke strich mit der Fingerspitze über einen Zettel, den Piper letzte Woche an den Kühlschrank geheftet hatte – »Bin heute Abend nicht zum Essen da«.

»Wir haben uns auch immer Nachrichten hinterlassen – er am Morgen, ich am Abend. Damit erinnerten wir uns daran, wie sehr wir uns liebten. Aber dann …«

»… schrieb er keine Zettel mehr«, vollendete Prue den Satz.

»Es gibt eine Grenze«, seufzte Brooke, »ein Limit, was ein Mensch ertragen kann. Man fragt sich ständig, was man bereit ist, aufzugeben.«

»Und ob die Liebe nicht über alle Anfechtungen erhaben sein sollte«, ergänzte Piper, die gerade die Küche betrat.

»Es ist nicht fair«, sagte Prue, die selber nicht gerade viel Glück mit Männern gehabt hatte. »Es ist schwer genug, jemanden zu finden, mit dem man den Rest seines Lebens verbringen will. Bei uns pfuscht ständig die Magie hinein. Erst ich, jetzt du und nun auch noch Brooke. Ich habe genug davon. Wenn die Liebe nicht über alle Anfechtungen erhaben ist, dann sollten wir es erst recht sein.«

»Um allen zu helfen, außer uns selbst«, murmelte Piper.

»Liebes, der Tag ist noch lang«, versprach Prue und strich ihrer Schwester sanft über die Haare.

Piper riss sich zusammen und wandte sich an Brooke: »Wir werden Ihre Hilfe brauchen, wenn wir diese Sache zu einem Happy End bringen wollen. Und Gott weiß, ich könnte mal wieder ein Happy End brauchen.«

Brooke blickte sich um wie ein Kaninchen in der Falle. Sie schien von der Situation überfordert. Fahrig verließ sie die Küche.

Prue und Piper seufzten gleichzeitig.

Es wäre ja auch zu einfach gewesen.

Der Boss war ungeduldig. Er wollte nicht auf die Liebe von Brooke warten und auf die Nachricht von Chris' Tod schon gar nicht. All sein Reichtum war nicht genug, um die Unruhe in seiner Seele zu lindern.

Endlich materialisierte sich vor ihm sein Assistent. In der Hand hielt er einen groben Leinensack, aus dem dunkelrotes Blut tropfte.

»Du kommst hoffentlich mit guten Nachrichten«, knurrte der Zauberer.

»Ich komme mit unserem Sieg«, sagte der Assistent und zeigte auf den Sack.

Der Boss brauchte nicht einmal einen Blick hineinzuwerfen. »Ein ziemlich kleiner Sack für eine so große Beute. Wenn du den richtigen Vogel erwischt hättest, läge jetzt ein toter menschlicher Körper vor uns. Du bist ein Narr. Oder ein Betrüger. Doch egal, du hast versagt.«

Der Assistent wurde panisch: »Er hatte Hilfe!«

Sein Boss winkte genervt ab: »Von wem? Von einer Taube? Oder einem Pinguin?«

»Es sind Hexen«, kreischte der Assistent hysterisch, »und sie ist jetzt bei ihnen!«

»Ihr Aufenthaltsort ist mir momentan egal. Die Tatsache, dass er noch lebt, allerdings nicht. Ich wollte heute Blut an meinen Händen. Aber da ich ihr Herz nicht bekommen kann, muss deines herhalten.«

Er machte eine vage Handbewegung und augenblicklich stand der Assistent in Flammen. Schreiend und unter großen Schmerzen verbrannte er, bis nur noch ein Häufchen rauchender Asche übrig war.

Der Boss hob seine Hand und aus einer neuen grauen Wolke entstand ein frischer Assistent, diesmal mit neckischem Spitzbart. Der Neuankömmling lächelte stolz.

Der Zauberer ging zu seinem Schreibtisch und drückte die Sprechtaste: »Ich brauche einen Staubsauger.«

Erst jetzt sah der neue Assistent die Überreste seines Vorgängers.

Das Lächeln auf seinem Gesicht erstarb.

Brooke wanderte langsam durch den Garten des Halliwell-Hauses, der mit hölzernen Sommermöbeln voll gestellt war, die dringend mal wieder lackiert werden mussten.

»Ich habe damals einen Job angenommen«, sagte Brooke endlich, »es war eine Firma mit exzellentem Ruf und guten Aufstiegschancen.«

Sie strecke die Hand aus und die Eule ließ sich vorsichtig darauf nieder: »Mein Boss war von Anfang an ziemlich seltsam. Ich hatte schon früher für Spinner gearbeitet, aber er war die Krönung. Dann begann er mit mir zu flirten, aber ich ließ ihn abblitzen und schließlich – tat er uns *das* an.«

»Um Sie von Christopher fernzuhalten?«, wollte Piper wissen.

Brooke nickte: »Er sagte, wenn er mich nicht besitzen könne, dürfte es niemand. Solange ich nicht nachgebe, oder der Tag zur Nacht wird, hält der Fluch an. Ich glaubte, er würde scherzen. Ich wusste damals nicht, dass Magie wirklich existiert.«

Prue und Piper nickten. Diese Reaktion war verständ-

lich. Der Großteil der Menschheit hatte schließlich keine Ahnung vom immer währenden Kampf von Gut und Böse zwischen den Dimensionen.

»Das kann ich verstehen«, nickte Prue.

»Es ist alles meine Schuld«, sagte Brooke resigniert.

Piper schüttelte energisch den Kopf.

»Und Christopher muss jetzt darunter leiden!«, rief Brooke. »Ich bin dafür verantwortlich!«

Sie warf einen verzweifelten Blick zu der Eule, die nun auf der Lehne eines Stuhls saß.

»Er sieht das anders«, sagte Prue und war froh, dass Chris in seinem jetzigen Zustand nicht widersprechen konnte. »Er machte Ihnen keine Vorwürfe und er ...«

»... bewundert Ihre Stärke«, sprang Piper ihr bei.

»Hat er das wirklich gesagt?«, fragte Brooke zweifelnd.

»Es ist diese Stärke, in die er sich damals verliebt hat«, fuhr Prue fort, »und es ist die Stärke, die er nun braucht. Sie dürfen nicht aufgeben.«

Phoebe war schon immer die Ungeduldigste der *Zauberhaften* gewesen, aber jetzt waren ihre Nerven besonders angespannt: »Na los, na los, Flüche, Flüche, Flüche. Ich verfluche dich, du mich, wir uns und wir alle gemeinsam das Fernsehprogramm.«

Wahllos blätterte sie immer schneller durch das *Buch der Schatten*.

Es war wie verhext und das war wirklich nicht komisch. Genau genommen musste sie gleich zwei unglücklichen Liebespaaren helfen – Brooke und Chris und Piper und Leo.

Phoebe dachte an die Legende der Königskinder, die nicht zusammenkommen konnten.

Ganz in Gedanken hörte sie auf zu blättern. Es dauerte zwei Sekunden, bis ihr klar wurde, dass sie trotzdem das Geräusch umschlagender Blätter hörte.

Sie senkte ihren Blick und erschrak – die Seiten bewegten sich von selbst.

Sie hatte den Vorgang kaum bemerkt, da war er auch schon vorbei. Schlagartig war es wieder still – aber eine Buchseite war aufgeschlagen. Es war das Ritual der »Handreichung«.

»Okay«, murmelte Phoebe, »wenn ich mir schon was wünschen darf, hätte ich gerne George Clooney und keine breiten Hüften nach dem Genuss von Speiseeis.«

»Du hast ein Problem und ich bin für dich da«, ertönte eine Stimme aus dem Nichts, sanft und nachklingend.

»Die Stimme kenne ich doch«, sagte Phoebe.

In diesem Moment erschien die dazugehörige halbtransparente Gestalt. Es war ihre Großmutter, die den Schwestern seinerzeit ihr Haus und die Hexenkräfte vererbt hatte.

Sie sah gut aus, im Jenseits bekam man scheinbar gut zu essen und einen guten Friseur. Oma Halliwell trug ein einfaches schwarzes Kleid.

»Das will ich schwer hoffen«, entgegnete das Gespenst sanftmütig. »Deine Stimme war laut und deutlich bis zur anderen Seite zu hören. Da bin ich.«

»Oma«, sagte Phoebe, immer noch entgeistert, aber erfreut. »Ich würde dich gerne drücken …«

Großmutter Halliwell sah an ihrem schemenhaften Körper herunter. »Daraus wird wohl nichts.«

Phoebe legte die Stirn in Falten: »Nicht, dass ich mich nicht freuen würde, aber warum bist hier?«

Die alte Frau legte den Zeigefinger auf die Lippen: »Ihr habt ein Problem unter Schwestern und du brauchst einen Rat. Habe ich Recht?«

»Genau«, bestätigte Phoebe. »Aber Moment – wenn du es weißt, wissen sie es auch und das bedeutet, wir sind am A …«

»… Anfang der Lösung aller Probleme«, entgegnete die Großmutter.

Phoebe zeigte grinsend mit dem Zeigefinger auf ihre Oma. »Das ist gemein, du hast in meinen Kopf gesehen.«

Großmutter Halliwell schüttelte den Kopf. »Nicht nötig, Kleines. Ich kenne dich einfach. Also, was ist los?«

»Okay«, sagte Phoebe und ließ sich in einen Sessel plumpsen. Sie war wirklich froh, mit jemandem reden zu können. »Ich möchte Piper wirklich unterstützen. Ich würde ihr nichts lieber sagen als: Mach es, geh auf die Kirmes und vergnüge dich. Aber was ist, wenn dadurch etwas ganz Schreckliches ausgelöst wird? Und danach werden Prue und ich als ...«

»... Mitwisserinnen ebenfalls zur Verantwortung gezogen, ist es das?«

Phoebe nickte frustriert. »Ich will wirklich keine Spielverderberin sein, aber alles in mir sagt, dass dieses ganze Vorhaben falsch ist.«

»Deine Argumente sind logisch und richtig«, erklärte ihre Oma, »aber wenn es um die Liebe geht, kommt man mit Vernunft nicht weiter.«

»Das weiß ich ja«, seufzte Phoebe, »aber ...«

Ihre Großmutter unterbrach sie wieder: »Die *Zauberhaften* sind für große Dinge auserkoren. Aber das macht die kalten Nächte nicht wärmer.«

»Dann soll sich Piper eine zweite Decke besorgen«, schlug Phoebe vor. »Ich kann nicht verstehen, wieso du auf ihrer Seite stehst.«

»Ich sage nur, was ich denke«, erwiderte die Großmutter. »Ich erinnere mich gut, wie einsam ich war.«

»Du warst vier Mal verheiratet!«, protestierte Phoebe.

Die Gestalt zuckte mit den Schultern. »Ich habe wohl nie den Richtigen gefunden. Aber bei Piper ist das anders. Wenn sie wissen, dass es der richtige Zeitpunkt ist, werden sie es tun. Und es wird gut sein.«

Aus dem Erdgeschoss war Prues Stimme zu hören: »Phoebe?«

»Ich komme!«, rief Phoebe, während sie dabei zusah, wie die schemenhafte Gestalt ihrer Großmutter sich auflöste. »Danke.«

Prues Stimme hatte dringlich geklungen, darum versuchte Phoebe trotz ihrer bemerkenswerten Absätze, so schnell wie möglich die Treppe zum Erdgeschoss hinunterzulaufen.

Sie hatte kaum einen Fuß auf das Parkett gesetzt, da schlug pfeifend ein gelber Pfeil neben ihr in die Wand.

Im Erdgeschoss des Halliwell-Hauses war im wahrsten Sinne des Wortes der Teufel los. Der neue Assistent des Zauberers schoss hämisch lachend mit seiner Armbrust um sich und hielt damit alle drei Schwestern auf Trab. Die Tatsache, dass sich nach jedem Schuss automatisch ein neuer Pfeil auf die Armbrust legte, war natürlich von großem Nutzen für ihn.

Die nächsten zwei Pfeile erwischten Piper an den Ärmeln ihrer Bluse und nagelten sie an der Holztäfelung des Wohnzimmers fest.

Sie zerrte daran herum: »Hallo, kann mir mal jemand helfen?«

Phoebe war sofort bei ihr und begann, die Pfeile aus der Wand zu ziehen.

Prue nutzte derweil ihre Fähigkeiten, um den Angreifer schwungvoll in einen massiven Eichenschrank zu befördern, der über dem Bösewicht zusammenbrach.

»Der hätte mich fast umgebracht«, maulte Piper, als sie endlich wieder frei war.

»Die Frage ist, warum er es nicht getan hat«, entgegnete Prue.

Gute Frage. Wenn der Dämon in der Lage war, Pipers Blusenärmel zielgenau zu treffen, dann wäre ein Todesschuss für ihn ein Leichtes gewesen.

»Weil ich nicht hinter euch her bin«, ächzte der Assis-

tent, während er sich mühsam aus den Holzbrettern nach oben kämpfte. »Ich will den verdammten Vogel! Wo ist er?«

In diesem Moment kam Brooke aus der Küche gelaufen.

»Nein!«, schrie Prue noch, aber es war bereits zu spät.

Eiskalt hob der Satansdiener seine Armbrust, die schon wieder bestückt und gespannt war. Er fand das Ziel wie von selbst und die Halliwell-Schwestern standen zu weit entfernt, um eingreifen zu können.

Brookes Augen weiteten sich, als sie erkannte, was vor sich ging.

Der Zeigefinger des Assistenten krümmte sich.

Der Pfeil schoss den Schaft der Armbrust entlang.

Ein kleiner Schatten flog krächzend in die Schusslinie.

Es war Chris!

Von der Wucht des Einschlages wurde die Eule aus ihrer Flugbahn gerissen und fiel taumelnd zu Boden.

Eine Schrecksekunde lang war absolute Stille im Raum.

Prue war als Einzige in der Lage, sie zu nutzen. Sie warf einen der Pfeile, die der Assistent auf sie abgeschossen hatte, in die Luft und schickte ihn telepathisch auf die Reise. Einen Augenblick später war der Bösewicht von seiner eigenen Waffe vernichtet.

Die Halliwell-Schwestern eilten zu Brooke, die schluchzend neben dem zitternden Tier saß, aus dessen Körper der hässliche gelbe Pfeil des Dämons ragte.

4

»ER WIRD SCHON WIEDER WERDEN«, sagte Prue vorsichtig.

Sie und Brooke saßen auf dem Sofa, Phoebe und Piper auf dem Couchtisch davor.

Phoebe hatte eine Decke für Chris geholt und Brooke wiegte den Vogel vorsichtig auf ihrem Schoß. Ihr Gesichtsausdruck schwankte zwischen Angst und Wut: »Woher wollt ihr das wissen? Ich kann nur dabei zusehen, wie er stirbt!«

»Wir können erheblich mehr als das tun«, sagte Prue bestimmt.

»Nicht jetzt«, mahnte Piper, »sie könnten uns zusehen.«

Prue sah ihre Schwester scharf an: »Es geht nicht um uns, es geht um einen Unschuldigen!«

Piper sah das zitternde Federbündel an und musste ihrer älteren Schwester Recht geben. Sie schloss ihre Augen und rief nach ihrem Verlobten.

Wie üblich, materialisierte Leo augenblicklich im Wohnzimmer der Halliwells.

»Leo ...«, begann Prue.

»Ich weiß«, winkte der *Wächter des Lichts* ab, »sie haben mir davon erzählt. Über die bösen Jungs, meine ich. Nicht über die ... die andere Sache.«

»Leo ist ein Heiler«, erklärte Prue der verängstigten Brooke, die den *Wächter des Lichts* entgeistert ansah.

Leo sah den Vogel und erklärte: »Ich kann keine Tiere heilen.«

»Aber wir können ihn schlecht zum Tierarzt bringen«, antwortete Phoebe.

»Bis zum Sonnenuntergang schon«, widersprach Prue.

»Und er ist auch nicht wirklich ein Tier«, ergänzte Piper.

Leo legte seine Hände über Chris und ein warmes gelbes Leuchten erschien.

Nichts geschah.

»Tut mir Leid«, sagte Leo frustriert.

»Dann müssen wir warten«, sagte Phoebe.

Brooke begann zu schluchzen.

Es klingelte an der Tür.

Phoebe stand auf, um nachzusehen, wer sie in diesem ungünstigen Moment besuchen wollte. Wer immer es war, sie würde ihn schnell abfertigen.

Sie zog die alte schwere Tür auf – und vor ihr stand Cole Turner.

»1528 Prescott Street«, stotterte der attraktive Staatsanwalt und hielt Phoebe eine Einkaufstüte hin.

Sie musste trotz allem lächeln: »Was?«

»Das stand auf dem Kreditkartenbeleg«, erklärte Cole. »Er war in der Tüte.«

Phoebe sah ihn nur an.

»Entschuldigung«, grinste Cole unbeholfen, »in meinem Kopf klang das alles viel cooler.«

»Man hat Ihnen unsere Bücher gegeben und sie wollten sie einfach vorbeibringen«, fasste Phoebe zusammen.

»Wenn man es so sagt, klingt es viel besser«, stellte Cole fest.

Einen Moment lang sahen sie sich in die Augen, dann fand Cole seine Fassung wieder: »Ich brauche allerdings auch meine eigenen Bücher wieder, wenn es Ihnen nichts ausmacht.«

Phoebe riss sich von seinem Blick los: »Natürlich.«

Sie war schon fast auf dem Weg ins Haus, als ihr einfiel, dass es gerade sehr ungünstig war, einen Fremden he-

reinzulassen. Sie stoppte mitten im Schritt und drehte sich wieder zu Cole: »Ups, so wird das nicht gehen. Meine Schwestern sind heute wiedergekommen und es sieht aus, als hätte eine Bombe eingeschlagen. Warten Sie einfach hier.«

Vor Coles verdutzter Nase schlug sie die Haustür zu und holte die Papiertüte mit den Büchern.

Sie freute sich wirklich, diesen attraktiven Staatsanwalt wieder zu sehen. Aber von dieser rüden Behandlung würde er sicher nicht begeistert sein. Sie musste etwas tun, um ihn zu besänftigen.

Phoebe beschloss, auf ihre altbewährte Methode zurückzugreifen: Süß gucken und flirten.

»Da bin ich auch schon wieder«, flötete sie, als sie Cole seinen Besitz in die Hand drückte und dabei tunlichst darauf achtete, dass er keinen zu genauen Blick ins Haus werfen konnte.

Phoebe blinzelte ein wenig mit den Wimpern, bis sie wieder seine Aufmerksamkeit auf sich zog: »Und – fahren Sie jetzt in Ihr Büro zurück?«

Das war natürlich eine unsinnige Frage. Genauso hätte Phoebe nach dem Wetter oder der Uhrzeit fragen können.

»Justitia schläft nie«, sagte Cole lächelnd.

»Wem sagen Sie das?«, gab Phoebe zurück und trat sich in Gedanken in den Hintern, weil ihr nichts Besseres einfiel.

Zwei, drei Sekunden ungemütliches Schweigen.

»Phoebe?«, ertönte Leos Stimme aus dem Haus und wenig später stand der *Wächter des Lichts* hinter ihr. »Ist alles in Ordnung?«

»Klar«, sagte Phoebe ein wenig zu hektisch. »Leo, das ist Cole. Cole, das ist Leo.«

Über ihre Schulter hinweg reichte der Verlobte ihrer Schwester dem Staatsanwalt die Hand.

Oh Gott, das war alles so peinlich!

»Ich ... ich muss dann mal wieder«, sagte Cole, dem beim Anblick von Leo die Gesichtszüge entgleist waren.

Leider hatte Phoebe gerade gar keine Zeit, ausgiebige Erklärungen abzugeben. Und sowieso fehlte ihr eine passende Story, die Cole nicht misstrauisch gemacht hätte. Die Wahrheit konnte sie ihm ja schlecht erzählen.

Leo verschwand wieder im Haus und Cole machte einen Schritt rückwärts. Er schien den Augenkontakt zu Phoebe nicht verlieren zu wollen.

Ihr erging es ähnlich. Sie schloss die Haustür extra langsam, bis sie seine gut aussehende Gestalt nur noch durch einen Spalt erkennen konnte.

Dann war die Tür zu und Cole war weg.

Phoebe fächelte sich Luft zu.

Diesen hübschen Staatsbediensteten wäre sie nur allzu gerne in ihrem Schlafzimmer begegnet.

Zu blöd, dass sie gerade jetzt haufenweise Probleme zu lösen hatte.

Cole Turner verließ das Halliwell-Haus mit seinen Büchern in der Tüte.

Das war ja ganz gut gelaufen. Mit Sicherheit hatten die Hexen-Schwestern keine Ahnung davon, wie viel er wusste.

Cole sah auf seine Handfläche. Blauer Schimmer war zu sehen, ein Überbleibsel von Leos Händedruck. Mit einem angewiderten Gesichtsausdruck zog Cole ein Taschentuch aus dem Jackett und wischte es ab.

»Typisch *Wächter des Lichts*«, murmelte er.

Er sah sich um. Es war ein strahlend schöner Tag und die von Wolken ungestörte Sonne warf seinen Schatten auf den Rasen der Halliwells.

»Worauf wartest du?«, herrschte Cole sein dunkles Ebenbild an. »Erstatte Bericht!«

Was nun geschah, war selbst für Magiekundige

unglaublich: Der Schatten löste sich von Coles Körper – und ging davon!

Ein paar Schritte glitt der dunkle Schemen über den Boden, bis er in einem Gully verschwand.

Cole atmete tief durch.

Es lief gut.

Es lief sogar sehr gut.

Piper versuchte es jetzt auf eine andere Weise, schließlich bestand das Risiko, dass Chris sterben würde. Brooke musste sich zumindest der Möglichkeit stellen: »Haben Sie jemals daran gedacht, dass all das aus gutem Grund geschieht? Dass Sie nicht füreinander bestimmt sind?«

Ihr war klar, dass diese Worte nicht nur Brooke und Chris trafen, sondern auch sie selbst. Auf irrationale Weise hoffte sie, von Brooke auch eine Antwort für ihre Probleme zu bekommen.

Die junge Frau sah Piper völlig verständnislos an: »Aber wenn man das Risiko für die Liebe nicht eingeht – für was denn dann?«

Touché, dachte Prue, der ganz klar war, was ihre Schwester da versuchte.

Ein überdeutliches Räuspern war zu hören und Piper blickte zum Flur. Phoebe und Leo waren unbemerkt wieder ins Haus gekommen, und nach Leos Blick zu urteilen, hatten ihn die Aussagen seiner Verlobten getroffen. Wortlos machte er kehrt und ging weg.

»Leo, warte!«, rief Piper und lief ihm hinterher.

Erst im Vorgarten holte sie ihn ein.

»Leo, du hast nur das Ende des Gesprächs gehört. Du weißt nicht, worum es ging.«

Er drehte sich zu ihr um. Sie hatte nicht gedacht, dass ein Wesen des Lichts so wütend und enttäuscht sein konnte.

»Okay, wenn ich keine Ahnung habe, dann erkläre es mir.«

Piper knetete ihre Hände. »Ich habe doch nicht meine Liebe zu dir infrage gestellt, sondern nur unsere Entscheidung.«

Piper fielen einfach nicht die richtigen Worte ein.

Leo winkte ab. »Ehrlich, ich weiß wirklich nicht, was in deinem Kopf vorgeht.«

Piper riss sich zusammen und versuchte es erneut. »Ich denke, dass Phoebe vielleicht Recht hat. Vielleicht sind wir zu egoistisch, denn unsere Entscheidung betrifft ja auch andere Menschen. Menschen, die ich liebe.«

»Das gilt auch für mich«, flüsterte Leo.

Piper wusste natürlich, dass er Recht hatte. Sie zweifelte keine Sekunde daran, dass seine Zuneigung für ihre Schwestern weit über seine Aufgabe als Wächter hinausging.

»Das weiß ich doch«, sagte Piper zärtlich. »Du bist der letzte Mensch, mit dem ich streiten möchte.«

»Dann tu es doch nicht«, bat Leo.

Piper rang mit den Worten: »Leo, wenn wir ... ich meine, wenn du und ich ... oder Brooke und Chris sich auch noch so sehr lieben, macht es trotzdem keinen Unterschied. Es hilft nicht, die Probleme zu lösen.«

»Wir sind doch noch gar nicht so weit«, widersprach Leo. »Hab ein bisschen Vertrauen. Denkst du, ich hätte keine Angst, etwas falsch zu machen?«

Sie war ehrlich überrascht: »Stimmt das?«

»Natürlich. Ich weiß genau, wie Chris sich fühlt. Er denkt tagein, tagaus nur an die Frau seines Lebens. Er verbringt Zeit mit ihr und kann doch nicht seine Liebe mit ihr teilen.«

»Sie weiß, wie er fühlt und dennoch ...«, antwortete Piper.

Es war eine verfahrene Situation.

»Ihr müsst euch bloß trauen«, ertönte plötzlich Phoebes Stimme.

Sie hatte respektvollen Abstand gehalten.

»Wenn es um die Liebe geht, kann die Vernunft nicht helfen«, erklärte Phoebe. Dann zog sie die Kreidetafel hervor, auf die sie mit großen Buchstaben den Satz »Meinen Segen habt ihr« geschrieben hatte.

Leo lächelte und Piper schossen Tränen der Freude in die Augen. Sie konnte kaum etwas sagen: »Aber ich dachte, du wärst dagegen ...«

Phoebe winkte ab: »Ich weiß, aber ich hatte ein Ferngespräch zu diesem Thema und das hat meine Meinung geändert.«

»Wir wissen doch noch nicht einmal, wie wir das durchziehen sollen«, entgegnete Piper.

»Wenn die Zeit reif ist, wird es sich ergeben«, wiederholte Phoebe den Rat ihrer Großmutter.

»Wow, das sind ja ganz neue Töne«, sagte Piper. »Wem haben wir denn das zu verdanken?«

Phoebe setzte zu einer Antwort an, als ihr auffiel, dass es ungewöhnlich dunkel wurde.

Keine Wolke am Himmel.

Zu früh für die Abenddämmerung.

Sie blinzelte vorsichtig in Richtung Sonne.

Überdeutlich war der Mond zu erkennen, der sich vor den Feuerball schob und ihn langsam in eine Sichel verwandelte.

»Oh, mein Gott!«, keuchte sie entsetzt und schirmte ihr Gesicht mit der Tafel ab. Irgendwo hatte sie gelesen, dass man so etwas nur mit Augenschutz ansehen durfte. Es war keine gute Idee, während einer Sonnenfinsternis nach oben zu schauen.

Piper winkte ab: »Die Tour mit der Ablenkung funktioniert seit der dritten Klasse nicht mehr, Phoebe.«

»Keine Ablenkung«, beharrte Phoebe. »Seht mal da ... oder nein, seht nicht hin!«

Sie war jetzt völlig aus dem Häuschen.

Das musste die Lösung sein!

»Es ist eine Sonnenfinsternis!«, rief sie aufgeregt.

Leo und Piper sahen es jetzt auch, waren aber weniger beeindruckt: »Ja und?«

»Versteht ihr denn nicht? Wenn der Tag zur Nacht wird! Brooke hat doch erzählt, dass das den Fluch brechen würde.«

Aus dem Haus war ein schmerzerfüllter Schrei zu hören. Anscheinend hatte die Eule sich jetzt wieder in Chris verwandelt und der reagierte sehr menschlich auf den Pfeil in seinem Körper.

Phoebe, Leo und Piper eilten sofort zurück ins Wohnzimmer, wo sie Prue antrafen, die gerade mit einem frischen Verband aus dem Badezimmer kam.

»Leo, das ist gerade einfach so passiert«, erklärte Prue. »Kannst du ihm helfen?«

»Das beweist meine Theorie«, erklärte Phoebe triumphierend. »Es ist noch nicht Sonnenuntergang und er hat sich bereits verwandelt. Der Fluch kann gebrochen werden!«

Chris versuchte, sich aufzusetzen, aber der Pfeil in seiner Brust verhinderte das. Stöhnend sank er wieder auf die Couch zurück.

»Bleiben Sie liegen«, beruhigte ihn Leo. »Ich werde mich darum kümmern.«

»Brooke«, presste Chris hervor.

»Wir sagen ihr Bescheid«, versprach Prue und sah sich nach der jungen Frau um.

»Das wird nicht gehen«, widersprach Chris. »Sie ist fort.«

Erst jetzt fiel den Schwestern auf, dass sie auf Brooke gar nicht geachtet hatten, weil die Verwandlung von Chris ihre ganze Aufmerksamkeit auf sich gezogen hatte.

»Wieso ist sie weg?«, fragte Phoebe. »Eben war sie doch noch in der Küche.«

Prue schwante Böses: »Sie ist zu ihm gegangen, oder?«
Chris nickte schwach.
»Okay, wir werden uns darum kümmern, aber erst einmal ist Leo dran.«
Der *Wächter des Lichts* kniete sich neben die Couch. Er hielt seine rechte Hand über die Wunde und ein warmes Leuchten bedeckte Chris' Oberkörper. Ohne Mühe gelang es Leo, den Pfeil mit der Linken herauszuziehen.
Es floss kein Blut mehr. Die klaffende Wunde fügte sich zusammen, als hätte es den Zwischenfall niemals gegeben. Zurück blieb glatte, unverletzte Haut.
Chris sah unsicher an sich herab. Er verstand nicht, was da gerade geschehen war, aber das änderte nichts am Ergebnis: »Danke.«
»Ich verstehe das nicht«, rätselte Piper. »Warum ist Brooke zu ihrem Boss gegangen?«
»Sie war nicht sicher, ob eure Fähigkeiten reichen würden, mich zu retten«, sagte Chris. »Also hat sie es selbst in die Hand genommen.«
»Wie will sie das machen?«, fragte Phoebe.
»Es ist der Fluch«, erklärte Chris. »Wenn sie sich bereit erklärt, bei ihm zu bleiben und es mit einem Kuss besiegelt, dann ...«
»Werden sie auf ewig einander verbunden sein«, vollendete Piper den Satz.
»Aber dank der Sonnenfinsternis ist das doch gar nicht mehr nötig«, stöhnte Phoebe verzweifelt.
»Das weiß Brooke aber nicht«, erinnerte Prue.

Der Boss war außer sich vor Wut. Wie es aussah, hatte auch sein zweiter Assistent jämmerlich versagt.
Konnte es so schwer sein, ein mieses kleines Federbündel ins Jenseits zu befördern? Teufel auch, dafür hätte normalerweise eine einfache Straßengang ausgereicht!

Vor seinem Tisch standen jetzt vier weitere Kandidaten, die sich reichen Lohn vom Zauberer erhofften.

»Wie es aussieht«, knurrte er, »ist zuverlässige Hilfe heutzutage schwer zu bekommen. Einer von euch bekommt jetzt seine Chance. Bringt mir die Eule – und zwar tot!«

»Ich hatte gehofft, Sie würden mich stattdessen nehmen«, erklang eine Stimme von der Tür her.

Es war Brooke.

Ihr Gesicht war verweint, aber ihr Blick war klar. Es war keine Angst mehr darin zu sehen. Nur noch Leere.

Der Boss grinste.

Wie es aussah, hatte er gewonnen.

5

»WILLST DU MICH NICHT KÜSSEN, um den Bund zu schließen?«, fragte Brooke tonlos.

»Brooke«, sagte der Boss mit gespielter Empörung, »ich mag zwar hinterlistig sein, aber ich bin nicht so leicht zu haben.« Er dachte einen Augenblick nach. »Ach was, natürlich bin ich leicht zu haben.«

Er strich ihr über die Wange. Sie zitterte.

»Du tust das, um ihn zu retten, stimmt's? Das ist okay, es macht mir nichts aus. Im Laufe der Jahre wirst du lernen, mich zu lieben.«

»Habe ich dein Wort, dass Chris kein Leid geschehen wird?«, fragte Brooke stockend.

Er zog sie grob an sich heran: »Du hast meine Liebe, das sollte doch reichen.«

Prue, Piper, Phoebe und Chris marschierten geradewegs in das Gebäude, in dem die Firma des magischen Börsenmaklers ihren Sitz hatte. Ein paar Angestellte auf den Fluren sahen das Quartett überrascht an, aber Piper ließ kurzerhand alle erstarren.

Es war keine Zeit für Spielchen.

»Der Countdown läuft«, murmelte Phoebe.

Piper blieb stehen. Sie fasste sich an die Brust. »Moment, mir geht's gerade ...«

Sie schwankte ein wenig und Prue stützte sie: »Was ist los? Geht es dir nicht gut?«

Piper strich sich über die Augen. »Es geht mir ... sehr gut sogar. In mir drin ist es auf einmal ganz warm und kuschelig.«

Sie strich sich mit der Hand über den Brustkorb. »Ein tolles Gefühl.«

Phoebe ging ein Licht auf: »Wenn die Zeit reif ist, werdet ihr es wissen! Die Zeit ist reif!«

Prue und Piper sahen das Nesthäkchen verwirrt an: »Zeit reif für was?«

Phoebe fuchtelte hektisch mit den Händen herum: »Na, für die … die Kirmes! Die Sonnenfinsternis. Das ist der richtige Zeitpunkt! Wenn wir nicht nach oben sehen können, können sie auch nicht nach unten sehen!«

Jetzt war auch Prue von der Begeisterung angesteckt. »Klar, das muss es sein! Wir können die Zeremonie abhalten. Piper, du musst Leo benachrichtigen. Wir müssen nach Hause!«

»Und wir müssen noch schnell ein paar Blumen besorgen und die CD mit der Musik und …«, schnatterte Phoebe weiter.

Piper schnitt ihren hysterischen Schwestern das Wort ab: »Es wird nicht gehen. Wir müssen Brooke helfen.«

»Okay«, stimmte Phoebe zu, »dann retten wir jetzt Brooke und fahren dann sofort nach Hause.«

Piper sah resigniert zu Boden. »Phoebe, eine Sonnenfinsternis dauert nur ein paar Minuten. Die Zeit reicht nur für das eine oder das andere.«

Jetzt mischte sich Chris ein. Er legte Piper die Hand auf die Schulter: »Gehen Sie nach Hause. Ich kann besser als jeder andere verstehen, was Sie durchmachen. Brooke wird das auch so sehen.«

Piper sah Chris an und dann ihre Schwestern.

Sie traf ihre Entscheidung.

»Alle für eine, eine für alle.«

Der Boss hatte so lange darauf gewartet. Endlich hielt er Brookes Körper in seinen Armen und ihre Lippen näherten sich den seinen.

Es war ihm egal, dass sie zitterte. Es war ihm egal, wie viel Widerstand sie ihm entgegenbrachte, wie viel Ekel sie verspürte.

Er bekam immer, was er wollte.

Und er wollte diese Frau.

Gleich, gleich würde es so weit sein.

Mit einem Krachen flog die Tür zu seinem Büro auf. Drei junge Frauen marschierten herein und der Zauberer wusste sofort, mit wem er es zu tun hatte: »Sieh einer an, die Pfadfinderinnen. Legt eure Kekse auf den Tisch und verschwindet, bevor ich mich vergesse.«

»Lassen Sie sie los«, befahl Prue.

Der Boss folgte der Aufforderung tatsächlich, doch er grinste gemein: »Ich habe keine Angst vor Hexen.«

»Aber vielleicht vor der wahren Liebe«, entgegnete Prue.

Die Schwestern traten einen Schritt zur Seite und Chris betrat den Raum.

Die Augen des Zauberers weiteten sich. Wie war das möglich? Wieso war dieser Bastard plötzlich wieder ein Mensch?

Auch Brooke sah die Liebe ihres Lebens und das Feuer kehrte in ihre Augen zurück.

Mit zwei schnellen Schritten fanden die Liebenden zueinander und fielen sich in die Arme.

Es war ein wunderschöner Anblick, der nur durch die Gegenwart des Zauberers getrübt wurde: »Wenn ich sie nicht haben kann, wird sie niemand haben!«

Er brüllte vor Wut und in seiner Hand materialisierte sich eine Armbrust, die er auf das Paar richtete.

Es kostete Piper keine Mühe, ihn mit einer Handbewegung einzufrieren.

»Hat jemand einen Bannspruch parat?«, fragte Phoebe, die wenig beeindruckt von den Kräften dieses Angebers war.

»Noch nicht«, entschied Prue lächelnd. »Ich finde, er sollte sich das noch eine Weile ansehen.«

Sie machte eine leichte Handbewegung und die Armbrust flog aus der Hand des Zauberes. Sie schlug gegen eine Wand und zerbrach.

Prue blickte zu Piper und diese ließ die Zeit weiterlaufen.

Der Zauberer musste feststellen, dass er sich in derselben Situation befand wie vor zehn Sekunden – unbewaffnet musste er mit ansehen, wie Brooke und Chris sich innig küssten.

Das war zu viel!

Er schrie wie am Spieß, warf die Arme in die Luft und legte den Kopf in den Nacken. An seinem Hals traten die Schlagadern hervor und sein ganzer Körper erzitterte.

Zuckungen durchliefen plötzlich seinen Körper und die Haut wurde krebsrot. Mit einem ohrenbetäubenden Knall zerbarst er.

Brooke und Chris blickten auf den rauchenden Fleck, an dem ihr Gegner gestanden hatte. Dann schauten sie zu den Halliwell-Schwestern.

»Ich weiß nicht, was ich sagen soll«, flüsterte Brooke.

»Wie sollen wir euch jemals danken?«, fragte Chris.

»Nicht nötig«, lächelte Phoebe.

»Wir müssen los«, drängelte Prue.

»Aber wir haben doch noch nicht einmal eine Hohe Priesterin für die Zeremonie«, wandte Piper ein, die froh war, endlich wieder offen über das Thema sprechen zu dürfen.

»Das lass mal meine Sorge sein«, flötete Phoebe aufgeregt.

»Mädels, kommt zur Sache«, rief Großmutter Halliwell ungeduldig, »ich habe alle Zeit der Welt, aber die Sonnenfinsternis ist bald vorbei.«

Der Geist ihrer Großmutter stand in einem weißen Kleid in der Vorhalle des Halliwell-Hauses am Ende der Treppe. Auf einem runden Tisch lag eine Spitzendecke und darauf standen dutzende von Kerzen.

Leo hatte sich einen dunkelblauen Anzug angezogen und die Hände nervös vor dem Bauch verschränkt.

Die Stereoanlage spielte passend sakrale Musik.

»Zeit für die Brautjungfern«, ermahnte die Großmutter noch einmal und nun kamen Phoebe und Prue mit gesetzten Schritten die Treppe herunter. Sie trugen einfache Sommerkleider mit Blütenmustern und dezentem Ausschnitt. Beide lächelten um die Wette.

Am Ende der Treppe blieben sie stehen und sahen nach oben.

Dort erschien Piper.

Strahlend schön.

Ein Blumenstrauß in der Hand, ein einfaches blaues Kleid mit funkelnden Pailletten. Das Haar zurückgebunden und an den Ohrläppchen funkelnde Schmuckstücke aus Omas Schatulle.

Langsam schritt sie die Treppe hinunter. Das Glück des Augenblicks ließ sie aufblühen.

Leo sah seine Braut auf sich zukommen und der Begriff »glücklichster Mann der Welt« musste neu definiert werden.

Am Absatz hielt Piper kurz inne und sah ihre Schwestern dankbar an.

»Ich weiß, das ist nicht genau das, was du wolltest«, flüsterte Prue.

»Vielleicht nicht auf diese Weise«, korrigierte Piper, »aber es ist exakt das, was ich wollte.«

Sie lächelte ihren Verlobten an.

Zu dritt schritten die *Zauberhaften* zu dem improvisierten Altar, an dem Oma Halliwell und Leo warteten.

Dann gingen Phoebe und Prue etwas zur Seite, während Piper sich direkt vor Leo aufstellte.

Zuerst glaubte Piper, Leo habe sich verschluckt.

Er schnappte nach Luft.

Dann noch einmal.

Er griff sich an die Brust.

Riss den Mund auf.

Kein Ton kam heraus.

Er begann, mit den Armen zu rudern, als wehre er sich gegen einen unsichtbaren Feind.

Ein blaues Funkeln umgab ihn.

Leo kämpfte dagegen, schlug um sich.

Er verlor.

In einem Strahlenregen löste er sich auf.

Piper stand wie vom Donner gerührt an ihrem Platz. Sie wurde schlagartig bleich und rang nach Fassung: »Großmutter, was ist los? Was ist passiert?«

Sie bekam keine Luft mehr. Alles drehte sich in ihrem Kopf.

Es war doch der schönste Moment ihres Lebens!

Prue und Phoebe eilten zu ihrer Schwester, um sie zu stützen. Doch Piper sackte zusammen, unfähig, sich auf den Beinen zu halten.

Die Großmutter beugte sich zu ihrer Enkelin. Ihr Gesichtsausdruck war sehr ernst: »Hör mir gut zu, mein Engel. Wir werden das schaffen. Alles wird gut.«

Aber nichts war gut in diesem Moment. Piper begann zu schluchzen und der Blumenstrauß fiel aus ihrer kraftlosen Hand auf den Boden.

»Das ist alles meine Schuld«, rief sie. »Das hat Leo nicht verdient!«

Phoebe und Prue legten hilflos die Arme um ihre Schwester. Zu dritt hockten sie auf dem Boden, aneinander gedrückt, als müssten sie einen Sturm abwehren.

Aus der Stereoanlage erklang immer noch die Hochzeitsmusik.

Es war eine Dimension des Schreckens und des Leidens. Schwefelgeruch lag in der Luft und leise hörte man die Schreie verdammter Seelen. Rot war die dominierende Farbe, der Boden schien aus Felsgestein, unter dem flüssiges Magma schimmerte.

Es war die Dimension der *Triade* und hier herrschten die Gesetze Satans.

Die Mitglieder der *Triade* trugen wie immer braune Kutten. Ihre Pupillen waren pechschwarz. Sie standen um einen Runenkreis, der sie mit den anderen Welten verband. In letzter Zeit hatte dieses Tor meistens zur Erde geführt.

Ihr Agent stand mitten in dem Runenkreis, gekleidet in dezentem Schwarz. Er war schon oft hier gewesen und nun musste er seinen Meistern von seinen Fortschritten berichten.

»Deine Arbeit scheint sich auszuzahlen«, knurrte der erste Dämon. »Die Halliwell-Schwestern haben keine Ahnung, was du im Schilde führst.«

»Und die Informationen über die Hexenhochzeit waren sehr wertvoll«, ergänzte der zweite Höllendiener.

Staatsanwalt Cole Turner verzog keine Miene. Selbstgerechte Arroganz war hier fehl am Platz: »Das freut mich.«

Die Mitglieder der *Triade* lachten böse und ihr Anführer sprach erneut: »Es war ein Leichtes, diese Neuigkeit der anderen Seite zuzuspielen, damit sie eingreift.«

Nun meldete sich der dritte Dämon zu Wort: »Es ist an der Zeit, sich das Vertrauen der Schwestern zu erschleichen. Was ist dein Plan?«

Cole hielt dem fordernden Blick stand: »Phoebe ist

der Schlüssel. Sie ist meine Eintrittskarte, denn sie ist leicht zu täuschen.«

Er drehte sich langsam im Kreis, um allen seinen Auftraggebern ins Gesicht sehen zu können: »Wir wollen die *Zauberhaften* vernichten. Ich würde sagen, seit heute sind wir auf dem besten Weg!«

Nach vielen Hindernissen und Schwierigkeiten können Leo und Piper endlich ihre Hochzeit feiern. Immer wieder wurden ihre Hochzeitspläne vereitelt, entweder durch den Rat der Ältesten oder durch die Dämonenangriffe der *Triade*. Zuletzt mussten sie sogar gegen einen unsichtbaren Feind kämpfen, den furchtbaren Balthasar. Sein Doppelspiel als Diener der *Triade* und als Staatsanwalt Cole Turner hatte das Gefüge der Halliwells stark erschüttert. Denn Phoebe, die sich in den Staatsanwalt verliebt hatte, vertraute seinen Versprechungen, sich von seiner finsteren Vergangenheit lösen zu wollen, und verheimlichte den Schwestern, dass sie sich weiterhin mit Cole traf. Obwohl sie sich ihres Verrats bewusst war, konnte Phoebe der Macht ihrer Gefühle nicht widerstehen. Aber auch für den Dämon gab es kein Zurück mehr. Für die Liebe zu Phoebe entsagte er den Gesetzen der *Triade* und wurde zum Freiwild dämonischer Kopfgeldjäger. Doch noch herrscht Misstrauen ihm gegenüber. Prue und Piper können den Schmerz und den Schrecken, den er als Balthasar hinterlassen hat, nicht vergessen. Aber Phoebe hält bedingslos zu ihm und versucht, ihre Schwestern von den ehrlichen Absichten ihres Freundes zu überzeugen. Die Hochzeit wäre eine gute Gelegenheit, sich einander anzunähern ...

Hochzeit mit Hindernissen

1

»NOCH EIN BISSCHEN MEHR NACH LINKS«, sagte die Stimme.

Prue Halliwell war froh, dass sie ihrer Großmutter gerade den Rücken zudrehte, damit diese nicht sah, wie ihre Enkelin die Augen verdrehte.

Ein Seitenblick auf Phoebe verriet ihr, dass ihre jüngere Schwester das Gleiche dachte: Es war zwar schön, dass Großmutter aus dem Reich der Toten zurückgekehrt war, um die Hochzeitszeremonie durchzuführen – aber ihr Perfektionismus ging allmählich allen auf die Nerven.

Als ob sie ihre Gedanken erraten hätte, lächelte Phoebe sie an, dann hoben die beiden jungen Frauen den Blumenbogen und rückten ihn nach links.

Perfekt, dachte Prue, als sie ihr gemeinsames Werk begutachtete. Der blumenumrankte Torbogen schmückte den Tisch, auf dem später die Hochzeitsgeschenke für Piper und Leo stehen würden.

Das Wohnzimmer des Halliwell-Hauses war erfüllt vom Duft der frischen Blumen und wenn man sich darauf konzentrierte, konnte man sogar den aromatisch-süßen Geruch der großen Hochzeitstorte wahrnehmen, die in der Mitte des Zimmers aufgebaut worden war.

Es würde eine perfekte kleine Hochzeit werden, dachte Prue und niemand hatte sie mehr verdient als ihre Schwester Piper.

»Ähm ...«, sagte die Stimme mit einem nörgelnden Unterton, »war das wirklich der größte Bogen, den ihr bekommen konntet?«

Prue fuhr herum. Sie liebte ihre Großmutter, aber all-

mählich ging sie zu weit. Außerdem hatte Prue seit Tagen nicht mehr ruhig geschlafen.

»Um einen noch größeren Bogen zu bekommen, hätten wir ein Schnellrestaurant eröffnen müssen«, sagte Prue und dachte dabei an die gewaltigen goldenen Doppelbögen, die das Markenzeichen einer bekannten Schnellimbisskette waren. Im gleichen Moment bereute sie den scharfen Tonfall in ihrer Stimme. Wenn sie nur nicht so unausgeschlafen wäre ...

Die alte Dame hob abwehrend die Hände. Auch als Geist war Großmutter tadellos gekleidet und wirkte in dem roten Festkleid mit dem dezenten Goldschmuck beinahe jugendlich.

»Ich will ja nur das Beste, Schatz«, sagte sie leicht pikiert. »Denkt daran, jede Frau will von ihrem Traumprinzen erobert werden und die Hochzeit ist die Siegesfeier – *ihre* Siegesfeier.«

»Und ich dachte, so eine Hochzeit soll vor allen Dingen romantisch sein«, wunderte sich Phoebe.

Großmutter grinste verschmitzt. »Ach, mein Kind«, sagte sie, »du musst noch viel lernen.«

»Denk daran, Phoebe«, warf Prue grinsend ein, »dass du anhand der Eheringe an ihrem Finger ihre Erfahrung erkennen kannst. Jeder Einzelne ist die Siegestrophäe einer erfolgreichen Jagd auf Ehemänner.«

Phoebe lachte prustend. Großmutter hob den Zeigefinger und blickte Prue tadelnd an. Trotzdem konnte auch sie sich ein Lächeln nicht verkneifen. Eins zu null für Prue. Die alte Dame war wirklich stolz auf ihre Enkeltöchter. Sie waren nicht nur verantwortungsvolle und mächtige Hexen, sondern auch selbstbewusste junge Damen, die mit beiden Beinen fest im Leben standen.

Doch hätte Großmutter Prues Gedanken lesen können, dann hätte sie gewusst, dass Prue im Augenblick nur eins wollte: Schlafen.

Todmüde griff Prue nach einem großen Notizblock, in

dem sie alles aufgelistet hatte, was vor der Trauung noch zu erledigen war. Die Liste war endlos. Wie sollte sie das jemals rechtzeitig schaffen? Trotzdem, es *musste* klappen. Immerhin ging es um die Hochzeit ihrer Schwester, die als Erste der drei Halliwell-Töchter unter die Haube kam.

»Okay«, sagte Prue und strich einen Punkt auf der Liste, »der Blumenbogen steht. Als Nächstes …«

Sie hatte versucht, es zu unterdrücken, aber es war ebenso sinnlos, wie der Versuch, einen aufkommenden Niesreiz zu ignorieren. Prue konnte nicht verhindern, dass ihr Satz von einem herzhaften Gähnen unterbrochen wurde. Wie peinlich.

Großmutter und Phoebe blickten sie besorgt an.

»Prue, was ist los mit dir?«, fragte Phoebe. »Du gähnst schon den ganzen Tag.«

Prue schüttelte den Kopf. Sie hatte versucht, sich nichts anmerken zu lassen, aber sie hätte auf der Stelle einschlafen können.

»Den ganzen Tag?«, sagte sie. »Schon eher die ganze Woche lang. Ich würde so gerne mal wieder ausschlafen, aber ich habe jede Nacht diesen verrückten Traum, der mich immer wieder aus dem Schlaf reißt.«

Jetzt war es heraus. Sie hatte es eigentlich für sich behalten wollen, um ihre Schwestern so kurz vor der Hochzeit nicht zu beunruhigen. Aber was soll's, dachte sie. Es ist schließlich nur ein dummer Traum.

Phoebe legte die Blumen zur Seite und neigte den Kopf. »Was für ein Traum, Prue?«, fragte sie mit einem leichten Anflug von Sorge in der Stimme.

Prue spürte, wie ihre Wangen erröteten, aber auch das konnte sie genau so wenig unterdrücken, wie das Gähnen zuvor. Warum nicht die ganze Geschichte erzählen?

»Nun ja«, sagte sie, noch etwas zögerlich. »Da ist dieser junge Motorrad-Rocker und er ist … ziemlich süß.«

»Klingt interessant«, zwinkerte Phoebe.

Prue lächelte in sich hinein. War ja klar, dachte sie, kaum erzählt man etwas von süßen Jungs, hat man Phoebes ungeteilte Aufmerksamkeit.

Sie wollte gerade weiter von ihrem Traum berichten, als schnelle Schritte die Treppe hinunterkamen.

Ein Lächeln machte sich auf dem Gesicht von Großmutter breit, als Piper ins Wohnzimmer stürmte. Sie trug einfache Jeans und ein rotes Top – und wirkte in dieser gewöhnlichen Straßenkleidung fast wie ein Fremdkörper in dem prächtig ausgeschmückten Wohnzimmer.

Prue blickte auf Piper und nahm befriedigt zur Kenntnis, dass ihrer Schwester fast der Atem stockte, als sie sich umsah.

Piper hatte den ganzen Vormittag in ihrem Zimmer an ihrem Brautkleid gearbeitet und sah die Dekorationen jetzt zum ersten Mal. Und was sie sah, schien ihr zu gefallen. Sie blickte sich um wie ein kleines Kind, das am Heiligen Abend zum ersten Mal den Tannenbaum mit den Geschenken sieht.

»Also, wie findest du es, mein Schatz?«, fragte Großmutter lächelnd.

Piper breitete die Arme aus und rang nach Worten. »Es ist einfach ... wunderschön.«

Eine Schleife am Blumenbogen zurechtzupfend, blickte Phoebe auf ihre Schwester. »Und weißt du, was das Beste daran ist, Piper?«, fragte sie. »Es ist real. Du wirst wirklich heiraten.«

Prue presste den Schreibblock an ihre Brust und holte tief Luft. Sie wusste genau, was Phoebe meinte. Piper und Leo planten schon so lange, endlich zu heiraten, aber es schien, als hätte das Schicksal immer etwas anderes im Sinn gehabt. Dämonen, Hexer, Untote ... manchmal glaubte sie, die ganze Geisterwelt hätte sich verschworen, um die Hochzeit zu verhindern.

Aber diesmal würde nichts und niemand die Trauung verhindern.

Piper drehte sich einmal um die eigene Achse, um die ganze Pracht bewundern zu können. »Die Blumen, die Dekorationen, die Torte ... es ist wunderbar. Nur eins fehlt ...«

Ein trauriger Schatten huschte über Pipers Gesicht. Prue wusste, was ihre Schwester meinte und beendete den Satz für sie.

»Mom.«

Ihre Mutter. Die drei Schwestern hätten sich nichts mehr gewünscht, als die Anweseneit ihrer Mutter bei der Hochzeit. Aber die Gesetze der Geisterwelt waren streng.

Piper versuchte es trotzdem. »Großmutter«, fragte sie, »bist du sicher, dass du nichts tun kannst?«

Die alte Dame schüttelte traurig den Kopf.

»Nein, Piper. Es tut mir Leid. Selbst ich durfte nur in die Welt der Sterblichen zurückkommen, weil ihr für die Hochzeitszeremonie eine Hohe Priesterin brauchtet. Und ich muss morgen zur Hexenstunde auch wieder zurück ins Jenseits. Es gibt keine Ausnahmen.«

Phoebe seufzte und nahm ein kleines, gerahmtes Bild vom Tisch. Es war ein Foto ihrer Mutter. Phoebe hielt es traurig lächelnd in die Luft. »Vielleicht hilft das ja. Es ist zumindest besser als nichts.«

Piper zuckte mit den Achseln. »Ja, das ist es wohl.«

Den traurigen Unterton in der Stimme ihrer Schwester bemerkend, legte Prue ihr den Arm um die Schulter. Sie kannte ihre kleine Schwester lange genug, um zu wissen, wann sie etwas bedrückte.

»Alles in Ordnung, Piper?«

»Ja, natürlich«, antwortete sie. »Ich kann es selbst kaum glauben, dass ich beinahe meine eigene Hochzeit abgesagt hätte.«

Großmutter, Prue und Phoebe blickten sie erstaunt an. »Wie meinst du das?«, fragte Phoebe.

»Ach«, seufzte Piper. »Wir planen die Hochzeit jetzt schon so lange und immer wieder ist etwas dazwischengekommen. Ich hatte einfach Angst, dass das Schicksal gegen uns ist, weil es einfach nicht ... richtig ist, dass ich Leo, einen *Wächter des Lichts*, heirate.«

Großmutter schüttelte nur milde den Kopf. »Unsinn, mein Kind. Immerhin hast du es jetzt geschafft. Du wirst heiraten.«

»Ja«, ergänzte Prue. »Und ich werde jeden Dämon, der es wagt, die Hochzeit zu stören, persönlich in den A ...«

Aber sie kam nicht dazu, den Satz zu beenden. Ein neuer Gähnanfall traf sie so unvermittelt, dass sie nichts dagegen tun konnte.

»Okay, Prue«, sagte Phoebe kopfschüttelnd, »aber jetzt wirst du erst einmal schlafen. Komm, ich bringe dich ins Bett.«

Oh, wie gerne hätte sie sich jetzt hingelegt, aber es gab noch so viel zu tun. Sie hatte sich fest vorgenommen, die Hochzeit ihrer Schwester zu einem unvergesslichen Erlebnis zu machen. Wie konnte sie da nur an Schlaf denken?

Aber Piper legte ihr den Arm auf die Schulter und drängte sie sanft aus dem Wohnzimmer.

Was soll's, dachte Prue, ein kleines Nickerchen kann wirklich nicht schaden. Während sie das Wohnzimmer verließ, hörte sie noch, wie Großmutter sich von Piper verabschiedete. »Wir sehen uns morgen um vier Uhr nachmittags zur Trauung, *Misses* Halliwell«, sagte die alte Dame. »In dieser Familie behalten die Frauen ihren Familiennamen.«

Prue konnte sich vorstellen, wie Großmutter bei diesem Satz mit den Augen zwinkerte, bevor sie sich in einem Lichtblitz auflöste und ins Jenseits zurückkehrte.

Ja, dachte Prue, als sie gähnend die Stufen hochstieg,

es würde eine unvergessliche Hochzeit werden. Dafür würde sie sorgen.

Prue ahnte nicht, wie Recht sie damit behalten würde.

2

Das Licht des Vollmonds fiel durchs Fenster und brachte ein paar kleine Schweißperlen zum glänzen, die sich auf Prues Stirn gebildet hatten. Seit Stunden schon wälzte sich die junge Frau im Schlaf hin und her. Es war ein Zustand zwischen Wachen und Träumen. Sie lag in ihrem Zimmer auf ihrem weichen Bett und war doch gleichzeitig meilenweit davon entfernt. Vor dem halb geöffneten Fenster rauschten die Blätter eines Baumes im Wind. Doch dann wurde das Rascheln übertönt ...

Harte Rockmusik dröhnte aus den Boxen, die in den Ecken der verrauchten Bar standen. Das Hämmern der Basstöne vermischte sich mit dem Gemurmel der Gäste, die an der Theke standen, Bier tranken und über Motorräder fachsimpelten. Es roch nach Alkohol, Schweiß, Leder und Motoröl.

In dieser Umgebung hätte man alles erwartet – aber sicher nicht die hübsche junge Frau, die gerade am Billardtisch mit einem gezielten Stoß eine Kugel in Bewegung versetzte. Sie trug eine hautenge Jeans, ein ebenso enges T-Shirt und Cowboystiefel. Schulterlange schwarze Haare umrahmten ein attraktives Gesicht.

Prues Gesicht.

Die Billardkugeln gaben ein trockenes Klicken von sich, als Prue die schwarze Kugel mit instinktiver Sicherheit im Loch versenkte und damit die Partie für sich entschied.

Nach dem ungläubigen Staunen auf den Gesichtern der umherstehenden Männer zu urteilen, war es nicht die erste Runde, die auf ihr Konto ging.

Prue legte den Billardstock zur Seite und tat lächelnd, als würde sie rechnen müssen.

»Wenn ich das richtig sehe«, sagte sie über den Lärm der Musik hinweg, »schuldest du mir jetzt zwanzig Mäuse.«

Ihr Gegenspieler – ein Typ in einer Jeansjacke und einem schmutzigen T-Shirt – strich sich über den ungepflegten Kinnbart. Ihm schien die Vorstellung, sich von seinem Geld trennen zu müssen, nicht sonderlich zu behagen.

»Das war doch ein reiner Glückstreffer, Schätzchen«, sagte er. »Pass auf, ich gebe dir die Kohle nächsten Montag, okay? Dann ist Zahltag und ich bin wieder flüssiger.«

Aus seinem Mund klang dieser Satz nicht wie eine Frage, sondern wie eine Feststellung. Seine drei Kumpel, die mindestens ebenso rau und ungepflegt aussahen wie er, bauten sich demonstrativ neben ihm auf.

Prue hatte schon eine passende Antwort auf den Lippen, aber bevor sie reagieren konnte, schob sich ein junger Mann in einer Lederjacke an ihr vorbei. Seine Haare waren mit Gel zurückgekämmt. Ein dezenter silberner Ohrring blitze kurz an seinem Ohrläppchen auf. Mit seinen dunklen Augen und seinen hohen Wangenknochen sah er eigentlich eher wie ein Model aus – und nicht wie ein Typ, der nachts in finsteren Kneipen abhängt.

Der junge Mann baute sich selbstbewusst vor Prues Gegenspieler auf. »Wir haben hier eine Regel, Kumpel«, sagte er. Seine angenehme Stimme übertönte die laute Musik. »Wer hier Spielschulden macht, bezahlt sie auch. Aber wir können gerne vor die Tür gehen und das ausdiskutieren.«

Ein paar Sekunden lang blickten sich der junge Rocker und der Mann in die Augen.

Dann senkte der Mann seinen Blick und holte ein paar Geldscheine aus der Brusttasche seiner Jeansjacke. Mit

einem verächtlichen Grinsen drückte er Prue das Geld in die Hand.

Prue setzte ein breites Grinsen auf. »Besten Dank auch. War mir ein Vergnügen, mit dir zu spielen.« Aber der Typ in der Jeansjacke und seine Freunde hatten sich schon umgedreht und gingen hinaus. Es gab für sie keinen Grund, noch länger am Ort ihrer Niederlage zu bleiben.

Prue steckte das Geld achtlos in ihre Hosentasche und blickte dann zu ihrem ›Retter‹. Der junge Mann baute sich herausfordernd vor ihr auf.

Prue wich keinen Millimeter zurück. »Ich hätte mir selbst helfen können«, sagte sie, »aber trotzdem danke. Ich nehme an, du willst jetzt eine kleine Belohnung dafür?«

Das Kräftemessen ging weiter. Diesmal waren es Prue und der junge Rocker, die einander fixierten. Aber Prue dachte gar nicht daran, aufzugeben.

»Wie kommst du darauf, dass ich eine Belohnung will?«, fragte der Rocker.

»Hier versucht doch jeder, etwas herauszuschlagen, oder?«

Der junge Mann machte einen Schritt nach vorn, packte Prue an den Schultern und zog sie brutal zu sich heran. Sie hätte sich leicht aus dem Griff befreien können, aber auch das gehörte zu dem Spielchen, das sie beide hier abzogen.

»Vielleicht nehme ich mir tatsächlich etwas«, knurrte er in einer Tonlage, die so gar nicht zu seinem sensiblen, fein geschnittenen Gesicht passte.

»Du kannst es ja versuchen«, grinste Prue, als ihre Gesichter nur noch Zentimeter voneinander entfernt waren. Prue konnte den Duft seiner Haare riechen, der sich mit dem Geruch der Lederjacke vermischte. Einen Augenblick lang genoss sie diesen Sinneseindruck, dann befreitete sie sich mühelos aus seinem Griff. »Aber du hast keine Ahnung, mit wem du dich da einlässt.«

»Dann zeig es mir doch«, entgegnete der Rocker.

Ohne zu zögern schlang Prue ihre Hände um den Nacken des jungen Mannes und zog sein Gesicht zu sich heran. Dann presste sie ihre Lippen auf seine. Ein paar Sekunden lang küssten sie sich leidenschaftlich. Dann lösten sie sich wieder voneinander, mit einem breiten Grinsen auf den Gesichtern.

»Tut mir Leid, ich bin spät dran«, begann der Mann zu erklären.

»Tja, schade«, antwortete Prue. Sie war bereits vor einer halben Stunde mit ihm verabredet gewesen und so sehr sie dieses kleine Spielchen auch genossen hatte, sie musste jetzt gehen.

»Ich bin auch spät dran und deshalb muss ich jetzt los. Wir sehen uns morgen.«

Ohne seine Reaktion abzuwarten, drehte sich Prue um und steuerte auf den Ausgang zu.

Sie kam drei Schritte weit, bis der Rocker ihr Handgelenk ergriff und sie zurückzog. »Ich möchte, dass du bleibst«, sagte er. Diesmal war es kein Spiel mehr, er meinte es ernst.

»Ich weiß«, seufzte Prue und blickte ihn traurig an. »Und ich würde auch noch gerne bleiben, aber ich muss gehen. Ich habe Verantwortung zu tragen und ...«

»Das sagst du jeden Abend«, fiel er ihr ins Wort. »Und dann verschwindest du einfach. Warum machst du das mit mir?«

Prue seufzte. »Das hat nichts mit dir zu tun. Ich würde wirklich gerne bleiben, aber ich *kann* nicht.«

»Aber natürlich kannst du, wenn du nur willst!« Er ließ nicht locker. »Was hast du denn so Wichtiges zu tun? Geht es um einen Job? Dann lass ihn sausen!«

Der Rocker beugte sich zu Prue herunter und blickte ihr eindringlich in die Augen. »Du hast die Freiheit, deine eigenen Entscheidungen zu treffen. Dein Leben selbst in die Hand zu nehmen.«

Prue zögerte, als diese Worte irgendetwas tief in ihrer Seele zum klingen brachte. Dann holte sie tief Luft und küsste ihn.

»Ich muss jetzt los«, sagte sie dann und tätschelte dem verwirrten jungen Mann die Wange. »Bis morgen.«

Ohne sich noch einmal umzudrehen, ging sie zum Ausgang der Bar. Sie wünschte, diese Geschichte würde nicht jede Nacht auf dieselbe Art und Weise enden. Aber sie hatte ihm die Wahrheit gesagt. Sie *konnte* nicht bleiben.

»Du könntest mir wenigstens verraten, wie du heißt«, rief der junge Mann ihr hinterher.

Aber da war Prue schon in die kalte Nachtluft hinausgetreten.

Die Musik war nur noch als gedämpftes Wummern zu hören, als Prue mit schnellen Schritten an der Reihe der vor dem Eingang geparkten Motorräder vorbeiging. Sie hasste es, diesen süßen Jungen einfach so stehen zu lassen, aber sic musste zurück, zurück zu ...

Prue war so in Gedanken versunken, dass sie die Gestalt nicht bemerkte, die aus dem Schatten einer Mülltonne heraustrat. Es war der Typ vom Billardtisch.

Er packte Prues Handgelenk und stieß sie an die Mauer. »Hey, du hast noch mein Geld, Süße!«, knurrte er.

Prue zuckte zurück. Nicht, weil sie Angst vor dem Kerl gehabt hätte – nein, die Bierfahne, die ihr entgegenströmte, war einfach widerlich. Wahrscheinlich hatte sie dem Kerl noch einen Gefallen damit getan, ihm das Geld abzunehmen, weil er es sonst doch nur versoffen hätte.

Mühelos schüttelte Prue die Hand des Mannes ab. »Hey, du hast ein gutes Gedächtnis«, lächelte sie.

Doch der Kerl gab nicht auf. Er griff erneut nach Prues Armen und zog sie dicht an sich heran. Bevor Prue etwas dagegen unternehmen konnte, schlug ihr der schlechte

Atem des Mannes aus nächster Nähe entgegen. Was für ein widerlicher Kerl.

»Vielleicht sollte ich es mir in Naturalien zurückholen«, keuchte der Mann, während er seine Blicke über ihren Körper wandern ließ.

Das war zu viel.

»Gute Idee«, sagte Prue und ihre Augen funkelten gefährlich. »Fangen wir doch gleich damit an.«

Das Grinsen des Kerls wurde noch breiter – bis zu dem Augenblick, in dem ihn Prues Knie dort traf, wo es besonders wehtat. Mit einem Aufstöhnen, im dem sich Schmerz und Überraschung mischten, sackte er in sich zusammen. Im gleichen Augenblick stieß Prue ihm die Faust ins Gesicht.

Prue wich fast tänzerisch einen Schritt zurück und beobachtete, welche Wirkung ihre unerwartete Attacke gehabt hatte. Eins musste man dem Kerl lassen – er konnte einiges einstecken. Wahrscheinlich hatten ihn ungezählte Kneipenschlägereien abgehärtet. Er rieb sich das Kinn und bewegte sich torkelnd auf Prue zu.

»Du verdammtes Miststück!«, keuchte er. »Ich werde dich ...«

»Den Teufel wirst du«, unterbrach Prue ihn trocken und griff nach einem langen, schmalen Holzbrett, das neben ihr an der Wand lehnte. Allmählich stieg kalte Wut in ihr auf. Wäre sie so wehrlos gewesen, wie sich der Kerl das vorgestellt hatte, dann wäre er in dieser dunklen Ecke über sie hergefallen. Der Typ hatte verdient, was er jetzt bekam.

Ohne zu zögern holte Prue aus und ließ das Brett wie einen Baseballschläger in die Magenkuhle des Mannes sausen.

Man hörte ein dumpfes Geräusch, als das massive Holz auf das schwabbelige Fett traf.

Mit einem Keuchen auf den Lippen wurde der Kerl einen Meter weit zurückgeschleudert, bis er auf dem

staubigen Boden landete und bewegungslos liegen blieb. Einen Augenblick lang fürchtete Prue, dass sie vielleicht zu hart zugeschlagen haben könnte. Sie trat auf den reglosen Körper zu und stupste ihn mit der Spitze ihrer Lederstiefel an. Keine Reaktion. Der ist bedient, dachte sie befriedigt, als sie plötzlich ein seltsames Ziehen bemerkte, das ihren ganzen Körper zu erfassen schien. Als ob etwas mit aller Macht an ihr zerrte, an ihrem Körper, an ihrem Bewusstsein.

Sie kannte dieses Gefühl. Und sie hasste es.

»Nein«, keuchte sie, »nicht jetzt! Nicht ...!«

Prues Körper bäumte sich auf, bevor er in einem Lichtblitz verschwand.

Zurück blieb der leblose Körper des Fast-Vergewaltigers.

Prue schreckte hoch. Sekundenlang blickte sie in die Dunkelheit, ohne jedes Gefühl für Ort und Zeit. Nur langsam gelang es ihr, sich in ihrer Umgebung zurechtzufinden. Die seidige Bettwäsche auf ihrer Haut, die frische Herbstbrise, die durch das Fenster wehte – sie war zu Hause in ihrem Bett.

Einen Moment lang glaubte sie, die dumpfen Vibrationen der Rockmusik wahrzunehmen, doch das waren nur die Echos ihres verrückten, unglaublich realen Traumes.

Es war nur ein Traum gewesen, weiter nichts, sagte sie sich.

Nur ein Traum.

3

PIPER ERWACHTE MIT DEM DUFT von Rosen in der Nase.

Sie öffnete die Augen und blinzelte, als die milde Herbstsonne auf ihr Gesicht fiel.

Dann sah sie die Rosenblätter. Hunderte davon, rot in der Sonne glänzend, lagen auf ihrer Decke verteilt und erfüllten das ganze Zimmer mit ihrem wunderbaren Aroma. Und da war noch etwas in der Luft: das Flimmern eines sich auflösenden *Wächter des Lichts*.

»Leo?«, flüsterte Piper überrascht und rieb sich die Augen. Aber es war zu spät. Leo war schon wieder verschwunden. Nur sein kleiner Guten-Morgen-Gruß für den Hochzeitstag war zurückgeblieben.

Glücklich lachend griff Piper in die Rosenblätter, nahm eine Hand voll davon auf und hielt sie sich vor das Gesicht. Sie dufteten wunderbar. Was für eine schöne Idee von Leo – wer hätte gedacht, dass ein verantwortungsvoller *Wächter des Lichts* zu solch romantischen Einfällen fähig war?

Andererseits war es ja nicht irgendein *Wächter des Lichts*, der heute ihr Ehemann werden würde, sondern ein ganz besonderer: Leo.

Piper lachte noch, als sich die Tür öffnete und Phoebe eintrat. In ihren Händen hielt sie ein silbernes Tablett mit einer Schüssel Obst, Toast, Konfitüre und – vor allem – einer Kanne dampfenden Kaffee.

Aha, dachte Piper grinsend, da sorgt sich jemand um mein leibliches Wohl.

Heute schien ein Tag des Lächelns zu sein, denn auch Phoebe musste breit grinsen, als sie Piper inmitten des roten Meeres aus Rosenblättern sitzen sah.

»Habe ich hier gerade ein Lachen gehört?«, fragte sie mit gespielter Unschuld.

»Jawohl«, erwiderte Piper. »Ich bekenne mich schuldig ... ich habe gelacht, gekichert ... und bin so glücklich wie noch nie zuvor in meinem Leben.«

Phoebe stellte das Tablett auf ein kleines, antikes Tischchen und blickte Piper an. »Du *solltest* heute auch so glücklich sein wie nie in deinem Leben, Piper. Heute ist der Tag deiner Hochzeit.«

Mit diesen Worten nahm Phoebe Anlauf und sprang lachend wie ein kleines Kind auf das Bett ihrer älteren Schwester. Bevor Piper es verhindern konnte, schleuderte ihr Phoebe fröhlich glucksend eine Hand voll Rosenblätter ins Gesicht.

Piper lachte auf und revanchierte sich ebenfalls mit einer Ladung. Ein paar Sekunden später waren beide Schwestern über und über mit roten Rosenblättern bedeckt.

Die beiden lachten so laut, dass sie Prue erst bemerkten, als sie, vom Lärm der beiden Schwestern angelockt, schon im Zimmer stand.

»Hey«, sagte Prue nur. »Was ist denn hier los?«

Phoebe griff nach einer weiteren Hand voll Blätter und warf sie auf Prue. »Los, spiel mit!«

Wie Konfetti rieselten die Rosenblätter über die junge Frau, aber Prue brachte nicht mehr zu Stande als ein leichtes Hochziehen der Mundwinkel. Sie war totenblass und völlig übermüdet.

»Hast du wieder deinen Traum gehabt?«, fragte Phoebe mitfühlend.

Seufzend fegte Prue ein paar der Rosenblätter beiseite und setze sich auf die Bettkante. »Ja«, sagte sie und strich sich eine Strähne aus dem Gesicht, »ich war wieder in dieser Bar, wie immer ... aber dieses Mal wurde ich von einem großen, hässlichen Unhold angegriffen.«

Man könnte förmlich sehen, wie in Pipers Kopf die

Alarmsirenen losgingen. Sie blickte Prue ernst an. »Was genau meinst du mit ›Unhold‹? Hat du etwa im Traum gegen einen Dämon gekämpft?« Piper griff nach ihrem Kopfkissen und versetzte ihm einen Handkantenschlag. »Ich möchte es nur gern wissen«, fuhr sie fort, »denn wenn ich in meinem Hochzeitskleid gegen einen Dämon kämpfen muss, dann ...«

»Hey, hey, hey«, stieß Prue hervor. Sie bereute es fast, ihren Schwestern von dem Traum erzählt zu haben, denn das Letzte, was sie wollte, war, Piper ihre Hochzeitsstimmung zu verderben. »Er war kein Dämon, Piper«, beruhigte sie ihre Schwester, »sondern nur ein brutaler, nach Bier stinkender Klotz. Weiter nichts!«

»Und es war nur ein Traum!«, warf Phoebe ein.

Piper blickte unsicher zu ihren Schwestern. Sie schien sich langsam wieder zu beruhigen.

»Ganz genau«, nahm Prue den Faden wieder auf, »es war nur ein Traum. Und die einzige Zaubermixtur, die ich brauche, um diesen Unhold zu vertreiben, ist eine Tasse heißer Kaffee, okay?«

Piper wollte gerade etwas erwidern, als es an der Haustür klingelte.

Prue sprang sofort wieder auf die Beine. »Das müssen die Blumen sein«, sagte sie. »Ich kümmere mich schon darum.«

Phoebe krabbelte quer über das Bett und deutete dann auf das Tablett mit dem Frühstück. »Und du wirst dich jetzt erst einmal stärken, Piper, und dann wartet schon ein schönes, heißes Schaumbad auf dich. Ich lasse es dir gleich ein!« Mit diesen Worten verschwand sie aus dem Zimmer.

Piper sah ihr nach und zog die Beine an. Die Sorge war noch nicht ganz aus ihrem Gesicht gewichen. »Bist du sicher, dass nicht mehr hinter deinem Traum steckt, Prue?«, wollte sie wissen.

»Absolut«, erwiderte Prue voller Bestimmtheit. Und

dann war sie es, die Piper eine Ladung Rosenblätter ins Gesicht schaufelte. Danach lief auch sie aus dem Zimmer, um dem Blumenboten die Tür zu öffnen.

»Mach dir keine Sorgen«, rief sie über die Schulter. »Diesmal wird alles gut!«

Piper seufzte und blickte aus dem Fenster. Die Herbstsonne strahlte mild durch die Bäume, deren Blätter gerade begannen, sich zu verfärben.

Ja, dachte sie, es sah aus, als würde es wirklich ein wunderschöner Tag werden.

Das Blitzlicht der Kamera explodierte genau vor dem Gesicht des Mannes. Doch es machte ihm nichts mehr aus.

Der Mann war tot.

Ein paar Mal noch flammte das Blitzlichtgewitter des Leichenbeschauers auf und hielt jedes Detail des furchtbaren Anblicks fest. Der mit einer abgewetzten Jeansjacke bekleidete Mann lag im Staub. Auf seinem weißen T-Shirt war Blut zu sehen.

Der Leichenbeschauer nickte einem der umherstehenden Polizisten zu. Seine Arbeit war getan. Sekunden später bedeckte der Polizist die Leiche mit einer gelben Plane.

»Okay«, sagte der Leichenbeschauer und schüttelte dann einem der ermittelnden Beamten in Zivil die Hand. »Das war's dann für mich. Jetzt ist es euer Fall.«

»Darauf könnte ich gut verzichten«, knurrte der Beamte. Es war noch viel zu früh am Morgen, um klar denken zu können. Und außerdem hasste er Ermittlungen in diesem Milieu. Voller Verachtung blickte er auf die schäbige Biker-Bar, die selbst im Licht der Morgensonne nicht gerade einladend aussah.

Wahrscheinlich würden sie wieder auf Granit beißen ... diese Motorradfreaks hielten zusammen und

würden sich lieber die Zunge abbeißen, als der Polizei zu helfen.

Aber diesmal sah es vielleicht anders aus, dachte er, diesmal hatten sie nicht nur eine heiße Spur, sondern sogar Bilder von dem Mörder.

Von der Mörderin, genauer gesagt.

Inspektor Greg Shauny von der San-Francisco-Mordkommission blickte sich fast widerwillig in der schäbigen Bar um. Die durch die blinden Fenster fallenden Strahlen der Morgensonne ließen den Raum auch nicht in einem besseren Licht erscheinen. Spinnweben hingen von der Decke, die Tische und Stühle waren schäbig und zerkratzt und neben der Bartheke lag zerbrochenes Glas. Es roch nach schalem Bier und kaltem Rauch. Shauny war sich sicher, dass ihm von den Toiletten auch der Geruch von Erbrochenem entgegenschlagen würde, falls er in die Verlegenheit kommen sollte, diese aufzusuchen. Aber so wie es aussah, würde er sich gar nicht so lange hier aufhalten müssen.

Der Besitzer der Bar hatte zwar an Sauberkeit gespart, aber dafür viel Geld in eine moderne Video-Überwachungsanlage gesteckt, die alles aufzeichnete, was im Schankraum und auf dem Parkplatz passierte. Offensichtlich misstraute er seinen Gästen – und wie es schien, mit Recht.

Voller Genugtuung drückte der Inspektor noch einmal den Rückspulknopf des kleinen Videorekorders, der mit dem Fernseher über der Bar verbunden worden war. Als er die richtige Stelle erreicht hatte, drückte er auf die »Play« -Taste und das Bild wurde wieder scharf. Die Auflösung des Schwarzweiß-Bandes war körnig, aber scharf genug, um jedes Detail zu erkennen.

Eine gut aussehende junge Frau mit langen schwarzen Haaren griff nach einem schmalen Holzbrett und schlug

es einem Mann mit voller Wucht in den Bauch. Der Mann fiel in den Staub und blieb regungslos liegen. Es war derselbe Kerl, der jetzt am Rande des Parkplatzes unter einer gelben Plane lag.

»Also«, fragte Inspektor Shauny mit scharfer Stimme, »ist das die Kleine, mit der du letzte Nacht zusammen warst?«

Der gut aussehende junge Rocker schluckte. Eigentlich sah er aus wie ein anständiger Junge, der irgendwie auf die schiefe Bahn geraten war, dachte der Inspektor. Aber er war kein Sozialarbeiter, sondern Beamter der Mordkommission. Und die Freundin dieses Jungen hatte sich mit ihrem brutalen Angriff vor laufender Kamera gerade für *Amerikas dümmste Kriminelle* qualifiziert.

»Also?«, fragte der Inspektor noch einmal.

Der Junge zögerte. »Na ja«, antwortete er, »das ist sie.«

»Okay, und wie heißt sie?«, setzte der Inspektor nach. Einen Augenblick lang schien es ihm, als hätte er eine wunde Stelle getroffen. Der junge Rocker, der sich selbst nur T.J. nannte, senkte kurz den Blick. »Das weiß ich nicht«, antwortete er kleinlaut.

Inspektor Shauny schüttelte wütend den Kopf. Er hasste es, sich von jugendlichen Möchtegern-Rebellen zum Narren halten zu lassen. »Willst du mir etwa sagen, dass ihr euch gegenseitig die Zunge in den Hals steckt und du noch nicht einmal weißt, wie sie heißt?«

»Na und«, entgegnete T.J. trotzig, »ist das etwa verboten?«

»Das nicht. Aber was sie getan hat, schon.« Shauny drückte die »Pause«-Taste des Rekorders.

»Hör mal, mein Junge«, sagte er in einem sanfteren Tonfall, »ich kann zwar verstehen, dass du deine Freundin schützen willst – aber hier geht es um Mord.«

T.J. lachte nur trocken auf und schüttelte den Kopf. »Mann, sie ist doch keine Mörderin!«

»Bist du da sicher?«

Inspektor Shauny und T.J. blickten überrascht auf, als der massige Mann zu ihnen an die Theke trat. Shauny musterte den Fremden von oben bis unten. Der Typ sah aus, als wäre er in einer Kneipe wie dieser hier geboren worden. Ein aufgeknöpftes Hemd spannte sich über einem dunklen T-Shirt, die Haare fielen ihm bis weit in den Nacken und die Jeans endeten in schweren Biker-Stiefeln. Doch am beeindruckensten war der sauber gestutzte schwarze Vollbart, der am Kinn von zwei grauen Strähnen durchzogen wurde. Trotz seines provozierenden Outfits vermittelte der Mann einen gepflegten Eindruck. Er sah aus wie jemand, der gut für sich selbst sorgen konnte und sich keine Sorgen darum machen musste, wie er die nächste warme Mahlzeit – oder das nächste Bier – bezahlen sollte.

»Sie wissen, was passiert ist?«, fragte Inspektor Shauny den Fremden.

»Allerdings«, grollte dieser mit dunkler Stimme. »Ich habe es mit eigenen Augen gesehen.«

T.J. lachte verächtlich auf, aber der Inspektor achtete gar nicht auf ihn. »Haben sie die Mörderin sehen können?«

Der Mann mit dem Vollbart deutete mit einem Kopfnicken auf den Fernseher über der Bar. »Oh, ja«, sagte er. »So deutlich, wie ich sie jetzt sehe.«

Inspektor Shauny und T.J. blickten auf den Fernseher, auf dem ein Bild festgefroren schien.

Eine attraktive junge Frau stand mit einem Holzbrett in der Hand über dem reglosen Körper des Mordopfers. Wie es der Zufall wollte, blickte sie genau in diesem Augenblick – ohne es zu ahnen – direkt in die versteckte Kamera.

Kein Zweifel. Es war Prue.

4

»SCHAU MAL, WAS ICH gefunden habe!«, sagte Phoebe stolz.

Prue war in die Liste der Hochzeitsvorbereitungen vertieft und blickte nicht auf, als ihre Schwester neben ihr einen Gegenstand auf den Küchentisch stellte.

»Ich hoffe«, seufzte Prue, »es ist nichts, was wir extra für die Feier angeschafft haben.«

»Oh«, entgegnete Phoebe lächelnd, »ich denke, nicht.« Mit diesen Worten schob sie einen uralten, prächtigen Trinkbecher aus Kristallglas in Prues Gesichtsfeld. Prue brauchte ein paar Sekunden, um zu verarbeiten, was sie da sah, dann griff sie begeistert nach dem Glas. »Ist das ...«

»Allerdings«, strahlte Phoebe, »Melinda Warrens Ritual-Kelch. Ich dachte mir, Piper würde sich freuen, ihre Hochzeitszeremonie mit einem Schluck aus demselben Becher abzuschließen, mit dem schon unsere Lieblings-Vorfahrin ihre Hochzeit besiegelt hat.«

Prue hielt den Becher ins Licht und beobachtete, wie die Sonnenstrahlen in dem feinen Schliff des Gefäßes gebrochen wurden und die Regenbogenfarben erkennen ließen. Piper würde sich sehr darüber freuen.

Doch dann fiel Prues Blick wieder auf die Liste vor ihr. Die »Zu-erledigen«-Punkte füllten noch eine ganze Seite aus. Wer hätte gedacht, dass eine Hochzeit mit so viel Arbeit verbunden war? »Okaaay«, murmelte Prue, »jetzt müssen wir uns nur noch überlegen, wo wir den Tisch mit dem Buffet aufstellen.«

»Äääähm«, sagte Phoebe etwas kleinlaut und machte dann eine Pause, als ob sie sich nicht trauen würde, den Satz zu beenden.

Prue richtete sich auf und runzelte die Stirn. Sie kannte diesen Tonfall bei ihrer kleinen Schwester nur zu gut.

»... vielleicht sollten wir damit warten«, fuhr Phoebe endlich fort, »bis Cole hier ist. Er kann uns ja dabei helfen.«

Der Testballon war gestartet. Jetzt ging Phoebe ein paar Schritte durch den Raum und wartete auf Prues Reaktion. Prue ließ die Worte ihrer Schwester auf sich einwirken und holte dann tief Luft.

Cole.

Prue wusste, dass Phoebe diesen Ex-Dämon liebte, aber das änderte nichts daran, dass er genau das war: ein Ex-Dämon, eine Kreatur des Bösen, die mehrfach versucht hatte, die Halliwell-Schwestern zu töten. Gut, Cole hatte sich von der bösen Seite abgewandt und gab sich ernsthaft Mühe, seine dämonische Seite zu unterdrücken. Trotzdem traute Prue ihm immer noch nicht ganz. Niemand konnte schließlich sagen, ob seine dämonische Hälfte nicht doch eines Tages wieder durchbrechen würde – wenn niemand mehr damit rechnete und sie alle drei überrascht und ungeschützt waren.

In einem Anfall von Trotz stemmte Phoebe die Arme in die Hüfte. »Du wusstest doch von Anfang an, dass Cole zur Trauung kommt!«

Prue seufzte und schüttelte den Kopf. »Zur Trauung schon«, entgegnete sie, »aber der Tag sollte der Familie gehören.«

Phoebe schlug schuldbewusst die Augen nieder.

Doch Prue war noch nicht fertig. Sie wollte ihrer Schwester nicht wehtun, aber was jetzt kam, musste gesagt werden. »Und es tut mir Leid, Phoebe«, fuhr sie fort, »aber Cole gehört nicht zur Familie. Und er ist immer noch ein Dämon. Ich glaube nicht, dass Piper ihre Hochzeit mit einem Dämon ...«

Prues Satz wurde von einem scharfen Schrei unterbrochen.

Das war Piper.

Die beiden Schwestern stürmten aus der Küche ins Wohnzimmer.

Mit weit aufgerissenen Augen duckte sich Piper hinter das Treppengeländer. Zum Glück waren die Streben des Holzgeländers bereits mit bunten Girlanden geschmückt, sodass sie dem neugierigen Betrachter nicht allzu viele Einblicke erlaubten.

Piper hatte sich eilig ein Handtuch um den Körper geschlungen – und trug sonst nichts, außer ein paar Lockenwicklern im Haar.

»Verschwinde«, rief sie, »es bringt Unglück, die Braut vor der Hochzeit im Brautkleid zu sehen, weiß du das nicht?«

Leo legte den Kopf schief und lächelte. »Aber du *trägst* doch gar kein Brautkleid«, schmunzelte er.

»Aber dasselbe gilt für, äh, die Lockenwickler der Braut. Mach, dass du verschwindest!«, rief sie schüchtern.

Als Leo keine Anstalten machte, sich von der Stelle zu rühren, verdrehte Piper die Augen, presste das schmale Handtuch fester um ihren Körper und lief die Treppe zu ihrem Zimmer hinauf. Leo sah ihr noch lächelnd hinterher, als Prue und Phoebe in den Flur stürmten.

»Was ist hier los?!«, rief Prue. Sie hatte sich schon darauf gefasst gemacht, Piper im Kampf mit einem Dämon vorzufinden, stattdessen grinste Leo die beiden Neuankömmlinge an.

»Oh, Leo«, sagte Prue. »Du bist schon hier.« Es war immer noch etwas gewöhnungsbedürftig, dass *Wächter des Lichts* nicht unbedingt die Tür benutzen mussten, wenn sie irgendwo hinein wollten. Diese Erfahrung hatte Piper wohl auch gerade gemacht.

Leo zuckte unschuldig mit den Schultern. »Ja, ich, äh,

habe nach einem Ort gesucht, wo ich mich umziehen kann.« Dabei hielt er ein Stoffbündel in die Luft.

Prue stutzte. »Schön, äh, aber was ist das?« Sie deutete auf den Stoffballen in Leos Hand.

»Das«, lächelte Leo stolz und ließ den Stoffballen auseinander rollen, »ist mein ehemaliges ›Wächter des Lichts‹-Gewand!« Dann hielt er sich die weiße Robe vor den Körper und präsentierte sich den Schwestern. Er sah aus wie ein Messdiener, der aus seinem Kostüm rausgewachsen ist, ohne es gemerkt zu haben.

Prue seufzte.

Phoebe machte einen Schritt auf Leo zu – und bevor er sich dagegen wehren konnte, griff sie mit sanfter Gewalt nach der Robe in seinen Händen.

»Sehr schön, Leo«, sagte sie, »aber wir haben gedacht, dass du vielleicht etwas Traditionelles tragen solltest. Also haben wir für dich einen Smoking ausgeliehen.«

Ein paar Sekunden lang zerrten Leo und Phoebe an dem Stoff, bis Leo schließlich nachgab und losließ. Besonders glücklich sah er nicht aus, aber er wusste, es war besser, als sich am Tag seiner Hochzeit mit zwei der Halliwell-Schwestern anzulegen.

Er wollte gerade etwas sagen, aber im gleichen Augenblick öffnete sich die Haustür. Ein älterer Mann um die sechzig trat lächelnd in den Flur. In einer Hand hielt er vorsichtig einen Kleiderbügel, an dem ein in Folie verpackter Smoking hing.

Es war Victor, der Vater der Halliwell-Schwestern. Phoebes und Prues Gesichter strahlten auf.

»Dad!«, rief Phoebe. »Schön, dass du schon da bist!«

»Hallo, Kleine«, lächelte Victor und ging dann an Leo vorbei, der im Flur zwischen ihm und seinen Töchtern stand.

Victor nickte seinem zukünftigen Schwiegersohn nur kalt zu. »Leo«, grüßte er.

»Hallo, Victor«, erwiderte Leo nicht weniger wortkarg.

Dann legte Victor den Smoking über einen Stuhl und umarmte Phoebe und Prue.

»Du siehst gut aus, Dad«, lächelte Prue und begutachtete die Erscheinung ihres Vaters. Um den Bauch herum hätten ihm ein paar Sit-ups gut getan, aber ansonsten machte ihr Vater einen überaus gesunden Eindruck. Die Lederjacke, die er trug, passte hervorragend zu seinen grauen Haaren und vereinte eine gewisse Jugendlichkeit mit der Würde des Alters.

»Warte erst einmal ab«, erwiderte Victor, »wie ich in meinem Smoking aussehe, Prue.«

Prue legte ihrem Vater die Hand auf die Schulter und deutete mit dem Kopf auf Leo, der etwas verloren im Flur stand. Es war kaum zu übersehen, dass Victor und Leo einige Differenzen miteinander hatten.

»Tja«, sagte Prue und versuchte, die Ironie in ihrer Stimme nicht allzu deutlich durchscheinen zu lassen, »ich sehe schon, ihr zwei habt euch eine Menge zu erzählen, also warum geht ihr nicht hinunter und ...«

Prue kam nicht mehr dazu, den Satz zu beenden. Es war, als ob sich eine schwarze Wolke vor ihre Augen schieben würde. Gleichzeitig fingen ihre Ohren an zu sausen.

Prue war klar, was hier passierte und konnte sich doch nicht dagegen wehren: Aus heiterem Himmel hatte sie einen Schwächeanfall bekommen. Der Schlafmangel und die Hektik der letzten Tage forderten ihren Tribut.

Prues Knie gaben nach, dann sackten ihr die Beine unter dem Körper weg.

Hätte ihr Vater sie nicht aufgefangen, wäre sie auf der Stelle umgefallen.

»Prue! Was ist mit dir?«, rief Victor erschrocken und stützte seine Tochter ab. Behutsam führte er sie zur Treppe, wo sie sich beide auf der untersten Stufe niederließen.

»Schon gut«, versuchte Prue ihren Vater zu beruhigen. »Ich bin nur etwas übermüdet. Ich schlafe kaum noch, seit ich diese seltsamen Träume habe ...«

»Träume? Was für Träume, Prue?«, fragte Leo. Die Differenzen mit Victor waren vergessen, seine Instinkte als *Wächter des Lichts* setzten ein.

Prue schüttelte den Kopf, währen Victor ihr seinen Arm um die Schulter legte. »Ach, ich träume jede Nacht von ...«

Mitten im Satz hielt sie inne. Sollte sie ihrem Vater und ihrem künftigen Schwager wirklich erklären, dass sie Nacht für Nacht davon träumte, mit einem jungen, gut aussehenden Rocker durch düstere Spelunken zu ziehen?

Phoebe schien dasselbe zu denken. »Ach, Prue leidet in letzter Zeit nur unter ein paar albernen Albträumen«, rettete sie die Situation. »Nichts, worüber man sich Sorgen machen müsste.«

Phoebe gab den beiden Männern ein Zeichen, ihr in den Keller zu folgen. »Warum geht ihr nicht hinunter«, fragte sie, »und probiert eure Smokings an?«

Noch immer etwas zögerlich erhob sich Victor von der Treppenstufe. Instinktiv wollte Leo dem alten Herrn eine Hand reichen, um ihm beim Aufstehen zu helfen, aber Victor ließ den jungen *Wächter des Lichts* mit einem eiskalten Blick abblitzen. Mit einem Seufzen folgte Leo seinem Fast-Schwiegervater in den Keller.

Prue blieb auf der Treppe sitzend zurück und stützte den Kopf auf ihre Hände.

Sie hatte sich solche Mühe gegeben, eine Traumhochzeit für Piper zu organisieren – und jetzt so etwas.

Phoebe öffnete die Kellertür und knipste das Licht an. Der Wohnkeller des Halliwell-Hauses war zwar etwas unaufgeräumt, aber trotzdem der ideale Ort für die bei-

den Streithähne, um ihre Smokings anzuprobieren. Außerdem war dies eine elegante Methode, um die beiden außer Hörweite zu bringen, damit Phoebe sich in Ruhe mit ihrer Schwester unterhalten konnte. Mittlerweile war sie nämlich überzeugt davon, dass Prues Träume einen ernsten Hintergrund hatten.

»Also«, sagte Phoebe und deutete die Treppe hinunter, »zieht euch um und streitet euch nicht, okay?«

Victor und Leo blickten Phoebe etwas skeptisch an und drehten sich dann im selben Augenblick Richtung Treppe. Als sie dabei mit den Schultern zusammenstießen, warf Victor dem *Wächter des Lichts* erneut einen eisigen Blick zu. Leo hob abwehrend die Hände und ließ dem älteren Mann den Vortritt. Der Spruch ›Alter vor Schönheit‹ lag ihm auf der Zunge, aber er konnte ihn sich im letzten Moment noch verkneifen. Victor wäre ihm wahrscheinlich an die Kehle gesprungen.

Nacheinander trabten die beiden Männer die Kellertreppe hinunter. Unten angekommen, begannen sie damit, ihre Smokings auszupacken. Phoebe und Prue hatten dafür gesorgt, dass Leos Anzug schon an einer fahrbaren Wäschestange hing.

»So«, begann Victor und knöpfe das weiße Hemd seines Smokings auf, um besser hineinschlüpfen zu können, »du hast dich also auch dazu entschieden, einen Smoking zur Trauung zu tragen? Ich hatte schon befürchtet, du würdest eines dieser wallenden Gewänder anziehen, die ihr *Wächter des Lichts* so liebt.«

Es war nicht zu überhören, dass er die Worte ›Wächter des Lichts‹ mit einer gewissen Verachtung aussprach.

Leo nahm das Sakko von der Stange und betrachtete es interessiert.

»Nein«, sagte er, »ich habe mich für etwas Traditionelles entschieden.«

Er würde ganz sicher nicht verraten, dass der Smoking Phoebes und Prues Idee gewesen war. Er hoffte nur, dass

die beiden Schwestern sein mitgebrachtes Gewand gut genug versteckt hatten.

»Okay, Prue«, sagte Phoebe und setzte sich neben ihre Schwester auf die Treppenstufe. Victor und Leo würden ein Weilchen damit beschäftigt sein, ihre Garderobe anzuprobieren und ihre Streitigkeiten beizulegen. Genau der richtige Zeitpunkt, um ein ernstes Wörtchen mit ihrer Schwester zu reden.

»Wir haben alle davon überzeugt, dass es keine Probleme gibt und alles glatt läuft. Jetzt musst du nur noch mich davon überzeugen. Was ist los?«

Prue strich sich müde eine Haarsträhne aus dem Gesicht. Sie sah blass und übernächtigt aus, als ob sie seit Tagen nicht geschlafen hätte. Und genau darin lag das Problem.

»Ich fürchte, das kann ich nicht«, sagte sie nur.

Phoebe seufzte. »Sag nicht so was, Prue. Wie fühlst du dich?«

Die Antwort auf diese Frage ließ sich in einem Wort zusammenfassen.

»Müde«, antwortete sie.

Phoebe legte ihr die Hand auf die Schulter.

»Weißt du«, fuhr Prue leise fort, »diese Träume sind so ... real, dass sie mir keine Ruhe lassen. Es ist so, als ob ich vierundzwanzig Stunden am Tag wach wäre.«

Ein Verdacht keimte in Phoebe auf. »Steckt vielleicht ein böser Traumzauber dahinter?«

»Ich glaube nicht«, antwortete Prue. »Aber ich möchte nichts ausschließen.«

»Du weißt, was Piper gesagt hat«, sagte Phoebe traurig. »Wenn noch irgendetwas Schlimmes passiert, dann wird sie die Hochzeit absagen. Endgültig.«

»Nein«, entgegnete Prue müde, aber entschlossen, »das dürfen wir nicht zulassen.«

Einen Entschluss fassend, griff Phoebe nach dem Block, der immer noch zu Prues Füßen lag. Sie warf einen Blick darauf. Die Liste mit den noch zu erledigenden Aufgaben war wirklich endlos. Kein Wunder, dass Prue so erschöpft war – selbst ohne ihre Träume wäre sie wahrscheinlich am Ende ihrer Kräfte.

»Pass auf. Warum überlässt du mir nicht diese ›Zu-erledigen‹-Liste«, sagte Phoebe, »während du in dein Zimmer gehst und dich ein wenig ausruhst. Nur ausruhen, hörst du? Nicht schlafen!«

Prue nickte nur und erhob sich. »Okay.«

Phoebe stutzte einen Moment.

»Unglaublich«, sagte sie dann. »Du überlässt deiner kleinen Schwester die Verantwortung? Du musst wirklich verdammt müde sein.«

Prue lächelte müde, als sie die Stufen zu ihrem Zimmer hinaufging.

Phoebe wartete, bis Prue in ihrem Zimmer verschwunden war, dann ging sie mit der Liste unter dem Arm ins Wohnzimmer. Sie blickte sich um und bewunderte zum tausendsten Mal an diesem Tag die prächtigen Dekorationen, den Blumenschmuck und die große Hochzeitstorte mit dem Marzipan-Brautpaar auf der Spitze.

Ein ungutes Gefühl stieg in ihr auf. Plötzlich kam ihr die gesamte Dekoration nur noch wie eine Kulisse vor, wie das Bühnenbild für ein Ereignis, das niemals stattfinden würde.

Mit einem Kopfschütteln drängte Phoebe diesen Gedanken beiseite und ging zu einem kleinen Tisch, auf dem das gerahmte Foto ihrer verstorbenen Mutter stand.

Fast zärtlich nahm Phoebe es in die Hand und blickte es an.

»Bitte hilf uns durch diesen Tag, Mom«, flüsterte sie.

Prue wälzte sich auf ihrem Bett hin und her. Sie hatte sich fest vorgenommen, auf Phoebes Rat zu hören und sich nur ein wenig auszuruhen. Doch kaum war ihr Kopf in dem weichen Kissen versunken, waren ihre Augenlider bleischwer geworden. Zuerst hatte sie noch versucht, gegen das Gefühl der Schläfrigkeit anzukämpfen, doch sie wusste von Anfang an, dass es ein verlorener Kampf war. Ihr Körper forderte sein Recht.

Nach weniger als einer Minute war Prue bereits eingeschlafen.

Und sie träumte.

5

PRUE MATERIALISIERTE SICH mit einem Lichtblitz direkt im Gang vor der Damentoilette.

Sie war froh, dass niemand ihr Auftauchen bemerkt hatte, denn sie hätte kaum erklären können, woher sie plötzlich kam – auch sich selbst nicht.

Vor einer Sekunde hatte sie noch in ihrem Bett gelegen und jetzt ging mit immer schnelleren Schritten in die Bar hinein, wo sie schon die gewohnte Geräuschkulisse empfing. Rockmusik dröhnte aus den Boxen, Billardkugeln klickten aufeinander und das Murmeln und Lachen der Gäste erfüllte den Raum.

Prue schritt an einer Blondine vorbei, die sich gerade über den Billardtisch beugte, als eine starke Hand ihren Arm packte und sie zurückzog.

Es war T.J., der sie besorgt anblickte. Diesmal war das Ganze kein Spielchen.

»Warum bist du zurückgekommen?«, fragte T.J. fast vorwurfsvoll.

Für ein paar Augenblicke war Prue verwirrt. Okay, sie hatte ihn gestern mal wieder eiskalt stehen lassen, aber sollte er sich nicht trotzdem freuen, sie zu sehen?

»Ich habe den ganzen Morgen mit der Polizei verbracht«, erklärte T.J., als er die Unsicherheit in Prues Blick bemerkte. »Sie glauben, dass du jemanden umgebracht hast.«

Ein paar Sekunden lang wusste Prue nicht, was sie denken, geschweige denn sagen sollte. Dann fasste sie sich langsam.

»T.J., ich weiß nicht, was du da erzählst, aber ich habe niemanden umgebracht.«

T.J. blickte ihr tief in die Augen. »Gut«, sagte er dann,

»denn genau das habe ich denen auch erzählt. Die haben mich ganz schön in die Mangel genommen.«

»Warum bist du dann noch hier?«, fragte Prue. Aber sie wusste die Antwort schon. Sie konnte sie in T. J.' Blick lesen.

»Keine Ahnung.« T. J. zuckte mit den Schultern. »Schätze, ich habe auf dich gewartet. Was sollte ich sonst tun? Ich weiß deine Telefonnummer nicht – ich kenne ja nicht mal deinen Namen.«

Prue blickte in die braunen Augen des sanften Rockers. Ein Gefühl tiefer Zuneigung durchflutete sie.

»Weißt du was?«, fragte Prue. »Das ist das Beste, was je ein Mann für mich getan hat.«

Dann zog sie ihn an sich heran und küsste ihn auf die Lippen.

Für ein paar Sekunden waren die laute Musik und das Gemurmel der anderen Gäste vergessen. Es gab nur noch sie beide.

Dann machte sich T.J. sanft von ihr los, ohne den Blick von ihr abzuwenden.

»Erinnerst du dich noch, dass du gesagt hast, du würdest gerne frei und ohne Verantwortung für andere leben wollen?«, fragte er. »Tja, das ist die Chance. Komm!«

Ohne ihre Antwort abzuwarten, griff T.J. wieder nach ihrem Arm und zog Prue in Richtung Ausgang.

Keiner der beiden bemerkte den massigen Mann mit dem graumelierten Vollbart, der jeden ihrer Schritte beobachtete.

Vor der Tür der Bar angekommen, musste Prue von der Sonne geblendet die Augen schließen. Es war das erste Mal, dass sie bei Tageslicht hier war und sie musste zugeben, dass sie nichts verpasst hatte. Die Bar war eine schäbige Bruchbude mitten in der Wüste, irgendwo weit weg von San Francisco.

Aber das war egal. Sie würde mit T.J. wegfahren und diesen Ort – und ihr altes Leben – weit hinter sich lassen.

T.J. schwang sich auf sein Motorrad – eine Harley, soweit Prue das beurteilen konnte – und gab Prue mit einem Zeichen zu verstehen, dass sie hinter ihm auf dem Sattel Platz nehmen sollte.

Prue schwang sich auf das Motorrad und legte ihre Arme um seine Hüfte. Sekunden später erfüllte das Dröhnen des Motors die Luft. Die Vibrationen der schweren Maschine schienen sich auf ihren gesamten Körper zu übertragen. Ein gutes Gefühl, wenn sie ehrlich war.

T.J. ließ den Motor noch einmal aufheulen und wollte gerade losbrausen, als ein Wagen auf den Parkplatz fuhr und ein paar Meter vor ihnen anhielt.

Ein Mann mittleren Alters stieg auf der Beifahrerseite aus. Prue kannte ihn nicht, aber T. J's Blick schien sich zu verfinstern.

»Verdammt«, murmelte er. Prue konnte das Wort von seinen Lippen ablesen.

Es war nicht schwer zu erraten, dass der Mann, der da aus dem Auto stieg und vorsichtig auf sie zukam, ein Polizist war. Mit einer typischen Handbewegung griff er ganz langsam hinter seinen Rücken. Wahrscheinlich, um eine Pistole hervorzuziehen, die unter dem Sakko in seinem Hosenbund steckte.

T.J. blickte auf den Mann – Inspektor Shauny, der ihn am Vormittag verhört hatte – und ließ dann den Motor der Harley noch einmal aufheulen.

»Mach keinen Blödsinn, Junge«, rief Shauny.

Doch T.J. spielte weiter mit dem Gas und schien zu überlegen, wie groß die Chancen waren, mit dem Motorrad an dem Beamten vorbeizukommen – ohne, dass dieser seine Pistole gebrauchte.

In diesem Augenblick fuhr ein blauweißer Streifenwagen vor und versperrte die Ausfahrt des staubigen

Parkplatzes. Damit waren alle erfolgversprechenden Fluchtwege verbaut.

Prue atmete tief durch und legte T.J. die Hand auf die Schulter. Sie konnte nicht zulassen, dass der Junge die Nerven verlor und ihr zuliebe einen selbstmörderischen Fluchtversuch unternahm.

»Mach den Motor aus«, flüsterte sie ihm ins Ohr.

T. J. zögerte eine Sekunde und drehte dann widerwillig den Zündschlüssel zurück. Das Röhren der Maschine verstummte.

Prue stieg von dem Motorrad ab und hob die Hände, um den Beamten zu zeigen, dass keine Gefahr von ihr ausging. Es wäre schön gewesen, mit T.J. einfach in den Sonnenuntergang zu fahren und alle Sorgen hinter sich zu lassen, aber es ging nicht. Das Ganze war nicht mehr gewesen, als ... ein schöner Traum.

T.J. schlug frustriert mit der flachen Hand auf den Motorradlenker. Prue schenkte ihm ein letztes Lächeln.

»Übrigens«, flüsterte sie ihm zu. »Ich heiße Prue. Prue Halliwell.«

Sekunden später hatte Inspektor Shauny Prues Arme auf den Rücken gedreht. Prue stöhnte protestierend auf, als sich ein Paar Handschellen klickend um ihre Gelenke schlossen. Während ein paar Streifenbeamten die Personalien von T. J. aufnahmen – immerhin hätte er fast einer gesuchten Mordverdächtigen zur Flucht verholfen – wurde sie von Shauny wortlos zu einem bereitstehenden Zivilwagen geführt.

Mit einer raschen Bewegung öffnete er die Tür zum Rücksitz und drückte vorsichtig Prues Kopf herunter, damit sie sich beim Einsteigen nicht den Kopf stieß. Doch das war keine Geste der Höflichkeit, sondern sollte nur verhindern, dass verhaftete Tatverdächtige nicht ihrerseits die Polizei wegen Körperverletzung verklagen konnten.

Doch Prue hatte andere Sorgen. Inspektor Shauny

hatte gerade die Tür hinter ihr ins Schloss geworfen und sich ein paar Schritte vom Wagen entfernt, um noch einmal mit den Streifenbeamten zu sprechen, als in Prue ein nur allzu bekanntes Gefühl aufstieg. Ein Gefühl, als ob etwas mit aller Gewalt an ihr zerrte und sie zu einem anderen Ort zurückrief.

»Oh, nein«, flüsterte Prue nur, aber es war schon zu spät.

In einem matten Lichtblitz löste sie sich auf. Auf dem Rücksitz des Wagens lagen die geschlossenen Handschellen.

»Prue! Wach auf!«

Mühsam schlug Prue die Augen auf und brauchte einige Sekunden, bis sie begriff, wo sie war. Stöhnend blickte sie in Phoebes Gesicht. »Prue, du bist eingeschlafen«, sagte sie. »Ist alles in Ordnung?«

Mit einem Satz richtete Prue sich auf. Sie war wieder in ihrem Zimmer, als ob nichts geschehen wäre. Aber dann blickte sie auf ihre schmerzenden Handgelenke. Dort, wo eben noch die Handschellen saßen, waren zwei weiße Striemen zu sehen.

Prue atmete tief aus. Wahrscheinlich lief jetzt bereits eine Großfahndung nach Prue Halliwell, einer mutmaßlichen Mörderin auf der Flucht.

»Nein«, sagte Prue, »gar nichts ist in Ordnung.«

6

PRUE STAND IM WOHNZIMMER des Halliwell-Anwesens und schlug die Augen nieder. Sie spürte Phoebes strengen Blick auf sich ruhen und hätte fast lachen müssen, wenn die Situation nicht so ernst gewesen wäre: Sie, Prue, die Ältere, wurde von Phoebe, dem Nesthäkchen, ins Gewissen genommen.

Aber zum Lachen war ihr überhaupt nicht zu Mute. Zu frisch war die Erinnerung an das, was in ihrem Traum geschehen war.

»Also, was genau ist passiert?«, fragte Phoebe ebenso streng wie besorgt.

»Na ja«, sagte Prue und verschränkte die Arme vor der Brust. »In meinem Traum wurde ich verhaftet. Und dann war da dieser Junge, der seinen Hals riskiert hat, um mich zu retten.«

»Vergiss den Jungen, Prue«, erwiderte Phoebe, »was ist mit der Verhaftung?«

»Ich weiß nur noch, dass ein Polizist mir Handschellen anlegte.«

Prue zögerte. »Es ist so, als ob irgendetwas in mir nicht aufwachen will. Als ob mein Traum dominieren würde.«

Phoebe nickte und machte ein paar Schritte auf ihre Schwester zu. »Das Gefühle kenne ich«, sagte sie, »so fühlt es sich an, wenn ich eine meiner Visionen habe. Sie reißen mich in sich hinein – gegen meinen Willen.«

Wenn es doch nur so einfach zu erklären wäre, dachte Prue. Aber ihre Träume waren keine Visionen. Sie waren viel realer, so als ob das, was sie träumte, wirklich irgendwo geschehen würde.

»Es ist fast so«, sagte sie müde, »als ob irgendjemand

oder irgendetwas mich in eine Parallelwelt ziehen würde.«

Phoebe seufzte und legte ihrer Schwester die Hand auf die Schulter. »Wenn das so ist, Prue, dann wird dieser jemand im *Buch der Schatten* stehen. Komm mit.«

Die beiden gingen durchs Wohnzimmer und steuerten die Treppe zum Dachboden an.

Phoebe zögerte, dann fragte sie. »Sollen wir es Piper sagen?«

Prue schüttelte den Kopf. »Nein. Ich möchte nicht, dass die Hochzeit wegen eines dummen Traumes ins Wasser fällt. Solange ich wach bleibe, habe ich alles unter Kontrolle. Wir ziehen das allein durch. Für Piper.«

»Für Piper«, wiederholte Phoebe.

Die beiden hatten gerade die Treppe erreicht, als sich hinter ihnen eine Stimme erhob. »Halt ihr zwei! Was ist los?«

Es war Piper. Nach dem Klang ihrer Stimme zu urteilen, ahnte sie, dass es Probleme gab.

Prue und Prue versuchten, einen möglichst unschuldigen Blick aufzusetzen.

»Äh, Boygroups«, sagte Phoebe schließlich. Etwas Besseres war ihr auf die Schnelle nicht eingefallen. »Wir haben uns nur gerade darüber unterhalten, dass es viel zu viele davon gibt.«

Piper schüttelte nur den Kopf. Sie trug einen Bademantel und hatte ihre Haare hochgesteckt und blickte ihre Schwestern kopfschüttelnd an.

»Irgendetwas stimmt mit euch beiden nicht«, sagte sie. »Ich kann es an euren Gesichtern ablesen. Wir kämpfen jetzt seit drei Jahren gegen die Mächte des Bösen – ihr wollt auf den Dachboden, stimmt's?«

»Ja«, hauchte Phoebe und blickte zu Boden. Im selben Augenblick stupste Prue ihr den Ellenbogen in die Seite. Hatten sie nicht gerade beschlossen, die Sache für sich zu behalten?

»Autsch«, rief Phoebe. »Vergiss es, Prue. Piper weiß es.«

Dann blickte sie Piper an. »Wir wollten auf den Dachboden, um ein Geschenk für deine Hochzeit zu suchen. Etwas ganz Besonderes. Es sollte eine Überraschung werden, aber jetzt weißt du es.«

Prue hätte ihre Schwester umarmen können. »Ja, genau«, stimmte sie zu, »aber wir hoffen, dass du dich trotzdem freust.«

»Ach?«

Piper zog eine Augenbraue hoch und betrachtete ihre beiden Schwestern skeptisch.

»Wir haben dir doch gesagt, dass du dir um nichts Sorgen zu machen brauchst. Ich verspreche dir«, sagte Prue beruhigend, »dass dies ein Dämonen-freier Tag werden wird!«

Im selben Augenblick flimmerte die Luft neben Piper auf. Sie stieß einen spitzen Schrei aus, als direkt neben ihr eine Gestalt aus dem Nichts auftauchte.

Cole.

Er trug einen eleganten dunklen Anzug – und zuckte ebenso erschrocken zurück wie Piper.

Kaum war er vollständig materialisiert, machte er einen schnellen Schritt zurück und räusperte sich verlegen.

»Tut mir Leid«, sagte er. »Ich bin spät dran.«

Phoebe strahlte, als Cole auf sie zutrat, aber Prue und Piper waren alles andere als begeistert.

Piper blickte Prue böse an. »Wie war das mit Dämonen-freier Tag?«, fragte sie.

Prue winkte nur ab und führte Piper aus dem Flur. Cole war der Letzte, mit dem sie sich jetzt unterhalten wollte.

Während die beiden Schwestern den Flur verließen, gaben sich Cole und Phoebe einen Begrüßungskuss.

»Tut mir Leid«, sagte Cole dann noch einmal. »Ich musste erst noch einen Zotar abhängen.«

Seit seinem Verrat an der *Triade* wurde Cole von dämonischen Kopfgeldjägern durch sämtliche Dimensionen verfolgt.

Prue und Piper erstarrten auf der Stelle und drehten sich wieder um. »Wie bitte?«, fragte Piper.

»Oh, macht euch keine Sorgen«, versuchte Cole sie zu beruhigen. »Ich habe ihn abgeschüttelt. Hoffe ich wenigstens.«

Cole lachte verlegen auf wie ein Schuljunge.

Piper schüttelte den Kopf und machte eine abfällige Geste. »Seht ihr«, sagte sie, »früher oder später wird uns heute ein Dämon angreifen. Das ist die natürliche Ordnung des Universums!«

Phoebe trat neben Cole und versuchte, ein optimistisches Gesicht zu machen.

»Piper, du musst einfach positiv denken. Hey, ich habe noch ein paar Celine Dion-Videos – möchtest du sie dir ansehen? Mich beruhigt das immer ungemein.«

»Ist das dein Ernst?«, fragte Piper böse und stemmte ihre Hände in die Hüfte.

»Hey«, warf Prue ein. Es wurde Zeit, die Situation wieder unter Kontrolle zu bringen. »Sie wollte dir nur helfen, Piper.«

Piper gab nur ein knurrendes Geräusch von sich.

Cole hob die Hände zu einer abwehrenden Geste. »Macht euch keine Sorgen«, sagte er. »Und überlasst die Dämonen mir. Ich werde mit allem fertig, das ...«

»Oh, nein. Das wirst du nicht!«, unterbrach ihn Phoebe. »Du hast versprochen, deine dämonischen Kräfte nie mehr einzusetzen.«

Cole erstarrte und zog dann den Kopf ein. »Richtig«, sagte er. »Stimmt. Hatte ich ganz vergessen«, stotterte er.

Dann besann er sich darauf, dass er die ganze Zeit ein Geschenkpaket in der Hand hielt, das mit einer breiten gelben Schleife verziert war. In dem ganzen Durcheinan-

der hatte niemand darauf geachtet. Er selber wohl am wenigsten.

»Ich, äh, habe dir auch ein Geschenk mitgebracht, Piper.«

Die Blicke der drei Frauen richteten sich auf das Paket und hellten sich auf. So etwas wie ein Lächeln huschte über Pipers Gesicht.

Aber leider hatte Cole in seiner Vergangenheit als Dämon offensichtlich nicht viel über Höflichkeitsformen lernen können. In seiner Verlegenheit warf er das Päckchen einfach quer durch den Raum, sodass Piper es wie ein Footballspieler auffangen musste.

Ihr Lächeln wurde zu einem Zähnefletschen.

»Oh, vielen herzlichen Dank«, knurrte sie.

In genau diesem Augenblick trat Victor vor einen alten Spiegel, der in der Ecke des Wohnkellers stand und zupfte sich fachgerecht die Fliege seines Smokings zurecht.

Ein paar Schritte hinter ihm versuchte Leo genau dasselbe, wobei er sich aber wesentlich ungeschickter anstellte. Man konnte seinem verzweifelten Bemühen, den Knoten unter Kontrolle zu bekommen, ansehen, dass er noch nie in seinem Leben einen Smoking getragen hatte.

Doch Victor ignorierte Leos Probleme mit der Tücke des Objekts.

»Und«, fragte er, »willst du dir mit Piper eine eigene Wohnung suchen?«

Leo seufzte. Ihm war klar gewesen, dass es irgendwann ein ›Schweigervater-Schwiegersohn-Gespräch‹ geben würde, also warum es nicht gleich hinter sich bringen?

»Mal sehen«, sagte er, während ihm das Band der Fliege wieder aus den Fingern rutschte. »Wir wollen

nichts übereilen. Vorerst werden wir erst hier wohnen bleiben.«

»Es geht mich ja nichts an«, setzte Victor nach, »aber verletzt es nicht deinen Stolz, dich so von den Mädels abhängig zu machen?«

Leo schüttelte den Kopf. Er respektierte Pipers Vater, aber er hatte keine Lust, ständig auf sich herumhacken zu lassen.

»Hör mal, Victor«, begann er und versuchte, dabei so gelassen wie möglich zu klingen, »ich weiß, dass du keine *Wächter des Lichts* magst, aber ich werde Piper nun einmal heiraten!«

Victor schüttelte nur den Kopf und hantierte weiter an seiner Fliege herum. »Ich habe überhaupt nichts gegen *Wächter des Lichts*. Aber da du es erwähnst – ich hätte es tatsächlich lieber gesehen, wenn Piper einen Sterblichen heiraten würde.«

»Aber Piper ist auch keine Sterbliche«, erwiderte Leo. »Sie ist eine Hexe. Und sie wurde mit besonderen Kräften ausgestattet, um damit einem höheren Ziel zu dienen.«

Victor lachte sarkastisch auf. »Ja, schon klar. Einem Ziel, das nur ihr *Wächter des Lichts* verstehen könnt. Denselben Blödsinn hat auch ein anderer *Wächter des Lichts* erzählt und mir damit meine Frau ausgespannt.«

Leo holte tief Luft. Man musste kein Psychologe sein, um zu erkennen, dass Victors Abneigung gegen ihn dort ihren Ursprung hatte. Vor vielen Jahren wurde Victor von seiner Frau Patty – Pipers Mutter – wegen eines *Wächters des Lichts* verlassen. Offensichtlich war Victor immer noch nicht darüber hinweg und würde es wohl auch nie sein. Und jetzt kam ein anderer *Wächter des Lichts* daher und nahm ihm auch noch seine Tochter weg.

Leo atmete tief aus. »Es tut mir Leid, was da passiert ist«, sagte er schließlich, »wirklich. Aber bei allem nötigen Respekt, es geht jetzt nicht um Patty und dich. Es

geht um Piper und mich. Ich liebe sie von ganzem Herzen und ich werde heute schwören, sie zu lieben und für sie zu sorgen – bis zum Ende dieses Lebens, bis ins Jenseits und bis zu dem, was danach kommen mag. Du wirst mich dabei vielleicht nicht unterstützen und du magst vielleicht dagegen sein, aber das wird mich nicht davon abhalten, deine Tochter zu heiraten. Nichts und niemand wird das können.«

Jetzt war es heraus. Leo schluckte und wartete auf die Reaktion von Victor, der ihm noch immer den Rücken zukehrte.

Mit einem Ruck wirbelte Victor herum, machte einen schnellen Schritt auf Leo zu, griff nach seinem Kragen – und knotete ihm mit traumwandlerischer Sicherheit die Fliege zu.

»Weißt du was«, lächelte er dann, »ich könnte mich daran gewöhnen, einen *Wächter des Lichts* als Schwiegersohn zu haben.«

Im selben Moment blickte Cole die Kellertreppe hinunter. »Hallo da unten«, rief er, »amüsiert ihr euch?«

Leo konnte sich ein Lächeln nicht verkneifen, als er daran denken musste, dass Cole wahrscheinlich Victors zweiter Schwiegersohn werden würde.

»Sag mal, Victor«, fragte er scheinheilig, »was hältst du eigentlich von Dämonen?«

7

PRUE STÜRMTE DIE TREPPE VOM Dachboden hinunter. Sie war immer noch todmüde, aber ihre Hektik hatte alle anderen Gefühle verdrängt. Die letzte Stunde lang hatte sie das *Buch der Schatten* nach einer Erklärung für ihre seltsamen Träume durchsucht, aber nichts gefunden. Was immer diese Träume verursachte, es steckte offensichtlich kein böser Zauber dahinter.

Aber das spielte keine Rolle. Wenn Pipers Hochzeit wegen ihr scheitern würde, könnte sie sich das niemals verzeihen – egal, ob Dämonen, Traum-Hexer oder das Sandmännchen persönlich dafür verantwortlich wären.

Im Flur angekommen, lief ihr eine hektische Phoebe entgegen. Auch sie war außer Atem.

Kein Wunder, dachte Prue, die Zeit drängte.

»Hast du im *Buch der Schatten* etwas über deine Träume gefunden?«, fragte Phoebe.

Prue schüttelte den Kopf. »Nein, nichts«, gab sie resigniert zu.

»Verflixt.« Phoebe blickte sie sorgenvoll an. »Meinst du, wir schaffen das?«

Prue nickte optimistisch mit dem Kopf – zumindest versuchte sie, vor ihren kleinen Schwester einen optimistischen Eindruck zu machen.

»Wir müssen es schaffen«, sagte Prue schließlich. »Für Piper.«

Das war die Parole für den heutigen Tag.

»Für Piper«, wiederholte Phoebe und stürmte davon. Auch ohne das Problem mit Prues Träumen gab es noch unglaublich viel zu tun. Und die Zeit lief unbarmherzig weiter.

In ihrem Zimmer blickte Piper in den Spiegel. Sie hatte von dem Trubel im Erdgeschoss nichts mitbekommen, oder genauer gesagt, sie hatte sich alle Mühe gegeben, die Aufregung zu ignorieren.

Piper betrachtete ihr Spiegelbild. Alles war so unwirklich. Da stand sie in ihrem Hochzeitskleid – einem wahren Traum in weiß – und konnte immer noch nicht glauben, dass sie, noch bevor der Morgen graute, mit Leo verheiratet sein würde.

Zweifel stiegen in ihr hoch. Was, wenn die Hochzeit doch ein Fehler war, ein schöner Wunschtraum, dessen Erfüllung das Schicksal niemals zulassen würde?

»Nein«, murmelte sie ihrem Spiegelbild zu. »Es ist real.«

In diesem Augenblick begann die Luft hinter ihr zu flimmern. Piper sah durch den Spiegel, wie sich aus dem Nichts eine Gestalt materialisierte. War es ein Angriff aus dem Reich der Dämonen, wie sie es die ganze Zeit befürchtet hatte?

Piper fuhr herum, auf alles gefasst.

Die Gestalt blitzte noch einmal auf, dann stand sie in Fleisch und Blut vor ihr. Aber es war kein Dämon. Es war ...

»Mom!«

Piper traute ihren Augen nicht. Es war so lange her, dass sie ihre Mutter gesehen hatte, aber es bestand kein Zweifel. Wenn dies kein dämonischer Trick war, dann stand Patty Halliwell, ihre verstorbene Mutter, leibhaftig vor ihr.

»Mein Gott«, sagte Patty und blickte auf Piper, »du bist wirklich wunderschön!«

Unwillkürlich wich Piper einen Schritt zurück. Natürlich war es möglich, dass ihre Mutter als Geist in die Welt der Sterblichen zurückkehrte – so wie ihre Großmutter, die gleich die Zeremonie abhalten würde. Aber irgendetwas stimmte hier nicht.

»Du bist kein Geist«, sagte Piper misstrauisch. »Geister leuchten ... und du leuchtest nicht!«

Ihre Mutter lächelte sie beruhigend an. »Oh, ich bin kein Geist, Piper«, erklärte sie. »Na ja, zumindest heute nicht. Heute bin ich einfach nur ... deine Mutter.«

Piper spürte, wie sich ihre Augen mit Tränen füllten. Ihre Mutter sah noch genau so aus, wie in ihrer Erinnerung: schulterlanges braunes Haar, ein fein geschnittenes, stolzes Gesicht und tiefgründige dunkle Augen. Das war einfach zu schön, um wahr zu sein!

»A-Aber, wie ist das möglich?«, stotterte Piper.

Patty blickte sie liebevoll an. »Nach allem, was die Ältesten dir und mir in der Vergangenheit angetan haben, wollten sie etwas wieder gut machen. Zur Versöhnung haben sie mich zurückgeschickt. Für heute Nacht.«

Dann trat sie einen Schritt zurück und betrachtete ihre Tochter voller Liebe und Stolz. »Weißt du«, sagte Patty, »dass ich die Haare zu meiner Hochzeit genauso getragen habe?«

»Ich weiß«, schluckte Piper, »nach deinem Tod habe ich dein Hochzeitsalbum gefunden und jeden Abend vor dem Einschlafen darin geblättert. Wie in einem Märchenbuch.«

Patty feuchtete sich mit den Lippen einen Finger an und strich damit eine kleine, widerspenstige Strähne aus Pipers Stirn. »Ich wusste immer, dass du die Erste sein wirst, die heiratet«, sagte sie sanft. »Du bist das Herz dieser Familie, Piper.«

Piper spürte, wie ein Schluchzen in ihr aufstieg. Sie gab sich keine Mühe, es zu unterdrücken. Ihre Augen füllten sich mit Tränen.

»Ich träume nicht, oder, Mom?«

»Nein«, sagte Patty leise und schloss ihre Tochter in dir Arme. »Du träumst nicht, mein Schatz.«

Die Tür zu Pipers Zimmer öffnete sich. Prue und Phoebe traten hinein. Beide trugen die eleganten roten Kleider, mit der sie Piper als Brautjungfern zum Altar geleiten würden.

»Piper, wie sieht's aus«, rief Phoebe fröhlich, »bist du bereit für ...«

Phoebe erstarrte.

Prue, die einen Schritt hinter ihrer kleinen Schwester eingetreten war, konnte zuerst nicht erkennen, warum.

Dann sah auch sie ihre Mutter.

Es war, als wäre eine liebevoll gehegte Erinnerung plötzlich wieder auferstanden.

Prue konnte dem Geicht ihrer Mutter ansehen, dass sie dasselbe fühlte.

»Sie ist wirklich hier«, erklärte Piper, als Patty sich von ihr löste und auf ihre beiden anderen Töchter zuging. »Die Ältesten haben sie für die Hochzeit zu uns geschickt.«

Fast etwas unsicher trat Patty vor Prue.

»Oh, Prue«, sagte sie und senkte den Blick, »es muss so hart für dich gewesen sein, die Verantwortung für die Familie zu übernehmen. Und so unfair.«

Prue schluckte und blickte ihrer Mutter ins Gesicht.

»Nein«, sagte sie dann schließlich. »Das stimmt nicht. Ich wollte immer nur, dass du stolz auf mich bist.«

Patty lächelte. »Du hast die Familie besser beschützt, als ich es je gekonnt hätte. Ich bin sehr stolz auf dich.«

»Danke«, sagte Prue nur und umarmte ihre Mutter. Mehr Worte brachte sie nicht hervor. Es tat einfach nur gut, wieder von ihrer Mutter in den Arm genommen zu werden. Wie früher, als sie noch ein Kind war.

Patty seufzte und wandte sich dann Phoebe zu, die das Ganze von der Tür aus beobachtet hatte.

»Und du, meine Kleine«, sagte Patty fast etwas schuldbewusst, »du musst dich seltsam dabei fühlen. Ich hatte nie die Chance, dich in den Arm zu nehmen, um dich zu

trösten. Ich bin so früh gestorben, dass du dich sicher überhaupt nicht mehr an mich erinnern kannst.«

Mit ihren sanften braunen Augen blickte Phoebe auf ihre Mutter. »Ich habe mir erst vor ein paar Stunden gewünscht, dass du hier sein könntest, um mich in den Arm zu nehmen.«

Patty seufzte. »Du bist am tiefsten mit dieser Familie verwurzelt, Phoebe. Um dich habe ich mir niemals Sorgen gemacht. Und weißt du wieso? Ich hatte eine Vision am Tag deiner Geburt.«

Phoebe lächelte. »Wirklich?«

»Was hast du gesehen?«, fragte Piper.

Patty schwieg eine Sekunde und blickte Phoebe, Prue und Piper an.

»Ich habe genau das hier gesehen«, sagte sie schließlich. »Ich stand in einem Zimmer mit meinen drei Töchtern, die zu wunderbaren jungen Frauen geworden waren und wusste, dass alles gut werden würde.«

»Und was hast du dann gesehen?«, fragte Phoebe.

Patty lächelte. »Ich sah, wie ich euch alle drei in den Arm genommen habe.«

Eine Sekunde später ließen Patty, Prue, Piper und Phoebe diese Vision Wirklichkeit werden.

8

»ALLES AUF DIE PLÄTZE, wenn ich bitten darf!«

Es lag nicht nur an ihrer geisterhaften Erscheinung, dass Großmutter Halliwell regelrecht strahlte, als sie die kleine Hochzeitsgesellschaft mit ein paar Handbewegungen auf ihre Positionen dirigierte.

Endlich war es so weit. Prue, Phoebe, Victor, Cole und natürlich Leo standen im prächtig geschmückten Wohnzimmer der Halliwells. Großmutter schwebte hinter dem kleinen Altar, der am Kopfende des Raums aufgebaut war. In wenigen Minuten würden Piper und Leo vor sie treten und ihren Segen von der alten Dame empfangen. Ein Schluck aus dem alten Kristallkelch würde dann den Bund fürs Leben besiegeln.

Prue atmete tief durch, drückte sich den kleinen Blumenstrauß an die Brust und lächelte. Es war, als wäre ein Stein von ihrer Seele gefallen. So unglaublich es klang, aber es schien, als würde die Hochzeit von Leo und Piper jetzt endlich stattfinden.

Da klingelte es an der Haustür. So melodisch die Türglocke des Halliwell-Hauses auch war – jetzt klang sie wie das unpassendste Geräusch, das man sich nur denken konnte.

Wer immer da ist, murmelte Prue, bitte verschwinde wieder.

Die Türglocke läutete noch einmal.

Eine Sekunde später zuckte die Festgesellschaft zusammen, als Pipers Ruf aus ihrem Zimmer ertönte. »Könnte mal jemand die Tür öffnen, bitte?!«

Prue schluckte und bedeutete den andern mit einer Handbewegung, sich nicht weiter stören zu lassen. »Ich gehe schon«, sagte sie eilig und lief zur Tür.

Mit einem ernsten Gesicht stand Darryl vor der Tür.

Prue atmete auf. Natürlich, ihr alter Freund von der San Franciscoer Polizei stand auch auf der kleinen Gästeliste. Sie hatte ihn in der ganzen Aufregung glatt vergessen.

»Du bist spät dran«, sagte sie lächelnd und winkte Darryl hinein.

»Ich war damit beschäftigt, deinen Hintern zu retten, Prue«, sagte Darryl nur. »Seit heute morgen wirst du per Haftbefehl gesucht. Du stehst unter Mordverdacht.«

»Oh, mein Gott!«

Ohne dass Prue es bemerkt hatte, war Phoebe ihr in den Flur gefolgt. »Das war dein Traum«, sagte sie.

Prue spürte, wie sie ein Gefühl des Schwindels überkam. Wie konnte sie von der realen Polizei gesucht werden, wenn sie das Ganze doch nur geträumt hatte. Außerdem hatte sie doch gar nichts getan. Oder?

»Die Polizei weiß nicht, wie du heißt«, fuhr Darryl fort, »aber das ist nur noch eine Frage der Zeit.«

»Mädels, bitte!«, rief Großmutter durch die geöffnete Flurtür. »Wir wollen mit der Zeremonie beginnen!«

Ein paar Sekunden lang wusste Prue nicht, was sie tun sollte. Dann fasste sie einen Entschluss. Das Wichtigste war jetzt die Hochzeit.

»Okay«, sagte Prue, »wir fahren nachher in die Stadt und klären das im Polizeipräsidium – aber jetzt müssen wir erst einmal diese Hochzeit über die Bühne bringen. Für Piper, okay?!«

»Für Piper!«, stimmte Phoebe ein.

Die beiden jungen Frauen blickten erwartungsvoll auf Darryl, der sie mit einem großen Fragezeichen im Gesicht ansah.

»Du musst jetzt sagen ›Für Piper!‹«, zischte Phoebe ihm zu.

Darryl zögerte kurz, dann folgte er den beiden Frauen ins Wohnzimmer. »Okay«, flüsterte er, »aber das wird hoffentlich eine Schnelltrauung.«

Sekunden später war die kleine Festgemeinde wieder im Wohnzimmer versammelt.

Großmutter lächelte und wandte sich an Victor, der am Absatz der Treppe stand. »Victor, könntest du bitte noch ein Stückchen nach links treten?«

»Aber sicher«, sagte Victor und machte einen kleinen Schritt zur Seite. »Aber warum?«

»Um etwas Platz zu machen für . . .«

»Patty!«, platze es aus Victor heraus, als seine verstorbene Ex-Frau in Fleisch und Blut die Treppe hinuntertrat. Patty blickte sich um und bewunderte zum ersten Mal die Blumenpracht im Wohnzimmer des Halliwell-Anwesens.

»Äh, hallo Patty«, sagte Victor nur und musterte seine Ex-Frau erstaunt.

Patty nickte ihm zu. »Hallo, Victor, wie geht's«, entgegnete sie ebenso wortkarg.

Prue musste heimlich grinsen. Für einen Mann, der soeben seiner toten Ex-Frau begegnet war, hielt Victor sich erstaunlich gut.

»Okay«, sagte er, »wer von euch hat meine Ex-Frau von den Toten auferstehen lassen?!«

»Aber, aber«, erwiderte Großmutter Halliwell tadelnd, »ich weiß, dass ihr beide einiges zu besprechen habt, Victor, aber dafür ist nachher noch genügend Zeit.«

Mit einer eleganten Handbewegung ließ Großmutter eine bereitliegende Musik-CD in die Stereoanlage gleiten. Sekunden später erfüllte klassische Musik den Raum.

Die Blicke aller Anwesenden wurden magisch von der Erscheinung angezogen, die jetzt – ganz in weiß gekleidet – die Treppe hinabstieg.

Es war Piper, die in ihrem Brautkleid so glücklich aussah, wie nie zuvor in diesem Leben.

Keiner der Anwesenden würde diesen Augenblick jemals wieder vergessen.

Ein Strahlen machte sich auf Leos Gesicht breit und Victor ging auf die Treppe zu, um seine Tochter zum Altar zu führen.

Arm in Arm schritten die beiden auf Leo zu, der schon vor Großmutter wartete, um Piper zu seiner Frau zu nehmen.

»Wir haben es geschafft«, flüsterte Phoebe, »es geschieht wirklich!«

Prue nickte lächelnd. Endlich.

Was dann geschah, schien in Zeitlupe abzulaufen.

Plötzlich wurden die Geigenklänge der CD vom Dröhnen eines Motorrades übertönt. Und es kam näher.

Erstaunt blickten alle Anwesenden auf die Haustür, die plötzlich vom Vorderrad eines schweren Motorrades aufgestoßen wurde.

So unglaublich es auch schien, aber nicht einmal im Flur der Halliwells machte die Maschine halt. Sie raste weiter durch die Wohnzimmertür und kam mitten im Raum mit einer Schleuderbremsung zum Stehen – nicht, ohne dabei den Tisch samt dem aufgebauten Büfett zu Boden zu reißen. Die Häppchen flogen durch die Luft und dutzende von Kristallgläsern zerbarsten.

Großmutter gab einen spitzen Schrei von sich.

Der junge Mann auf der Maschine, ganz in Leder gekleidet, schob das Visier seines schwarzen Helms hoch.

Es war T. J.

»Prue!«, rief er nur.

Prue spürte, wie sie augenblicklich von einem Schwindelgefühl übermannt wurde. Ohne dass sie etwas dagegen tun konnte, sackten ihr die Beine unter dem Körper weg.

»Oh, nein«, stöhnte sie nur noch, dann versank alles um sie herum in Dunkelheit.

Einen Augenblick später materialisierte sich in einer Ecke des Wohnzimmers eine andere Prue. Sie trug eine schwarze Jeans und ein knappes Top. Ohne zu zögern sprang sie über ihre bewusstlos am Boden liegende Doppelgängerin und lief auf T.J. zu.

»Du bist gekommen!«, rief sie.

»Ich konnte dich doch nicht den Cops überlassen!«, grinste T.J. und ließ den Motor seiner Maschine aufheulen.

Die anderen beobachteten fassungslos, wie ›Prue‹ auf den Sattel des Motorrades sprang und sich an T.J. festklammerte.

Dann machte die Maschine einen Satz nach vorn und raste mit T.J. und Prue wieder hinaus.

Das Stück einer zerfetzten Tischdecke hatte sich um das Hinterrad gewickelt und riss nun den Tisch um, auf dem die mehrstöckige Hochzeitstorte stand. Mit einem lauten Platschen, das selbst über das Dröhnen des Motors hinweg noch zu hören war, stürzte die Torte auf den Fußboden. Das kleine Marzipan-Brautpaar auf der Spitze wurde von einem Berg Sahne begraben.

Bevor irgendeiner der Anwesenden überhaupt in der Lage war, sich wieder zu rühren, war der ganze Spuk vorbei.

Zurück blieb ein Schlachtfeld.

Piper war die Erste, die ihre Sprache wiederfand.

Und sie sagte nur einen Satz.

»Die Hochzeit ist abgesagt – endgültig.«

9

»PIPER, WARTE«, RIEF PHOEBE ihrer Schwester in den Flur hinterher. Sie machte einen Satz über die immer noch am Boden liegende Prue und stellte sich Piper in den Weg. »Du kannst nicht einfach so gehen.«

»Oh doch«, funkelte Piper, »das kann ich. Weißt du, mit dem Angriff eines Dämons wäre ich ja vielleicht noch klar gekommen. Aber wenn meine eigene große Schwester meine Hochzeit ruiniert, ist das zu viel.«

Phoebe gab nicht auf. »Wir finden bestimmt einen Weg, um ...«

Aber Piper fiel ihr wieder ins Wort. »Nein, Phoebe. Ich will nicht um irgendetwas kämpfen müssen. Nicht am Tag meiner Hochzeit. Es muss doch einen Grund für all das Chaos geben. Vielleicht *soll* es einfach nicht geschehen, dass Leo und ich heiraten.«

Ein völlig fassungsloser Leo trat an Piper heran. »Piper, ich ...«

Aber Piper schüttelte nur den Kopf und senkte dann den Blick. »Es tut mir Leid, Leo«, sagte sie dann. »Aber das war nur der Tropfen, der das Fass zum Überlaufen gebracht hat. Es soll einfach nicht sein.«

Mit diesen Worten drehte sie sich um und lief aus dem Haus.

»Ich habe Piper noch nie so deprimiert erlebt«, sagte Phoebe, als sie mit Leo wieder ins Wohnzimmer trat.

Victor war gerade dabei, die fest schlafende Prue auf das einzige Sofa zu legen, das den Auftritt des Rockers unbeschadet überstanden hatte.

Phoebe hockte sich an eine Ecke des Sofas und begann damit, Prue zu schütteln. »Wach auf, Prue!«, rief sie. Die anderen sahen hilflos zu.

Dann trat Patty an sie heran und legte ihr die Hand auf die Schulter.

»Das bringt nichts, Schatz«, erklärte sie. »Ein Teil von Prue wollte fliehen und all dies hinter sich lassen, und so hat sich dieser Teil in einem Astral-Körper selbstständig gemacht. Das war die Prue, die mit diesem Rocker davon gefahren ist.«

Doch damit waren die schlechten Nachrichten dieses Tages noch nicht vorbei. Großmutter Halliwell erhob traurig ihre Stimme. »Ich muss euch leider wieder verlassen«, sagte sie. »Ich bin nur für die Dauer der Zeremonie auf die Erde zurückgeschickt worden. Wenn die Hochzeit nicht stattfindet, habe auch ich keinen Grund mehr, hier zu sein. Es tut mir Leid.«

Mit diesen Worten löste Großmutter sich in einem Lichtblitz auf.

Phoebe erhob sich vom Sofa und strich sich eine Strähne aus dem Gesicht. Das durfte doch alles nicht wahr sein. Wie konnte dieser wunderbare Tag nur so schief laufen? Was sollte sie jetzt tun?

Im gleichen Augenblick, in dem Phoebe aufstand, setzte sich Victor müde auf die Kante eines Sessel. »Vielleicht hatte Piper Recht«, sagte er leise, »und das Schicksal war gegen diese Hochzeit.«

»Victor!«, rief Patty entsetzt.

Doch ihr Ex-Mann schüttelte nur den Kopf und sprach mit ruhiger Stimme weiter. »Vielleicht wollten die Götter ihr nur den Schmerz ersparen, den wir beide durchmachen mussten, Patty.«

»Nein!« Leo erhob sich und trat vor Victor. »Ich muss nur auf mein Herz hören«, sagte er trotzig, »und ich weiß, dass Piper und ich füreinander bestimmt sind.«

Phoebe stimmte ihm zu.

»Die Liebe zwischen Piper und Leo hat uns alle tief berührt. Wir müssen alles tun, um sie zu retten.«

Alle blickten betroffen auf Phoebe. Doch statt einer Antwort ertönte plötzlich ein Piepsen. Darryl griff in seine Hosentasche, holte einen Beeper heraus und stellte ihn ab. »Ich muss los«, sagte er nur. »Es gibt da noch diese andere Geschichte.«

»Was für eine andere Geschichte?«, fragte Victor misstrauisch.

Darryl holte tief Luft. Das Ganze war mehr als unangenehm. Diese Familie hatte schon genug Probleme.

»Prue wird wegen Mordes gesucht. Ich halte euch auf dem Laufenden.«

Mit diesen Worten verschwand er.

Phoebe blickte in die fassungslosen Gesichter der anderen.

»Mord?«, fragte Leo. »Wusstest du davon, Phoebe?«

Phoebe schlug die Augen nieder. »Prue und ich hatten gerade erst davon erfahren. Aber das Ganze ist ein Missverständnis. Prue hat nichts getan.«

Ein Räuspern ließ sie wieder aufblicken. »Bist du da sicher?«, fragte Cole. In seiner menschlichen Identität war er der stellvertretende Staatsanwalt der Stadt und offensichtlich meldeten sich seine Instinkte als Strafverfolger. »Ich meine, Prues Astral-Körper hat ein erstaunliches Eigenleben entwickelt. Woher weißt du, dass sie unschuldig ist?«

»Weil ich sie kenne«, knurrte Phoebe nur.

»Wenigstens glaube ich das«, ergänzte sie dann etwas weniger überzeugt.

»Okay«, sagte Leo, »genug diskutiert.« Die letzten paar Minuten hatte er wie erstarrt in einer Ecke gestanden. Verständlicherweise hatte er etwas Zeit gebraucht, um diese Ereignisse zu verdauen. Aber jetzt wirkte er entschlossen und voller Tatendrang. Wie jemand, der für seine Liebe kämpfen würde.

Er blickte auf Victor und Patty. »Ihr zwei sucht Piper und bringt sie zurück. Du, Phoebe, siehst im *Buch der Schatten* nach, ob du irgendetwas Hilfreiches über Astral-Körper findest. Und du, Cole, versuchst herauszufinden, was es mit diesem Mordfall auf sich hat. Ich helfe dir dabei.«

Er klatschte in die Hände.

»Worauf warten wir, Leute? Wir müssen eine Hochzeit retten!«

Zwei Lichtblitze hellten den düsteren Vorraum vor den Toiletten auf. Dann standen zwei Gestalten im Gang und blickten sich unsicher um. Dies war der Ort, an dem Prues Astral-Körper sich aufhielt, wenn er sich vom Körper der eigentlichen Prue löste.

Leo blickte Cole erstaunt an, doch der zuckte nur mit den Schultern. »Interessanter Ort für den Schauplatz eines Wunschtraumes«, murmelte er nur und ging voran in den Schankraum. Die Musik dröhnte ihnen jetzt mit voller Lautstärke entgegen.

Cole hatte den größten Teil des Tages damit verbracht, möglichst unauffällig Details über den Mord herauszufinden, der Prue zur Last gelegt wurde. Der Fall war – zumindest in den Augen der Ermittler – relativ eindeutig: Prue hatte sich mit einem Mann wegen ein paar Dollar Spielschulden gestritten, ihm vor der Tür aufgelauert und ihn dann erstochen. Die Zeugenaussagen und das Video sprachen eine deutliche Sprache – auch wenn es für den eigentlichen Mord weder Zeugen noch Videobilder gab.

Jetzt schritten Cole und Leo möglichst unauffällig durch die volle Bar. Obwohl sie dunkle Windjacken über ihren Hemden trugen, zogen sie die Blicke der anderen Gäste auf sich. Auch mit weit aufgeknöpften Hemdkragen waren sie für eine Kneipe wie diese immer noch zu gut gekleidet.

Trotzdem – solange sie keine neugierigen Fragen stellten, würde man sie in Ruhe lassen. An Orten wie diesem fragte niemand, woher man kam und was man vorhatte.

Die beiden blickten sich um. Männer in Karohemden und Arbeitsstiefeln, Fernfahrer und Motorradrocker vergnügten sich am Billardtisch, schütteten an der Bar Bier in sich hinein oder starrten einfach nur stumpf auf den Fernseher über der Theke.

»Nach dem, was die Polizei weiß«, sagte Cole zu Leo, »könnte jemand dem Opfer aufgelauert haben, nachdem Prue gegangen war.« Er brauchte nicht einmal zu flüstern, um seine Worte von neugierigen Ohren fernzuhalten. Die Musik übertönte einfach alles.

Leo schüttelte den Kopf. »Wenn ich mir diese Typen hier so ansehe, könnte es jeder gewesen sein.«

»Nein«, widersprach Cole, »nicht viele Menschen haben das Herz eines Mörders und sind in der Lage, ohne Skrupel zu töten.«

»Woher willst du das wissen?«, fragte Leo und blickte Cole skeptisch an.

Cole sah ihm in die Augen. »Ich kann es spüren. Bevor ich meine dämonische Seite für Phoebe aufgegeben habe, konnte ich fühlen, welche Kämpfe menschliche Killer in ihrer Seele ausgefochten haben.«

Im selben Augenblick spürte Cole, wie eine eiskalte Hand nach seinem Herzen zu greifen schien. Es war genau das Gefühl, von dem er Leo gerade erzählt hatte.

Ein massiger Mann mit langen Haaren und einem graumelierten Vollbart ging an Cole vorbei.

Ohne sich etwas anmerken zu lassen, beobachtete Cole, wie der Mann sich an der Theke niederließ. »Er ist ein solcher Killer«, sagte Cole.

Leo blickte unauffällig auf den Bärtigen. »Du meinst, er ist unser Mörder?«

»Ich weiß nicht, ob er der Mann ist, den wir suchen, aber an seinen Händen klebt frisches Blut. Ruf Wilson.«

Ohne eine Sekunde zu zögern, ging Leo auf den Ausgang zu, um Darryl Wilson zu informieren.

Cole drückte sich in eine dunkle Ecke und ließ den bärtigen Killer nicht mehr aus den Augen.

»Überlass das Reden mir, okay?«, sagte Patty, als sie zusammen mit Victor die Stufen ins *P3* hinabstieg. »Du hast schon als unsere Töchter noch klein waren das Talent gehabt, immer das Falsche zu sagen.«

»Das kam dir vielleicht so vor«, brummte Victor. »Aber du hast dich auch nie in meine Situation hineinversetzt. Du wolltest die drei zu Hexen erziehen.«

Das *P3* hatte noch nicht geöffnet und so sahen sie beide sofort die traurige Gestalt, die allein an einem Tisch vor der Theke saß. Der riesige, menschenleere Raum um sie herum ließ sie noch einsamer erscheinen.

»Sie sind immer noch unsere kleinen Mädchen«, sagte Viktor und blickte seine Ex-Frau an. Die Schärfe aus seiner Stimme war verschwunden.

Dann gingen sie weiter und stellten sich vor Piper.

»Wir haben uns Sorgen gemacht«, sagte Patty.

Piper schlug die Augen nieder. »Es tut mir Leid«, seufzte sie. »Ich habe euch alle im Stich gelassen.«

»Unsinn«, sagte Victor, »es gibt nichts, wofür du dich entschuldigen müsstest.«

Patty stupste Victor an, um ihn an ihre Abmachung zu erinnern. Sie wollte das Reden übernehmen.

»Piper«, sagte sie dann sanft, »dass ihr zwei es überhaupt so weit geschafft habt, macht uns alle sehr stolz.«

»Ja«, seufzte Piper, »aber weiter haben wir es eben auch nicht geschafft.«

»Aber das werdet ihr vielleicht, Piper.«

Doch Piper schüttelte nur den Kopf. »Wann denn, Mom? Ich meine, ist es nicht offensichtlich? Leo und ich sind nicht ...«

»... füreinander bestimmt?«, unterbrach Patty. »Nein, Piper, das glaube ich nicht. Und du glaubst das auch nicht.«

»Tatsächlich nicht?« Piper war alles andere als überzeugt. »Ich muss doch nur dich und Dad ansehen. Früher oder später würden Leo und ich vielleicht auch da enden, wo ihr geendet seid. Wir Halliwells sind gesegnet als Hexen – aber verflucht als Frauen. Es ist unser Schicksal, allein zu bleiben.«

Patty rang nach Worten. »Du meinst, weil ... dein Vater und ich ... weil wir ... äh, Victor?« Hilfesuchend blickte sie ihren Ex-Mann an.

Victor lächelte die beiden Frauen sanft an. »Piper, mein Schatz«, sagte er, »ich habe nie geglaubt, dass deine Mutter und ich verflucht waren. Die Zeit, die ich mit ihr verbracht habe, war die schönste Zeit meines Lebens.«

Patty blickte erstaunt zu ihm auf.

»Deine Mutter zu treffen, war das Beste, was mir je passiert ist ... bis ihr drei in mein Leben getreten seid.«

»Aber eure Ehe hat nicht gehalten«, warf Piper ein.

»Ja, das tat weh«, gestand Victor. »Und es schmerzt noch heute. Aber es war unsere Liebe, die euch das Leben geschenkt hat. Vielleicht war das ... *meine* Bestimmung.«

Piper spürte, wie die Tränen in ihr aufstiegen. »Es tut mir Leid«, sagte sie, »ich würde jetzt gern allein sein.«

Mit diesen Worten stand sie auf und ging mit traurigen Schritten davon.

Patty und Victor sahen zu, wie ihre Tochter mit dem weißen Brautkleid in der Dunkelheit verschwand.

»Nicht schlecht für einen Mann«, nickte Patty und lächelte, »der immer das Falsche sagt.«

»Danke«, erwiderte Victor. »Ich wüsste gerne, ob es etwas genützt hat.«

10

PHOEBE SASS IM WOHNZIMMER der Halliwells und blätterte im *Buch der Schatten*. Irgendetwas über Prues Zustand musste auf den vergilbten Seiten des alten Folianten doch zu finden sein. Das magische Buch hatte die Eigenschaft, seine Texte stets selbst zu erschaffen, je nachdem, welche Fragen gerade gestellt wurden.

Phoebe blätterte sich durch sämtliche Zaubersprüche, die auch nur im Entferntesten etwas mit Schlaf und Träumen zu tun hatten.

Plötzlich stutzte sie. Genau danach hatte sie gesucht. »Erwischt!«, rief sie aus und blickte auf Prue, die immer noch tief schlafend auf dem Sofa neben ihr lag.

Prue Halliwell – die dunkle Prue Halliwell – beugte sich über T. J., der entspannt im Gras lag. Rings um die Waldlichtung, in der sie das Motorrad abgestellt hatten, zirpten die Grillen. Der Mond schien durch die Bäume.

T. J. war den ganzen Tag über die Landstraßen gebraust. Mittlerweile dürften sie jede Polizeistreife abgeschüttelt haben.

Prue fühlte sich so frei wie nie in ihrem Leben.

»Eins musst du mir noch erklären«, sagte T. J., »wie bist du heute morgen aus dem Polizeiwagen entkommen?«

Prue öffnete einen Knopf an T. J's Hemd.

»Darüber möchte ich lieber nicht reden«, erwiderte sie. »Ich bin hier – ist das nicht alles, was zählt?«

»Ja, du bist hier. Aber für wie lange?«

Prue lächelte verführerisch und öffnete noch einen Knopf. »Spielt das eine Rolle?«

»Na ja«, lächelte T. J., »ich habe die Hochzeitsfeier deiner Schwester ruiniert ...«

»Oh, ja, das hast du.« Noch ein Knopf löste sich unter Prues Fingern.

»Und ich habe dich vor den Cops versteckt. Das ist definitiv mehr, als beim ersten Date üblich ist, findest du nicht?«

»Ich finde, dass du zu viel redest«, sagte Prue nur.

Aber T. J. ließ nicht locker. »Ich muss nicht viel wissen«, sagte er, »nur eins: Wirst du mich heute Nacht wieder verlassen?«

Prue zögerte. »Ich habe noch nicht darüber nachgedacht«, entgegnete sie und das war die Wahrheit. »Zum ersten Mal in meinem Leben bin ich wirklich frei. Ich genieße einfach den Augenblick. Ist das okay für dich?«

T. J. lächelte und zog sie zu sich hinunter. »Hört sich sehr okay an.«

Prue schloss die Augen, bis ihre und T. J's Lippen sich berührten. Sie genoss es, ihn zu küssen und alles andere um sie herum zu vergessen. Die beiden küssten sich so leidenschaftlich, dass Prue schwindelig wurde.

Doch plötzlich schreckte sie hoch. T. J. blickte sie überrascht an.

Dieser Schwindel ... das war nicht der Kuss, sondern etwas anderes. *Die* andere.

Prue spürte, wie eine Macht mit aller Gewalt an ihr zerrte, sie zurückholen wollte.

»Nein!«, rief sie und sprang auf. »Ich will nicht zurück! Ich will frei sein!«

T. J. rief hinter ihr her, aber Prue hörte nichts mehr. Ihre Ohren dröhnten. In ihrer Verzweiflung sprang sie ins Unterholz und klammerte sich an einem Baum fest. Das Zerren wurde stärker und riss die dunkle Prue in einem Lichtblitz ...

... zurück ins Wohnzimmer der Halliwells.

Geräuschvoll klappte Phoebe das *Buch der Schatten* zu und blickte streng auf die fremde Prue. »Netter Zauber, was?«, fragte sie.

Prue stand mit ihren dunklen Rockerklamotten im Wohnzimmer und funkelte ihre kleine Schwester an. »Wie kannst du es wagen ...«, setzte sie an, doch Phoebe ließ sich nicht beeindrucken.

»Nein, wie kannst *du* es wagen? Du ruinierst Pipers Hochzeit, ihr ganzes Leben. Ich weiß nicht, was mit dir los ist, aber reiß dich gefälligst zusammen!«

Prue zögerte und warf einen Blick auf ihre Doppelgängerin, die noch immer tief schlafend auf dem Sofa lag. Dann schüttelte sie den Kopf.

»Ich verschwinde!«, zischte sie und stürmte auf die Haustür zu.

Das konnte Phoebe nicht tolerieren. Mit einem Satz sprang sie auf, lief Prue in den Flur hinterher und hielt das Traum-Ich ihrer Schwester am Arm fest.

»Hier geblieben!«, rief sie.

Prue funkelte sie an. »Ich werde nicht wieder zurückgehen. Niemals!«

Mit diesen Worten packte sie Phoebes Oberarm und wirbelte ihre kleine Schwester mit einem Judogriff durch die Luft.

Phoebe stöhnte auf, als sie mit der Schulter hart auf die Holzdielen aufschlug. Dennoch konnte sie sich abrollen und in einer fließenden Bewegung wieder aufspringen. Sie war vielleicht nur das Nesthäkchen, aber sie beherrschte die Kampfsporttricks genauso gut wie ihre älteren Schwestern.

Bevor Prue etwas dagegen unternehmen konnte, wurde sie von Phoebe am Handgelenk gepackt und durch den Raum gewirbelt.

Dann ließ Phoebe überraschend los. Der Schwung

katapultierte Prue durch das Wohnzimmer, bis sie relativ weich auf eines der Sofas prallte.

Prue richtete sich fluchend wieder auf und trat ihrer Schwester erneut entgegen.

»Phoebe, ich habe die Nase voll von all dem hier!«, rief sie wütend. Der kurze Kampf hatte die Gemüter etwas abgekühlt, trotzdem war die Spannung, die in der Luft lag, mit Händen greifbar.

»Immer muss ich mich um etwas kümmern«, schrie Prue weiter, »immer bin ich für euch verantwortlich ... nie geht es dabei um mich! Ich möchte mich auch verlieben! Ich möchte mein eigenes Leben führen!«

Phoebe schüttelte den Kopf. »Prue, du hast nun mal Verantwortung zu tragen! Ob es dir passt oder nicht!«

»Erzähle du mir nichts über Verantwortung«, knurrte Prue, »du hast nicht grade besonders verantwortlich gehandelt, als du dich in einen Dämon verliebt hast!«

»Verdammt!« Phoebe verdrehte die Augen. »Lass doch diese Geschichte mit mir und Cole einmal aus dem Spiel. Du kannst deswegen doch nicht ewig auf mich böse sein!«

Jetzt war es Phoebe, die ihre Stimme erhob. Doch sie stutzte, als sie sah, dass sich der Gesichtsausdruck von Prues Traum-Ich veränderte.

»Phoebe, *ich* war nie auf dich böse«, sagte sie leise und deutete dabei auf die schlafende Prue. »Sie war es. Ich habe immer zu dir gehalten und eure Liebe unterstützt.«

Phoebe wich unwillkürlich einen Schritt zurück. »Okay«, sagte sie kleinlaut, »jetzt machst du mir Angst.«

»Du hast für deine Liebe alles riskiert«, erklärte Prues Doppelgängerin. »So wie Piper und Leo. Ich habe immer davon geträumt, auch eine solche Liebe zu finden – aber stattdessen musste ich immer mit ansehen, wie meine Schwestern meine Träume ausleben.«

Phoebe dachte über die Worte ihrer Schwester nach

und runzelte die Stirn. Plötzlich ergab alles einen Sinn!

Sie ging hinüber zum *Buch der Schatten*, das noch immer auf dem Wohnzimmertisch lag.

»Wenn das Unterbewusstsein im Schlaf das Ruder übernimmt, beginnt man zu träumen«, murmelte sie.

Prue zuckte mit den Schultern. »Ja, und?«

»Und – ich hätte viel früher darauf kommen müssen! Schließlich habe ich das studiert! Psychologie für Anfänger. Freuds Traumtheorie!«

Prue blickte ihre kleine Schwester verständnislos an.

»Du bist das ›Es‹! Du verkörperst Prues versteckte Sehnsüchte«, sagte Phoebe und deutete dann auf die schlafende Prue. »Und sie ist das ›Über-Ich‹ – die psychische Instanz, die alles kontrolliert.«

»Oh ja,«, nickte Prue und lachte trocken auf. »Darin ist sie wirklich gut. Sie hält mich immer an der kurzen Leine.«

»Die ganzen Opfer, die du im Laufe der Jahre für uns bringen musstest, Prue – sie haben dazu geführt, dass du deine inneren Sehnsüchte unterdrückt hast.«

Prue seufzte. Die Aggression war aus ihrem Tonfall gewichen und machte einer tiefen Traurigkeit Platz. Vorsichtig setzte sie sich ans Fußende des Sofas, auf dem die andere Prue friedlich schlief.

»Erzähl das nicht mir, erzähl das ihr«, sagte sie.

»Nein«, erwiderte Phoebe, »ich erzähle es *dir*! Denn auch du bist Prue. Ihr beide seid zwei Seiten meiner Schwester.«

Phoebe blickte Prue in die Augen. »Prue, du musst aufhören, deine ganze Energie für die *Zauberhaften* zu verschwenden. Es wird dich auseinanderreißen. Im wahrsten Sinne des Wortes.«

Prue senkte den Blick. »Ist Piper sehr böse auf mich?«, fragte sie kleinlaut.

»Sie wird darüber hinwegkommen. Und weißt du

auch wieso? Weil Piper und ich auch allein klarkommen. Wir beide haben unsere Liebe gefunden und unserem Leben einen Sinn gegeben. Und das verdanken wir dir.«

»Wirklich?«, fragte Prue unsicher.

Phoebe lächelte. »Du hast dich immer um uns gekümmert. Und jetzt wird es Zeit, dass du dich um dich selbst kümmerst.«

Die beiden Schwestern blickten sich an. Dann schluckte Prues Traum-Ich und löste sich in einem Lichtblitz auf. Es gab nur noch eine Prue.

Sekunden später erwachte sie. Noch etwas benommen richtete sich die älteste Halliwell-Schwester auf.

»Willkommen zurück«, sagte Phoebe lächelnd.

»Danke«, erwiderte Prue. »Danke für alles.«

Dann stand sie auf und blickte auf das Chaos, das sie im dekorierten Teil des Wohnzimmers angerichtet hatte. Noch immer war der Boden übersät mit Scherben, zersplittertem Holz und den traurigen Resten der riesigen Hochzeitstorte.

Prue hätte sich am liebsten wieder hingelegt und die nächsten tausend Jahre verschlafen.

»Ich kann kaum glauben, dass ich Pipers Hochzeit ruiniert habe«, sagte sie kopfschüttelnd. »Meinst du, wir kriegen das wieder hin?«

Phoebe wollte gerade etwas erwidern, als das Licht ausging. Die beiden Schwestern standen plötzlich im Dunkeln.

»Oh, nein«, rief Prue. »Auch das noch.«

Stromausfälle waren in Kalifornien seit ein paar Jahren keine Seltenheit mehr, aber musste das ausgerechnet jetzt passieren?

Doch Prue täuschte sich – der Stromausfall war künstlich herbeigeführt worden. Und die Verursacher stürmten noch im selben Augenblick durch die Haustür.

Prue und Phoebe erstarrten, als das Licht starker Taschenlampen ihre Augen blendete. Ein halbes Dut-

zend Männer in Uniformen stürmte mit vorgehaltenen Waffen ins Haus. Was von der Haustür und der Dekoration des Wohnzimmers noch übrig war, wurde nun vollends von den schweren Polizeistiefeln zerbrochen.

»Polizei! Keine Bewegung!«, rief einer der Männer.

Völlig geschockt blickten Phoebe und Prue in die Mündungsöffnungen der schweren Sturmgewehre, die auf sie gerichtet waren.

Schließlich trat ein Mann in Zivilkleidung hinter den Uniformierten hervor. Er hob eine Dienstmarke in die Luft, die ihn als Inspektor Shauny von der Mordkommission San Francisco auswies.

»Prue Halliwell«, sagte der Mann mit ruhiger Stimme, »Sie sind verhaftet. Wegen Mordes.«

11

DIE NÄCHSTEN ZWEI STUNDEN gehörten zu den demütigensten, die Prue Halliwell je erlebt hatte. Die Beamten des Einsatzkommandos hatten sie wie eine Schwerverbrecherin in einen Polizeiwagen gezerrt und zum Polizeirevier gefahren.

Dort musste sie – immer noch im roten Brautjungfernkleid – die Prozedur über sich ergehen lassen, die bei einer Verhaftung wohl üblich war.

Ein schlecht gelaunter Beamter nahm ihre Fingerabdrücke, ein anderer fotografierte sie von allen Seiten für die Verbrecherkartei.

Dann wurde sie in einen düsteren Raum mit einem Tisch und zwei Stühlen geführt. Ein riesiger Spiegel nahm fast eine gesamte Wand des Raumes ein. Zweifellos war dies das Verhörzimmer.

»Der Inspektor kommt gleich«, sagte der Beamte, der sie in den Raum geführt hatte und dann die Tür hinter sich zuschloss.

Als Prue allein in dem Raum war, blickte sie auf ihr Spiegelbild.

»Das ist alles deine Schuld«, murmelte Prue.

»Prue wurde wegen Mordes verhaftet«, sagte Leo, als er mit Darryl zurück in die Rocker-Kneipe kam. »Wir haben keine Zeit mehr zu verlieren.«

Cole, der den Mann mit dem Vollbart die ganze Zeit nicht aus den Augen gelassen hatte, blickte auf. »Dann sollten wir das auch nicht tun.«

»Leo hat gesagt, dass du den Mörder erkannt hast?«, fragte Darryl. Er musste sich immer noch daran gewöh-

nen, dass Cole und Leo über magische Kräfte verfügten, aber solange sie diese dazu einsetzten, um Mörder zu überführen, sollte es ihm recht sein.

Cole nahm einen Schluck aus einem Wasserglas und deutete unauffällig auf den Bärtigen, der gerade dabei war, die Bar zu verlassen. »Ich habe *einen* Mörder gefunden. Ich weiß nicht, ob er unser Mann ist.«

Darryl schüttelte den Kopf. So viel zu magischen Ermittlungsmethoden. »Großartig«, knurrte er. »Was sollen wir jetzt tun? Willst du ihn höflich fragen?«

Der Bärtige warf einen misstrauischen Blick auf die drei Männer und ging dann mit schnellen Schritten aus der Bar. Offensichtlich ahnte er, dass man gerade über ihn redete.

Auch Cole erhob sich. »Gar keine schlechte Idee«, sagte er nur und ließ Darryl und Leo stehen. »Gebt mir fünf Minuten.«

Darryl wollte etwas erwidern, aber Leo schüttelte nur den Kopf. Sie waren Freunde, aber Darryl war immer noch Polizist. Und Leo ahnte, dass das, was Cole vorhatte, nicht unbedingt mit dem Gesetz des Staates Kalifornien zu vereinbaren war.

Ein paar Sekunden später trat Cole in die kühle Nachtluft.

Der Bärtige stand allein auf dem menschenleeren Parkplatz und rauchte eine Zigarette.

Er drehte Cole den Rücken zu und wartete.

Cole musste lächeln. Offenbar war er nicht der Einzige mit guten Instinkten. Der bärtige Mann wusste, dass es ihm an den Kragen ging – wahrscheinlich umklammerte er mit der Hand, die er in seiner Manteltasche verborgen hielt, schon den Griff eines Messers.

Mit langsamen Schritten ging Cole auf den Bärtigen zu und baute sich neben ihm auf.

Dann deutete er mit einer Kopfbewegung auf den Boden.

»Ist das die Stelle, an der die Leiche gefunden wurde?«

»Was geht dich das an?« Der Bärtige stieß eine Rauchfahne aus, ohne Cole anzusehen.

»Ich will nur herausfinden, was letzte Nacht hier vorgefallen ist. Wo warst du eigentlich zur Tatzeit, Kumpel?«

Der Bärtige hörte diese Frage offensichtlich nicht zum ersten Mal. »Wie wär's, wenn du mir erst einmal deine Dienstmarke zeigst?«

Cole setzte sein freundlichstes Lächeln auf und winkte ab. »Nein, nein, ich bin nicht von der Polizei. Ich bin nur ein, äh, Wahrsager – und ich sehe in meiner Kristallkugel, dass du gleich ein volles Geständnis ablegen wirst.«

»Du bist ein echter Witzbold, was?«, knurrte der Bärtige und drehte sich dann um. »Wenn du mich jetzt bitte entschuldigen würdest?«

Mit diesen Worten wollte er gehen, aber Cole hielt ihn am Ärmel seiner Jacke fest.

Ohne eine Sekunde zu zögern, packte der Mann Cole am Kragen und schleuderte ihn mühelos auf ein geparktes Motorrad.

Cole stöhnte auf, als er es zu Boden riss und hart auf dem staubigen Boden aufschlug.

Kaum hatte sich Cole wieder aufgerappelt, blickte er auch schon auf die Klinge eines hässlichen Springmessers, das im Licht des Mondes aufleuchtete.

Die beiden Männer umkreisten sich lauernd. Cole deutete auf die Waffe. »Ich vermute, das ist das Messer, mit dem du deinen Kumpel ermordet hast, stimmt's?«, fragte er provozierend.

Statt einer Antwort holte der Bärtige aus und stach mit der Klinge auf Cole ein. Mit einem Sprung nach hinten rettete sich Cole vor der tödlichen Attacke und prallte dabei gegen einen Müllcontainer.

Der Bärtige grinste. »Vielleicht möchtest du eine kleine Kostprobe, hä?«

Er holte erneut aus. Cole packte den Mann am Handgelenk und stoppte das Messer wenige Zentimeter vor seinem Gesicht.

Er spürte, wie die Wut in ihm aufstieg und seine dämonische Seite hervortrat. Er ließ es geschehen.

»Das ist deine letzte Chance«, knurrte Cole und verstärkte den Druck auf das Handgelenk des Mannes. Der Bärtige stöhnte auf und ließ das Messer fallen.

»Geh zur Polizei und leg ein Geständnis ab.«

»Oder was sonst?«, erwiderte der Bärtige trotzig.

Cole lächelte nur. Er spürte, wie sich sein Brustkorb ausdehnte und sein ganzer Körper wuchs. Er hatte zwar versprochen, seine dämonischen Kräfte nicht mehr einzusetzen – aber er konnte nicht leugnen, dass ihm die Verwandlung in den Dämon Balthasar Vergnügen bereitete. Ein höllisches Vergnügen.

Sekunden später packte er den Bärtigen an der Kehle und hob ihn in die Luft.

»Oder du bekommst es mit mir zu tun«, knurrte der glatzköpfige Dämon mit dem rotschwarzen Gesicht.

In diesem Augenblick öffnete sich die Tür der Kneipe. Leo und Darryl traten heraus.

Als Darryl den Dämon sah, der den röchelnden bärtigen Mann an der Kehle gepackt hielt, zog er unwillkürlich seine Dienstwaffe. Aber Leo schüttelte nur den Kopf und legte dem Polizisten beruhigend die Hand auf die Schulter.

Balthasar blickte Darryl und Leo an. Eine Sekunde lang sah es aus, als hätte er dem Bärtigen am liebsten die Kehle zerquetscht. Doch dann schleuderte er ihn nur brutal vor Darryls Füße.

»Ich glaube, er möchte dir etwas erzählen«, knurrte der Dämon.

12

VICTOR LEUCHTETE MIT EINER TASCHENLAMPE auf die traurigen Überreste der Hochzeitstorte, während Patty versuchte, das kleine Marzipan-Brautpaar wieder auf die Sahnespitze zu stellen.

Phoebe ging durch das dunkle Wohnzimmer und versuchte, mit ein paar Kerzen wenigstens für ein bisschen Licht zu sorgen.

Leo hatte seinen Smoking wieder angezogen und lief nervös durch die Trümmer des Wohnzimmers.

»Ich verstehe das nicht«, sagte er, »die Polizei hat doch den richtigen Mörder – warum dauert das so lange, bis sie Prue wieder laufen lassen?«

Cole saß auf einem Sofa und zupfte sich seine Krawatte zurecht. »Sie hat sich immerhin der Verhaftung entzogen«, erklärte er, »da gibt es eine Menge Papierkram auszufüllen.«

»Können wir nicht wenigsten das Licht einschalten?«, fragte Victor.

Phoebe zündete eine weitere Kerze an. »Das geht leider nicht, Dad. Die Polizei hat die Stromleitungen gekappt.«

Plötzlich erhellte ein gleißendes Aufleuchten den Raum. Großmutter Halliwell materialisierte in einem Lichtblitz. Der traurige Ausdruck auf ihrem Gesicht ließ nichts Gutes erwarten.

»Es tut mir Leid, Patty«, sagte sie leise, »aber die Ältesten haben mich geschickt, um dich zurückzuholen. Hochzeit oder nicht, der Tag ist um.«

Phoebe stellte sich zu ihrer Mutter und legte ihr den Arm um die Schulter. »Aber es ist noch nicht Mitternacht – wir haben noch fünf Minuten!«

Cole leuchtete mit seiner Taschenlampe auf die alte Standuhr in der Ecke des Wohnzimmers. Es war fünf vor zwölf, in jeder Beziehung. Wenn Piper jetzt nicht sofort auftauchte, würde die Hochzeit nie mehr stattfinden.

Victor seufzte. »Ich wünschte, meine Worte hätten mehr Wirkung gezeigt.«

Patty lächelte ihn an. »Oh, Victor, du hast getan, was du konntest. Du warst einfach wunderbar.«

Pattys Ex-Mann wollte gerade etwas erwidern, als vor der Haustür Schritte erklangen. Gespannt blickte alles zu Tür.

Leo hob seine Taschenlampe und leuchtete die beiden Gestalten an, die durch den Flur traten. Es waren Prue und Darryl.

Leo seufzte.

»Was denn«, lächelte Prue, »hast du jemand anderen erwartet?«

Dann deutete sie auf die Tür. Der Strahl von Leos Taschenlampe ließ Pipers weißes Hochzeitskleid in der Dunkelheit aufleuchten. Für einen Augenblick war es, als würde ein Engel durch die Tür treten.

»Okay«, sagte Piper nur, »auf was warten wir? Und du guck nicht so schockiert, Leo. Hast du geglaubt, du könntest mir entwischen?«

»Die Show beginnt! Auf eure Plätze!«

Großmutters geisterhafte Erscheinung strahlte noch etwas heller als gewöhnlich, als die Festgesellschaft sich im Wohnzimmer aufbaute. Die Trümmer, die T.J. und die Polizisten zurückgelassen hatten, waren in aller Eile zur Seite geräumt worden. In der Dunkelheit wirkte das Wohnzimmer des Halliwell-Hauses beinahe wieder festlich.

Leo und Piper stellten sich vor Großmutter auf. Es war zwei Minuten vor Mitternacht.

Victor trat von hinten an Leo heran und legte ihm die Hand auf die Schulter. »Wie ich sehe, hast du keinen Trauzeugen, Leo. Wenn du möchtest, kann ich das übernehmen, mein Junge.«

Leo blickte seinen Schwiegervater an. »Es wäre mir eine große Ehre – Dad.«

Die Zeremonie begann.

»Oh, nein«, rief Phoebe. »Wir haben keinen Strom für die Stereoanlage!«

Aber Großmutter lächelte nur. Mit einer Handbewegung brachte sie ein kleines Glockenspiel zum Klingen, das an einem der Wohnzimmerfenster hing. Auf magische Weise spielte es eine zarte Hochzeitsmelodie.

Prue lächelte. »Okay, und was ist mit dem Licht?«

Jetzt war Leo an der Reihe. Er machte eine ausholende Handbewegung. Ein kleiner Lichtball schwirrte zur Decke und verwandelte sich in einen glitzernden Funkenregen, der das Wohnzimmer in zauberhaftes Licht tauchte.

»Schon besser«, strahlte Prue.

Piper holte Luft und stellte sich mit Leo an ihrer Seite vor ihre Großmutter. Alles war zu schön, um wahr zu sein – aber diesmal würde es geschehen! »Wir haben uns heute Nacht hier versammelt«, begann die alte Dame, »um zwei Seelen zu vereinen. Leo und Piper ... seid ihr bereit, aus eigenem, freien Willen den ewigen Bund der Ehe einzugehen? Dann antwortet mir mit ›Ja – ich will‹ ...«

Piper hörte, wie Leo tief Luft holte. Er schien diesen Moment genau so zu genießen wie sie.

»Ja, ich will«, antwortete Leo.

»Ja, ich will«, antwortete Piper.

»Dann reicht euch jetzt die Hände.«

Piper blickte Leo in die Augen. Noch nie in ihrem Leben war sie so glücklich gewesen.

»Piper«, sagte Leo feierlich, »trotz aller Tränen und Sorgen habe ich in meinem Herzen nie daran gezweifelt, dass wir eines Tages hier stehen würden. Ich schwöre dir, dass ich dich von jetzt an für alle Zeiten lieben und respektieren werde – als meine Geliebte, meine Freundin und meine Seelenverwandte.«

Großmutter deutete auf Piper.

»Leo«, begann Piper, »du bist das Beste, was mir jemals passiert ist. Ich hatte immer befürchtet, dass ich jemanden, der so rein und wunderbar ist, gar nicht verdiene. Aber jetzt stehen wir hier, umgeben von den Menschen, die mir alles bedeuten. Und ich bin stolz, deine Frau zu werden. Ich werde dich lieben bis in alle Ewigkeit.«

Großmutter seufzte.

»Leo und Piper haben sich vor uns als Zeugen ihre Liebe geschworen. Mit diesem Band vereine ich sie zu Mann und Frau.«

Großmutter machte eine kleine Handbewegung und ein magisches Seil erhob sich von dem kleinen Altar. Es wickelte sich um Leos und Pipers Hände und beide begannen, den magischen Spruch aufzusagen, der diese Hexenhochzeit besiegelte.

»Mit Körper und Seele
Bist du Mein und ich bin Dein
Für immer und ewig,
so soll es sein«

»So soll es sein«, wiederholte Großmutter Halliwell.

»So soll es sein«, wiederholten die anderen.

In diesem Augenblick schlug die Uhr Mitternacht.

»Küss sie, Leo«, sagte Großmutter. »Aber beeil dich!«

Leo und Piper lachten auf.

Dann umarmten sie sich unter dem Beifall der Familie und küssten sich.

Ja, dachte Piper, diesmal passiert es wirklich.

Aller guten Dinge sind neun

1

»SIEHST DU«, KICHERTE Piper Halliwell, »endlich haben wir einen Platz gefunden, an dem wir ganz allein und ungestört sind.«

»Wirklich perfekt.« Leo wischte sich eine nasse Haarsträhne aus der Stirn und drehte das warme Wasser noch etwas weiter auf. Dampf wirbelte in der Duschkabine auf und umhüllte ihre nackten Körper.

Piper legte eine Hand um den Nacken ihres frisch angetrauten Ehemannes und zog ihn zu sich herunter. Während das warme Wasser auf ihre Köpfe prasselte, küssten die beiden sich leidenschaftlich.

Piper wünschte sich, dass dieser Augenblick niemals enden würde – als sich plötzlich die Badezimmertür öffnete und Phoebe hereinplatzte.

Pipers kleine Schwester hielt sich die Hand vor die Augen. »Ich gucke nirgendwo hin«, sagte sie hektisch, »und ich sehe auch nichts. Lasst euch nicht stören. Ich suche nur meinen Nagellack!«

»Phoebe!« Piper konnte es nicht fassen. Gab es denn im ganzen Haus keinen Ort, wo Leo und sie für ein paar Minuten ungestört waren? »Tut mir Leid«, rief Phoebe. »Wart ihr gerade dabei ...«

Phoebe blinzelte durch ihre Finger und konnte es sich scheinbar doch nicht verkneifen, einen Blick auf die durchsichtige Duschkabine zu werfen.

»Waah!«, rief sie erschrocken aus. Der Dampf des Wasserstrahls verhüllte zwar das meiste, aber einen nackten *Wächter des Lichts* zu sehen, der außerdem noch ihr Schwager war – das war zu viel!

»Nein, Piper, wir haben nichts dergleichen getan«,

zischte Piper. »Noch nicht! Würdest du jetzt bitte verschwinden?!«

Phoebe blinzelte immer noch durch ihre Finger und zog eine Schublade des Badezimmerschrankes auf. Endlich! Da lag das Fläschchen mit dem Nagellack. »Ich habe ihn«, triumphierte sie. »Ich bin schon weg! Viel Spaß noch!«

Verzweifelt bemüht, nicht noch einen Blick auf die Duschkabine zu werfen, eilte Phoebe zur Tür.

Oder zumindest dorthin, wo sie die Tür vermutete.

»Vorsicht!«, rief Piper noch – aber es war zu spät. Mit einem lauten ›Wumms‹ lief Phoebe genau gegen die Wand.

»Auu!«, rief sie und tastete sich dann zur Tür weiter. »Keine Sorge, ich bin okay. Bis später.«

Piper seufzte, als Phoebe die Badezimmertür hinter sich zuzog.

So ging es nicht weiter. Sie war jetzt seit ein paar Wochen mit Leo verheiratetet und es wurde Zeit, den nächsten Schritt zu tun.

Auch wenn es ihren Schwestern nicht gefallen würde ...

Kurz darauf hatten Piper und Leo sich in ihre Bademäntel gekuschelt und in Pipers Zimmer zurückgezogen.

Leo trat lächelnd hinter Piper und ließ seine Hände über ihren Bademantel gleiten. Piper lehnte sich zurück und spürte, wie der Duft seines herben Duschgels ihr in die Nase stieg. Sie ließ sich zurückfallen ...

... da klopfte es an der Tür und Prue stand im Raum.

»Hey, Leute«, sagte sie geistesabwesend und sah sich suchend um.

Das konnte doch nicht wahr sein. Erst Phoebe, jetzt Prue. Piper zog den Gürtel ihres Bademantels enger

zusammen. »Hey, Prue«, sagte sie kühl. »Hast du dich verlaufen?«

»Äh, nein«, antwortete Prue und blickte auf die kleine Kommode, die direkt neben der Tür stand. »Aber meine Schlüssel sind weg. Habt ihr sie zufällig gesehen?«

»Nein«, entgegnete Piper mit einem affektierten Lächeln, »aber hast du zufällig gesehen, wo der Zimmermann die Tür eingebaut hat?«

Der schnippische Tonfall ihrer Schwester ließ Prue aufblicken. Erst jetzt nahm sie war, dass Leo und Piper im Bademantel vor ihr standen und offensichtlich keinen großen Wert auf Besuch legten.

Prue errötete und deutete auf die Tür. »Oh, Entschuldigung. Aber, äh, ich habe doch geklopft, oder?!«

»Aber du hast nicht gewartet, bis dich jemand hereinbittet«, brummte Piper.

»Oh, richtig. Tut mir echt Leid«, stammelte Prue. Dann deutete sie mit dem Zeigefinger auf sich. »Schaut mich an, schaut mich an. Ich gehe, seht ihr? Ich bin schon weg.«

Mit diesen Worten trat sie rückwärts durch die Tür und zog sie hinter sich zu.

Piper stieß ein leises Knurren aus, das Leo lächelnd zur Kenntnis nahm. Er trat vor seine Frau und nahm sie in die Arme. Sie hatten schon vor ihrer Hochzeit lange darüber diskutiert, ob sie sich eine eigene Wohnung suchen oder vorerst im Halliwell-Anwesen wohnen bleiben sollten. Nicht nur wegen der hohen Mietpreise, auch wegen ihrer besonderen Verpflichtungen hatten sie sich zunächst für das Letztere entschieden.

»Tja«, sagte Leo, »wir wussten, worauf wir uns einlassen.«

Piper schüttelte den Kopf. Das war der richtige Zeitpunkt, um Leo in ihren Plan einzuweihen.

»Vielleicht wird es Zeit, das zu ändern«, sagte sie.

Leo blickte sie fragend an. »Wie meinst du das?«

Piper setzte sich auf die Kante ihres kleinen Sofas. »Vor langer, langer Zeit«, begann sie, »bevor wir drei Schwestern zu Hexen wurden, haben Prue und ich in diesem unglaublich schönen Apartment in North Beach zusammengelebt. Aber dann wurde Großmutter krank und wir entschlossen uns, vorübergehend wieder zurück in ihr Haus zu ziehen. Das Apartment haben wir an gute Bekannte von uns vermietet und deine atemberaubend schöne und intelligente Ehefrau war klug genug, den Kontakt nicht abbrechen zu lassen.«

Leo blickte Piper mit großen Augen an.

»Und jetzt ziehen sie aus. Und sie würden das Apartment wieder an uns weitergeben.«

Leo stieß einen tiefen Atemzug aus. »Bist du sicher, dass wir uns das erlauben können?«, fragte er mit gerunzelter Stirn.

»Na ja, die Miete ist nicht gerade billig, aber ...«

»Nein, nein«, unterbrach Leo seine Frau, »ich meine etwas anderes. Du weißt schon was. Ihr drei habt eure Hexenkräfte erst erhalten, als ihr zusammengezogen seid. Es könnte ungeahnte Folgen haben, wenn ihr euch wieder trennt.«

»Okay, aber was ist mit den Folgen für unsere Ehe, wenn wir noch länger hier wohnen bleiben?«, fragte Piper. »Leo, wir konzentrieren uns die ganze Zeit nur darauf, unserer Aufgaben als die *Zauberhaften* in den Griff zu bekommen. Aber wann sollen wir uns auf unser Eheleben konzentrieren? Vielleicht ist es ein Wink des Schicksals, dass uns dieses Apartment regelrecht in die Hände fällt. Ein Zeichen dafür, aus dem Anwesen auszuziehen und allein zusammenzuleben.«

Piper blickte Leo tief in die Augen. Ihr Mann runzelte die Stirn und dachte über das nach, was sie gerade gesagt hatte. Schließlich breitete sich ein Lächeln über seinem Gesicht aus.

Die beiden rückten zusammen und küssten sich – ohne dabei gestört zu werden.

Ich werte das mal als gutes Omen, dachte Piper und löste sich dann sanft von den Lippen ihres Ehemannes.

»Was meinst du«, seufzte sie dann, »meinst du, wir schaffen es, den Auszug hinter uns zu bringen, bevor der nächste Dämon angreift?«

Am anderen Ende der Stadt, genau in diesem Augenblick, durchzogen aromatische Düfte einen finsteren Kellerraum. Eine dunkelhäutige, sehr attraktive junge Frau kniete in einem magischen Pentagramm und murmelte eine Beschwörungsformel. Um sie herum in der Luft schwebten ein paar weiße Kerzen. Die junge Hexe war so sehr in ihrem Zauberritual vertieft, dass sie das gelb-glühende Augenpaar nicht bemerkte, das hinter ihr lauerte.

Im nächsten Augenblick löste sich ein kleiner schwarzer Schatten aus der Dunkelheit und sprang der Hexe in den Schoß. Die junge Frau schrie auf. Dann huschte ein Lächeln über ihr Gesicht, als sie ihren schwarzen Kater vorsichtig hochnahm und neben sich auf den Boden setzte.

»Shadow!«, rief sie. »Du hast mich erschreckt, Kleiner. Du weißt doch, dass du mich bei meinen Ritualen nicht stören sollst. Los, ab mit dir.«

Die Hexe schob ihren Kater sanft zur Seite und nahm ihren Gesang wieder auf.

Die Katze gab ein leises Knurren von sich und sprang dann mit einem geschmeidigen Satz auf ein Regal, auf dem zahlreiche Flakons mit Zauberelixieren standen.

Mit zielstrebiger Sicherheit schlich der Kater auf eines der Fläschchen zu – und stieß es mit der Pfote vom Bord.

Mit einem Klirren zerbarst das Fläschchen auf dem Steinfußboden.

Die Hexe blickte hoch, diesmal mehr verwundert als erschrocken.

»Shadow, was soll das?«, fragte sie überrascht. Offenbar war sie ein solches Verhalten von ihrem Hauskater nicht gewohnt.

Aber das war noch nicht alles. Der Kater schlich ein paar Schritte weiter, bis er zu einem Fläschchen mit einer grünen Flüssigkeit kam. Ohne zu zögern stieß er auch dieses herunter.

Die Augen der Hexe weiteten sich, als sich die Flüssigkeiten der zerplatzten Flaschen miteinander vermischten. Übel riechender Qualm stieg auf.

Die Frau erstarrte. Das seltsame Verhalten ihrer Katze erschreckte sie.

Kurz darauf war alles zu spät. Mit einem bösartigen Fauchen schlich Shadow, der Kater, auf eine große Flasche zu, in der sich eine schwarze Flüssigkeit befand.

Die Hexe erbleichte. »Shadow! Nein!«

Die Augen des Katers funkelten heimtückisch auf, als er der Flasche mit seiner Pfote einen Stoß versetzte. Sekundenbruchteile später zerplatzte auch der dritte Flakon auf dem Boden. Der aufsteigende Rauch verdichtete sich zu schwarzem Qualm, in den der Kater ohne zu zögern hineinsprang.

Für zwei oder drei Sekunden war er in dem dichten Rauch nicht mehr zu sehen, doch dann schien etwas aus dem Qualm hervorzutreten.

Die Hexe erstarrte. Wo eben noch ihr Kater war, wuchs jetzt, scheinbar aus dem Nichts, ein dunkel gekleideter Mann hervor. Nach wenigen Sekunden überragte er die am Boden kniende Hexe und grinste sie böse an. Ebenso wie der Kater war der Fremde alles andere als schlank. Eine fettige Haarsträhne fiel ihm in die fleischige Stirn.

Die Hexe blickte entsetzt zu ihm auf.

»Was denn?«, höhnte der Fremde. »Warum so sprachlos? Hat die Katze deine Zunge gefressen?«

Dann machte er eine fast abfällige Handbewegung und die junge Hexe wurde in gleißendes Licht getaucht. Von furchtbaren Schmerzen gepeinigt, schrie sie kurz auf – dann verschwand sie.

Das Lachen des Fremden dröhnte durch den Keller.

2

PIPER TRAUTE ihren Augen nicht.

Alles erinnerte sie an einen dieser Cartoons, auf denen man den Ehemann am Frühstückstisch von einer riesigen Zeitung verdeckt sah.

Doch ihr gegenüber saß nicht nur ein lesender Ehemann, sondern auch zwei lesende Schwestern. Während Leo in das Feuilleton vertieft war, konzentrierte sich Prue auf die Sportseite und Phoebe studierte die Sonderangebote der Schuhläden.

Großartig, dachte Piper. Genau so hatte sie sich das Eheleben immer vorgestellt.

»Cornflakes«, murmelte Phoebe, ohne hinter ihrer Zeitung hervorzublicken.

Leo reichte ihr die Packung – ebenfalls ohne aufzuschauen.

»Bah, die Warriors haben schon wieder verloren«, murmelte Prue.

»Erbärmliche Verteidigung«, kam ein Kommentar aus Phoebes Richtung. »Sagt mal, wann fahren denn eigentlich am Samstag die Bahnen?«

»Alle 15 Minuten«, antwortete Prue.

»Sehr gut.« Phoebes Stimme war voller Vorfreude. »Ich brauche dringend neue Schuhe.«

Ein Räuspern erklang über Prues Zeitung hinweg.

»Schon gut, schon gut«, reagierte Phoebe kleinlaut. »Wir müssen sparen, schon klar. Ich werde mich auf einen Schaufensterbummel beschränken.«

»Gut«, antwortete Prue. »Könnte ich bitte die Kulturseite haben?«

Jetzt reichte es. Piper holte tief Luft.

»Leo und ich ziehen aus!«, gab sie bekannt.

Einen Augenblick später ließen Prue, Phoebe und Leo ihre Zeitungen sinken und starrten Piper entgeistert an. Piper schluckte. »Äh, ich meine, Leo und ich haben uns überlegt, auszuziehen.«

»Wie bitte?« Prue war fassungslos.

»Moment mal«, sagte Phoebe, »solche Pläne verkündet man doch nicht einfach so zwischen ›Wer hat die Kulturseite‹ und ›Gib mir mal die Cornflakes‹!«

Piper hob abwehrend die Hände. Dies war die Stunde der Wahrheit. »Okay, wir wussten doch alle, dass dies früher oder später passieren würde. Jetzt passiert es eben früher.«

Piper unterbrach sich selbst, als sie daran denken musste, wie lange sie jetzt schon mit Leo und ihren Schwestern im Halliwell-Haus zusammenlebte. »Ich bin seit ein paar Wochen verheiratet und wohne immer noch in meinem ehemaligen Kinderzimmer. Von dem Andrang aufs Badezimmer und dieser gemütlichen Frühstücksrunde hier mal ganz zu schweigen.«

»Und wohl auch ganz zu schweigen von unserer Verantwortung, jede Woche mindestens ein Mal die Welt zu retten!«, erwiderte Prue streng. »Ich meine, Piper, wir leben doch nicht nur aus sentimentalen Gründen hier zusammen. Sondern weil wir hier am stärksten sind.«

Piper seufzte. Sie hatte gewusst, dass dieses Argument kommen würde. Trotzdem hatte sie keine Antwort parat. Aber wofür war man denn schließlich verheiratet? »Leo, könntest du auch mal was dazu sagen?«, fragte sie.

Leo zuckte mit den Schultern und blickte dann zu Prue und Phoebe. »Na ja, ihr kommt doch auch alleine gut klar.«

»Genau«, pflichtete Piper ihm bei, »zum Beispiel als ich auf Hawaii war. Da gab es doch auch keine Probleme!«

Phoebe plusterte ihre Backen auf. »Darf ich ihr zuerst in den Hintern treten, Prue?«, fragte sie dann.

»Natürlich wird es Probleme geben, wenn du nicht hier bist«, rief Prue nur. »Die ganze Sache mit den *Zauberhaften* funktioniert nur, wenn wir ein Trio sind. Ohne dich ...«

Jetzt erhob Leo seine Stimme. Soweit das einem sanftmütigen *Wächter des Lichts* wie ihm überhaupt möglich war. »Wir würden ja nicht weit weg ziehen.«

»Nur weit genug, damit ich mein eigenes Leben führen kann, genau. Damit Leo und ich unser Leben führen können. Wir wussten doch alle, dass dies passieren würde – ich bin nur die Erste, die es ausspricht. Wir können nicht ewig zusammenleben!«

»Stimmt.« Prue blickte ihre Schwester streng an. »Und wir können auch nicht einfach das Vermächtnis unserer Familie ignorieren.«

Aber Piper ließ sich nicht beirren. »Ihr müsst versuchen zu verstehen, dass ich jetzt zwei Familien habe. Außerdem, waren es nicht Sie, Fräulein Phoebe«, Piper richtete den Zeigefinger auf ihre kleine Schwester, »die vor drei Jahren nach New York gezogen ist?«

Phoebe schüttelte entschieden den Kopf. Was für ein unfaires Argument. »Nein, das zählt nicht. Das war, bevor wir von unserem Vermächtnis wussten. Wir haben unsere Kräfte erst drei Monate nach Großmutters Tod erhalten. Und was glaubst du, was sie dazu sagen würde, wenn sie von deinen Plänen erfahren würde?«

Prue blickte auf ihre beiden jüngeren Schwestern, die sich über den Frühstückstisch anfunkelten, während Leo genau zwischen ihnen saß und immer kleiner zu werden schien.

Der Streit zwischen Phoebe und Piper und die Erwähnung der ganzen New York-Geschichte riefen Erinnerungen in ihr wach.

Mein Gott, war das wirklich schon drei Jahre her ...?

1999

Prue presste sich den Hörer ans Ohr und versuchte, dem Hochzeitsplaner die wichtigsten Entwicklungen mitzuteilen. Ihre Hochzeit stand kurz bevor und es gab noch unglaublich viel zu erledigen. Jeden Tag schienen neue Probleme aufzutauchen – fast so, als ob die Ehe schon jetzt unter einem schlechten Stern stehen würde ...

Prue verdrängte diesen Gedanken und sprach weiter in den Hörer. »Ja, Roger scheint einen ganzen Stammbaum seiner Familie vergessen zu haben. An der Zeremonie werden jetzt etwa 180 Personen teilnehmen. Ist das ein Problem oder ...«

Prue konnte die Antwort des Hochzeitsplaners nicht mehr verstehen, weil Großmutter Halliwell wütend in die Küche gestampft kam. In der Hand hielt sie eine schmutzige Zeitung.

»Warum muss dieser Zeitungsjunge die Zeitung ausgerechnet ins Blumenbeet werfen?«, schimpfte sie kopfschüttelnd.

Großmutter warf das Blatt auf den Küchentisch und goss sich eine Tasse Kaffee ein. In diesem Augenblick stürmte Piper in die Küche.

»Grams!«, rief sie. »Der Arzt war doch ziemlich deutlich als er sagte, dass du keinen Kaffee mehr trinken darfst!«

Piper öffnete den Küchenschrank und holte eine Schachtel mit Teebeuteln heraus. »Warte, ich mache dir einen schönen, heißen Tee.«

Großmutter seufzte.

Auch Prue seufzte in den Hörer. »Nein, nein, das war nur meine keifende Schwester. Es wird alles sehr viel einfacher werden, wenn ich erst hier ausgezogen bin. Kann ich sie zurückrufen? Danke.«

Genervt legte Prue den Hörer auf und blickte dann in das strahlende Gesicht ihrer Großmutter. Trotz

ihrer Herzprobleme musste sie gute Nerven haben, wenn sie es mit Piper, Phoebe und ihr aushielt.

»Ich bin froh«, sagte Großmutter, »dass ihr beide mal zusammen hier seid. Das kommt ja nicht so häufig vor.«

Mit einem Lächeln zog sie eine kleine Schachtel hinter dem Rücken hervor, aus der sie eine Kamera zog. »Ihr könntet mir einen Gefallen tun – ich war nämlich gestern in der Stadt und habe mir das hier gegönnt.«

Stolz präsentierte Großmutter die Kamera.

»Oh, großartig«, sagte Prue mit gespielter Begeisterung und blickte skeptisch auf das kleine Amateurgerät. »Eine tolle neue Kamera. Auch wenn sie etwas veraltet ist. Ein Vorjahresmodell?«

Großmutter zuckte mit den Achseln. »Ach, ich habe sie mir nur gekauft, damit ich ein Erinnerungsfoto von euch schießen kann. Na, wie sieht's aus?«

Die alte Dame blickte hoffnungsvoll auf die beiden Schwestern. Doch Prue spürte vor allem Pipers skeptischen Blick auf ihr ruhen.

»Habe ich das grade richtig gehört?«, fragte Piper. »Du willst ausziehen?«

Prue zögerte. »Ähm, ja. Wir können schließlich nicht immer hier bei Grams wohnen, oder?«

Großmutter räusperte sich und schwenkte die Kamera. »Äh, vielleicht nur ein paar schnelle Schnappschüsse? Ja?«

Niemand beachtete sie.

»Aha«, sagte Piper und runzelte die Stirn. »Und wann hast du das für dich entschieden, wenn ich fragen darf?«

»Keine Ahnung«, erwiderte Prue, »vermutlich, als Roger und ich uns verlobt haben!«

Die beiden Schwestern funkelten sich gereizt an.

Großmutter atmete scharf aus und griff sich mit der Hand an die Brust. Mit der anderen Hand stützte sie

sich an der Küchenspüle ab. »Okay«, keuchte sie, »vielleicht haben die Fotos doch noch Zeit.«

Sofort war der Streit zwischen Prue und Phoebe vergessen. Die beiden eilten mit schnellen Schritten zu ihrer Großmutter und stützten die alte Dame ab.

»Grams?«, fragte Piper fürsorglich, »ist alles in Ordnung?«

»Du solltest dich setzen«, sagte Prue, »immerhin bist du gerade erst aus dem Krankenhaus zurückgekommen.«

Aber die stolze alte Dame lächelte nur matt und machte sich sanft los. »Ihr habt Recht«, sagte sie, »ich werde mich etwas schonen.«

Die Türglocke läutete.

»Sobald ich nachgesehen habe, wer das ist.«

Neugierig folgten Prue und Piper ihrer Großmutter zur Haustür. Dann öffnete Grams die Tür – und blickte auf Phoebe, die trotzig auf der Türschwelle stand, zwei uniformierte Polizisten an ihrer Seite.

Phoebe trug einen frechen Pagenschnitt, unter dem sich ein ebenso freches, trotziges Grinsen breit machte.

»Oh, ihr drei hättet nicht alle wegen mir aufstehen müssen«, sagte sie.

»Sind Sie Misses Halliwell?«, fragte einer der Polizisten.

Großmutter seufzte. »Darf ich erst hören, was sie wieder ausgefressen hat, bevor ich auf diese Frage antworte?«

»Sie wurde beim Ladendiebstahl erwischt«, sagte der andere Polizist.

Phoebe winkte ab und blickte ihre Großmutter unschuldig an.

»Hey, das stimmt überhaupt nicht!«, rief sie und hielt ein paar Schuhe in die Luft. »Ich habe nur verges-

sen, dafür zu bezahlen. Der Laden erhebt nicht einmal eine Anzeige!«

»Phoebe!«

Großmutter schüttelte traurig den Kopf.

Die jüngste Halliwell-Schwester senkte den Blick und trat dann trotzig über die Türschwelle. »Oh, bitte, jetzt sei nicht so enttäuscht.«

»Phoebe, was ist nur los mit dir?«, fragte Großmutter. »Wie kannst du nur so verantwortungslos handeln? Was ist mit deiner Zukunft? Deiner ... Bestimmung?«

Prue und Piper blickten ihre Großmutter für eine Sekunde verwundert an. Was für eine seltsame Formulierung. Von was für einer ›Bestimmung‹ redete die alte Dame?

»Tja«, sagte Phoebe trotzig und trat weiter in den Flur, »vielleicht decken sich meine Zukunftspläne nicht mit denen, die du mir zugedacht hast.«

Phoebe steuerte die Treppe an, um auf ihr Zimmer zu gehen.

Einer der Polizisten meldete sich beinahe kleinlaut zu Wort. Man sah den beiden an, dass sie mit diesem Familienstreit nichts zu tun haben wollten. »Äh, wir müssten die Schuhe wieder mitnehmen, die ...«

»... ich vergessen habe zu bezahlen?«, beendete Phoebe den Satz.

»Äh, ja, genau.«

Phoebe seufzte und ...

... gab dem Verkäufer die wunderbaren hochhackigen Schuhe zurück.

Kurz nach dem Frühstück war sie zur Bahn gerannt, um den Samstagvormittag angemessen zu nutzen. Zuerst hatte sie wirklich versucht, ihrem Vorsatz gerecht zu werden und sich nur auf einen Schaufensterbummel

zu beschränken. Aber irgendwie schien von Schuhgeschäften ein magischer Zauber auszugehen, der Phoebe unwiderstehlich in seinen Bann zog.

Aber die Preisschilder auf den Schuhkartons hatten sie schnell wieder auf den Boden der nüchternen Realität zurückgeholt.

»Ich fürchte, diese Schuhe übersteigen mein Budget.«

Aber der Schuhverkäufer gab nicht so leicht auf. »Aber sie standen Ihnen …«

»… perfekt. Ich weiß. Und ich bin sicher, diese hier würden mir auch alle perfekt stehen.«

Phoebe deutete auf den Stapel mit geöffneten Schuhkartons, der sich um sie herum gebildet hatte.

Der Schuhverkäufer nahm Phoebe das Paar aus der Hand und ging davon.

Phoebe zögerte eine Sekunde, dann griff sie in einen der Kartons und zog einen Lackschuh mit eleganten Riemchen daraus hervor.

»Was soll's«, seufzte sie, »ich bin schwach. Könnten Sie mir den hier auch zeigen?«

Jemand trat von hinten an sie heran und nahm ihr den Schuh aus der Hand.

Phoebes Nackenhärchen stellten sich auf. Irgendetwas stimmte nicht.

»Also wirklich«, sagte eine Stimme, die definitiv nicht dem Schuhverkäufer gehörte, »so etwas hat man doch in der letzten Saison schon nicht mehr getragen.«

Phoebe sprang auf und wirbelte herum.

Ein untersetzter Mann mit strähnigen, fettigen Haaren grinste sie an. Phoebe erstarrte. Sie hatte schon oft genug gegen böse Hexer gekämpft, um einen zu erkennen, wenn er vor ihr stand.

Der Mann warf den Schuh achtlos beiseite und machte dann einen Schritt auf Phoebe zu.

Die jüngste Halliwell-Schwester zögerte keine Sekun-

de. Sie holte mit der Faust aus und wollte dem feist grinsenden Hexer aufs Kinn donnern.

Doch der Fremde fing den Schlag mühelos mit der Handfläche ab, packte Phoebe dann am Kragen und schleuderte sie quer durch das Schuhgeschäft.

Phoebe sprang wieder auf die Beine und ging erneut in Angriffsstellung. Okay, die erste Attacke war fehlgeschlagen, aber sie hatte schließlich noch ein paar andere Kampfsporttricks auf Lager. Gerade, als sie sich erneut auf den Hexer stürzen wollte, machte dieser nur eine Handbewegung – und Phoebe spürte, wie sie buchstäblich den Boden unter den Füßen verlor.

Das Grinsen des Hexers wurde noch breiter, als er Phoebe mithilfe seiner Magie an die Decke schweben ließ.

»Hey! Was soll das? Lass mich gefälligst wieder runter!«, rief Phoebe und bereute es im selben Moment.

Der Hexer zuckte nur mit den Schultern und senkte seine Hand. Wie ein Stein fiel sie wieder zu Boden.

»Autsch!«, stöhnte Phoebe, »wem hast du denn diese Kraft gestohlen?«

»Das musst du schon selbst herausfinden, du kleine ...«

Aber der Hexer kam nicht mehr dazu, seine Beschimpfung auszusprechen. Mit einem Kampfschrei auf den Lippen stürmte Phoebe los, sprang in die Luft und rammte dem fetten Kerl beide Stiefelabsätze in den schwabbeligen Bauch.

Der Stoß war so heftig gewesen, dass der Hexer quer durch den Laden segelte und in einer Ecke des Geschäftes aufschlug.

Auch Phoebe stürzte nach ihrer Attacke zu Boden.

Der Hexer konnte Einiges einstecken. Er wollte gerade wieder auf Phoebe losgehen, als diese sich einen der Schuhkartons griff und mit einem grimmigen Blick einen eleganten Abendschuh mit hohen Pfennigabsätzen hervorzog.

»Ich habe gehört, dass hohe Absätze wieder ganz groß im Kommen sind«, knurrte sie und schleuderte den Schuh gegen den Angreifer. »Probier doch mal den hier!«

Der Schuh wirbelte wie ein Wurfgeschoss durch die Luft – und traf den Hexer mitten auf die Stirn.

Der Mann erstarrte, als sich der lange Absatz in seinen Schädel bohrte.

Dann gab es ein dumpfes Geräusch und der Dämon löste sich in einer schwarzen Wolke auf.

Zurück blieb nicht mehr als ein paar ölig glänzende Flecken auf dem Fußboden des Schuhgeschäftes.

So viel zu einem gemütlichen Samstagseinkauf, dachte Phoebe.

3

PIPER TRUG DIE ZUSAMMENGELEGTEN Umzugskartons auf die Straße. Direkt hinter ihr folgte Leo, der ebenfalls ein halbes Dutzend zusammengefaltete Kartons trug. Unglaublich, dachte Piper, wie teuer diese Kartons sind. Wenn das so weiter ging, war ihre Umzugskasse schon leer, bevor sie überhaupt einen einzigen Gegenstand verpackt hatten.

»Ich glaube, wir haben viel zu viele Kartons gekauft«, bemerkte Piper.

Leo schüttelte nur den Kopf. »Nein, das glaube ich nicht.«

Piper kannte Leo jetzt schon lange genug, um den leicht ironischen Tonfall aus seiner Stimme herauszuhören.

»Willst du damit etwa andeuten«, fragte sie lauernd, »dass ich zu viel Zeug habe?«

»Ja, allerdings.« Leo grinste übers ganze Gesicht.

Piper grummelte. »Du weißt schon, dass ich dir das nur durchgehen lasse, weil du momentan der Einzige bist, der auf meiner Seite steht.«

»Ja, das ist mir klar«, sagte Leo nachsichtig. »Du musst deinen Schwestern etwas Zeit lassen. Sie brauchen eben ein Weilchen, um sich an den Gedanken zu gewöhnen.«

Die beiden hatten Leos Wagen erreicht und wuchteten die Kartons in den Kofferraum.

»Hey, dieser Umzug ist für mich auch keine Kleinigkeit«, erklärte Piper. »Ich könnte etwas moralische Unterstützung brauchen und ...«

Piper erstarrte mitten im Satz. Ein feister Kerl mit speckigen Haaren stand plötzlich vor ihr und grinste sie an.

Sie konnte es natürlich nicht ahnen, aber es war derselbe Hexer, der erst vor ein paar Minuten in einem anderen Teil der Stadt von Phoebe getötet worden war.

Bevor Piper reagieren konnte, machte der Fremde eine Handbewegung. Einen Sekundenbruchteil später schwebte Piper zwei Meter über dem Auto. Leo war so geschockt, dass er auf der Stelle stehen blieb.

Instinktiv setzt Piper ihre Hexenkraft ein und ließ den Mann – der ganz offensichtlich ein Hexer war – erstarren.

Uh-Oh, dachte sie nur, als sie im selben Augenblick wieder auf den Boden stürzte. Das Einfrieren des Hexers hatte auch seinen Zauber aufgehoben.

Den harten Aufprall auf den Asphalt konnte Piper durch geschicktes Abrollen lindern.

Sekunden später trat sie vorsichtig auf den hässlichen, erstarrten Hexer zu.

»Pass auf!«, rief Leo über das Autodach hinweg.

Es war unglaublich. Der Hexer schien sich aus eigener Kraft aus Pipers Erstarrungszauber lösen zu können. Wie in Zeitlupe bewegte er erst den einen, dann den anderen Arm. In wenigen Sekunden würde er einen neuen Angriff starten können.

Was sollte sie tun?

»Piper«, rief Leo abermals, zog ein Kartonmesser aus der Brusttasche seines Hemdes und warf es ihr zu.

Sie fing es geschickt auf und starrte Leo dann fragend an. »Was soll ich damit?«

Leo machte eine Handbewegung, als würde er mit der Klinge zustechen und deutete dann auf den Hexer.

»Oh, nein«, stöhnte Piper. »Das ist mir zu brutal. Und zu eklig.«

Der Hexer zog eine Grimasse und machte einen weiteren Schritt auf Piper zu.

Ihr blieb keine Wahl.

Widerwillig schloss Piper die Augen – und stieß das Messer in die Brust des Angreifers.

Der Hexer riss vor Schmerz die Augen auf. Dann zuckte er zusammen und löste sich in einer schwarzen Wolke auf.

Piper öffnete die Augen und wischte sich etwas schwarzen Schleim von der Bluse.

»Igitt«, sagte sie nur.

Eine halbe Stunde später hielt der Wagen mit Leo und Piper vor dem Anwesen der Halliwells. Leo half Piper beim Ausladen der Faltkartons, dann gab er ihr einen Abschiedskuss und brauste wieder davon, um Werkzeug für den Umzug zu kaufen.

Im selben Augenblick kam eine gut gelaunte Phoebe die Straße entlang und schwenkte eine Plastiktüte mit dem Aufdruck eines teuren Schuhgeschäfts.

»Hi, Phoebe«, rief Piper und blickte stirnrunzelnd auf die Tüte. »Hattest du nicht gesagt, du wolltest dich auf einen reinen Schaufensterbummel beschränken?«

»Hatte ich auch vor«, erwiderte Phoebe grinsend. »Aber wie sich herausgestellt hat, sind diese hochhackigen Schuhe nicht nur todschick, sondern auch eine geniale Waffe im Kampf gegen das Böse.«

Piper blickte ihre Schwester fragend an.

»Ich erkläre dir alles drinnen«, winkte Phoebe ab.

Gemeinsam traten die beiden Schwestern in den Flur – und schauten verdutzt, als ihnen eine völlig zerzauste Prue entgegentrat.

»Was ist denn mit dir passiert?«, fragte Phoebe.

Prue winkte ab und strich sich eine verschwitzte Haarsträhne aus der Stirn. »Ach, ich hatte vorhin eine kleine Auseinandersetzung mit einem Hexer, der plötzlich auf dem Dachboden aufgetaucht war. Keine Sorge, ich habe ihn vernichtet.«

Phoebe stellte die Tüte mit den Schuhen ab. »Was denn? Du auch?«

»Das gibt's doch nicht«, rief Piper. »Ich habe vorhin auch einen Hexer getötet. Findet in der Stadt gerade ein Kongress von denen statt?«

Phoebe zuckte mit den Schultern. »Wenn das so ist, dann habe ich den unattraktivsten Teilnehmer erwischt. Schlechte Zähne, fettige Haare, fauliger Atem. Und es war ein Kinderspiel, ihn zu töten.«

Prue wurde blass. »Moment mal«, fragte sie, »trug er eine abgewetzte Lederjacke?«

Phoebe nickte.

»Und war ziemlich dick?«, fragte Piper.

Phoebe nickte wieder. »Wieso, kennst du ihn?«

»Äh, ich glaube, ich habe ihn getötet«, erwiderte Piper.

»Möchtest du es noch einmal probieren?«

Die drei Schwestern wirbelten herum. Mitten im Flur stand der schlecht gekleidete Hexer mit den fettigen Haaren und grinste die Halliwell-Schwestern an.

Piper reagierte als Erste und wollte den Eindringling wieder erstarren lassen, doch diesmal kam er ihr zuvor. Mit einer lässigen Handbewegung ließ er sie so heftig in die Luft sausen, dass sie mit dem Kopf an die Decke schlug.

Phoebe blickte sich um und suchte nach einer möglichen Waffe. Dann zog sie einen Schirm aus dem Schirmständer und bohrte ihn ohne zu zögern in den Rücken des Hexers.

Der Mann erstarrte, grunzte kurz auf – und löste sich dann in einer übel riechenden schwarzen Wolke auf.

Kaum war er verschwunden, stürzte Piper mit einem Aufschrei zu Boden.

Prue lief zu ihr und half ihr beim Aufstehen. »Alles in Ordnung, Piper?«

Piper rieb sich ihren Po, der den größten Teil des Aufpralls abgefangen hatte und nickte. »Ja, aber allmählich reicht es mir.«

Phoebe blickte auf die Spitze des Regenschirms, von dem noch schwarzer Schleim tropfte. »Findet ihr nicht auch, dass es viel zu leicht war, ihn zu töten?«, fragte sie nachdenklich. »Als ob er nicht mal versucht hätte, sich zu wehren?«

Piper nickte zustimmend. »Es kam mir fast vor, als hätte er es darauf angelegt, von uns getötet zu werden. Was glaubt ihr, was er wollte?«

»Oder noch will!«, warf Phoebe ein. »Schließlich wissen wir nicht, ob wir ihn diesmal wirklich los geworden sind?«

»Stimmt.« Prue runzelte die Stirn.

»Und das bedeutet?«, fragte Piper.

»Das bedeutet, dass er vielleicht gar nicht getötet werden kann!«

Ein paar Minuten später standen die drei Schwestern auf dem Dachboden des Halliwell-Hauses und blickten auf das *Buch der Schatten*, das aufgeschlagen auf seinem Podest ruhte. Wie immer hofften sie darauf, dass dieser uralte Foliant auf magische Weise die Antwort auf ihre Fragen bereithielt. Doch bis jetzt hatten sie auf den vergilbten Seiten des Wälzers keine Informationen über selbstmörderische Hexer gefunden.

Plötzlich ging ein Ruck durch das Buch. Prue, Piper und Phoebe machten einen Satz zurück, als sich die Seiten plötzlich von selbst umblätterten.

Keine Frage, ihre verstorbene Großmutter war im Geiste bei ihnen und zeigte ihnen so das richtige Kapitel.

»Danke, Grams«, sagte Piper.

Phoebe musste grinsen. »Schon komisch«, sagte sie, »dass wir jetzt, wo sie tot ist, mehr auf sie hören als zu ihren Lebzeiten.«

Prue nickte gedankenverloren und blickte auf die aufgeschlagene Buchseite. »Wie man eine Séance durch-

führt«, las sie laut vor. »Eine Zeremonie, um Kontakt zu den Toten aufzunehmen.«

Piper und Phoebe blickten sich verwirrt an. »Aber dieser komische Hexer ist doch nicht tot«, sagte Piper.

»Ich weiß auch nicht«, seufzte Prue. Sie klappte das *Buch der Schatten* enttäuscht zu. »Grams muss sehr, sehr zerstreut sein.«

Eine Sekunde später schreckte sie zurück, als sich das *Buch der Schatten* geräuschvoll von selbst wieder öffnete.

»Und sehr sensibel«, kicherte Phoebe. Dann trat sie an das Buch heran und las die Liste mit den Materialien vor, die man für eine erfolgreiche Séance braucht. »Mal sehen, wir brauchen sechs Kerzen, weiß und violett, dann ein paar Kräuter zum Verbrennen – Zimt, Weihrauch und Sandelholz. Äh, Piper, könntest du das weiße Leinentuch aus der Truhe da holen?«

Piper blickte auf die alte Holztruhe in der Ecke des Dachbodens. »Wisst ihr, diese Truhe würde gut ans Fußende meines Bettes passen. In meiner neuen Wohnung, meine ich.«

»Yeah, und mein Fuß würde gut in deinen Hintern passen. Die Truhe bleibt schön hier, verstanden? Da sind sämtliche Zutaten für unsere Beschwörungen drin.«

Piper öffnete die Truhe und wühlte darin herum. »Schon gut. Ich möchte ja nur etwas mitnehmen, das mich an mein altes Zuhause erinnert.«

Dann stutzte sie und holte eine kleine, wunderschöne Glasflasche hervor, auf der ein spitzer, kunstvoll verzierter Stöpsel steckte. In der Flasche schwappte eine dunkle Flüssigkeit.

Irgendwas an diesem Flakon kam Piper bekannt vor. Zumindest rief die Flasche in ihr eine Erinnerung wach, die irgendetwas mit Großmutter zu tun hatte. Sie wusste nur nicht, was genau es war.

»Wie wär's, Süße«, unterbrach Prue ihre Gedanken,

»könnten wir heute noch damit anfangen, Kontakt zu den Toten aufzunehmen?«

Prue seufzte und zog schließlich ein großes, weißes Leinentuch hervor.

Ein paar Minuten später hatten die drei alles aufgebaut, was zur Beschwörung der Toten notwendig war.

Die Kerzen tauchten den Dachboden in ein dämmriges, warmes Licht. Der Geruch der entzündeten Kräuter erfüllte die Luft.

Prue begann mit einer Beschwörung, in die Piper und Phoebe schließlich einstimmten:

»Geliebter unbekannter Geist,
wir brauchen deine Hilfe.
Gesell dich zu uns,
und schenke uns deinen Rat.«

Ein plötzlicher Luftzug ließ die Kerzen noch stärker aufflackern. Die Luft vor Prue, Piper und Phoebe begann zu schimmern. Eine Gestalt kristallisierte sich aus dem Lichtstrahl.

Die drei Schwestern schlossen einen Augenblick lang vom Licht geblendet die Augen, dann stand eine dunkelhäutige Frau in einem strahlend weißen Gewand vor ihnen.

Prue blinzelte sie an. Sie wusste, dass Geister nicht wirklich so aussahen und erst recht keine wallenden Gewänder trugen, aber dies war ein Erscheinungsbild, das vom menschlichen Verstand am besten verarbeitet werden konnte.

Die Frau blickte sich erstaunt und unsicher auf dem Dachboden um.

»Verzeiht mir, aber warum habt ihr mich gerufen?«, fragte sie schüchtern.

»Wir wissen es selbst nicht genau«, antwortete Phoebe sanft.

»Man hat uns wissen lassen, dass du vielleicht in der Lage sein könntest, uns zu helfen«, fuhr Piper fort.

Die Frau in Weiß musterte die drei Schwestern. »Seid ihr Hexen?«, fragte sie unsicher.

Dann flackerte eine Erkenntnis in den Augen des Geistes auf. »Ich erkenne euch. Ihr seid die *Zauberhaften*, nicht wahr?«

»Bist du auch eine Hexe?«, fragte Phoebe neugierig.

»Ich ... ich war eine. Es tut mir Leid, ich bin etwas verwirrt. Das alles ist noch so neu für mich.«

Prue nickte verständnisvoll. Trotzdem wurde es Zeit, zur Sache zu kommen. Irgendwo trieb sich ein mächtiger Hexer herum, der etwas Unheiliges im Schilde führte. Und er konnte jeden Augenblick wieder zuschlagen. »Wir glauben, es mit einem bösen Wesen zu tun zu haben, das nicht getötet werden kann. Wir haben ihn bereits vier Mal erledigt, aber ...«

Prue zuckte mit den Schultern. Phoebe nahm den Faden wieder auf. »Du bist die Einzige, die unseren Ruf beantwortet hat, also ...«

»... also glauben die Geister des Jenseits, dass ich weiß, mit wem ihr es zu tun habt.«

»Ganz genau.« Phoebe nickte.

Die tote Hexe runzelte die Stirn. Irgendetwas schien sie zu beunruhigen. »Ihr habt ihn bereits vier Mal getötet?«

»Ja. Und er kommt jedesmal wieder zurück«, sagte Prue. »So, als ob er ...«

»Getötet werden *wollte*.« Die dunkelhäutige Hexe wusste offenbar wirklich etwas über diesen neuen, geheimnisvollen Gegner.

»Weißt du, wer er ist?«

Es war Piper, die diese Frage als Erste offen aussprach.

Die Hexe blickte fast schuldbewusst zu Boden. »Er

war ... mein Haustier«, sagte sie schließlich. »Ein Kater namens Shadow. Aber jetzt ist er ein Hexer. Jedes Haustier einer Hexe wird zu einem bösen Hexer, wenn es seine Herrin verrät.«

Natürlich! Jetzt wurde Prue einiges klar.

»Deshalb konnten wir ihn nicht richtig töten. Eine Katze hat neun Leben!«

Piper atmete auf. »Das heißt, wenn wir ihn jetzt noch fünf Mal töten, sind wir ihn endgültig los, stimmt's?«

»Nein!« Die Stimme der toten Hexe erhob sich. »Genau das dürft ihr auf keinen Fall tun.«

Die Schwestern blickten sie fragend an.

»Wenn das Haustier einer Hexe zu einem Hexer wird, hat er Zeit bis zum nächsten Neumond, sein neues Leben selbst auszulöschen. Wenn ihm das gelingt, wird er unsterblich. Wenn er dabei scheitert, verwandelt er sich zurück in seine tierische Form – und bleibt darin bis in alle Ewigkeit gefangen. Shadow war ein Kater – also muss er alle neun Leben auslöschen, die er als solcher besessen hat.«

Phoebe schüttelte verständnislos den Kopf. »Und warum belästigt er uns damit? Kann er nicht einfach neun Mal vor den Zug springen?«

»Das würde nichts nützen«, erklärte Prue. »Dafür ist er zu mächtig. Wir drei sind die Einzigen, die stark genug sind, um ihn zu töten.«

»Prima.« Phoebe klatschte optimistisch in die Hände. »Das sollte ja kein Problem sein. Alles, was wir tun müssen, ist, den Kerl bis zum nächsten Vollmond nicht noch fünf Mal zu töten.«

»Bis dahin sind es nur noch zwei Tage«, bestätigte Prue. »Das sollte wirklich nicht so schwer sein.«

Dann wendete sie sich wieder der toten Hexe zu. Die junge Frau tat ihr Leid. Es war nicht ihre Schuld, dass ihr Kater sie betrogen und getötet hatte. »Bitte entschuldige, dass wir dich so ausgequetscht haben. Ich meine, du hast

gerade erst dein Leben verloren und wir behandeln dich, als ob du die Auskunft wärst.«

»Schon okay.« Die fremde Hexe lächelte traurig. »Ich habe meinen Frieden gefunden. Es ist nur ... wenn man diese Welt so unerwartet hinter sich lassen muss, bleibt keine Zeit mehr, sich von denen zu verabschieden, die man liebt.«

Prue nickte traurig mit dem Kopf. Sie musste unwillkürlich an ihre Mutter und an Grams denken.

»Letzten Endes«, sagte die Hexe, »existiert das Böse nur, um Verlust und Trauer zu verbreiten. Seid vorsichtig und verliert einander nicht.« Sie blickte in die ernsten Gesichter von Prue, Piper und Phoebe. »Passt gut auf euch auf. Seid gesegnet.«

Mit diesem Hexengruß verblasste die geisterhafte Erscheinung.

Die drei Schwestern verharrten einen schweigenden Augenblick lang, dann begann Piper damit, die Kerzen auszupusten.

1999

Der Rauch der verloschenen Kerze stieg auf und verflüchtigte sich.

»Der verflixte Wind bläst mir immer wieder die Kerzen aus«, fluchte Großmutter Halliwell und schloss das kleine Dachfenster. »Tut mir Leid, Patty, wir wurden unterbrochen.«

Grams entzündete die Kerze erneut und Patty Halliwells geisterhafte Erscheinung tauchte aus dem Nichts wieder auf.

Ohne zu zögern führte Grams das Gespräch mit ihrer Tochter weiter. Seit mehreren Stunden hielten die beiden – unbemerkt von den drei Schwestern im Haus – diese magische Besprechung schon ab.

»Was mir Sorgen macht, Patty, ist nicht, wo deine Töchter herkommen, sondern wo sie hingehen.«

Patty Halliwell schüttelte nur den Kopf. Das geisterhafte Licht, in das sie getaucht war, ließ ihre Gesichtszüge noch sanfter erscheinen, als es zu Lebzeiten schon gewesen war.

»Das ist nur eine Phase. Wenn ihnen ihre Bestimmung erst offenbart wurde, werden sie zueinander finden.«

Grams schüttelte nur den Kopf. Sie liebte ihre drei Enkeltöchter aus ganzem Herzen – aber sie war sich nicht sicher, ob aus ihnen jemals gute Hexen werden würden. Um zu den Zauberhaften *zu werden, mussten die Mädchen zu einer inneren Verbundenheit finden – und die drei waren nicht einmal in der Lage, gemeinsam zu frühstücken, ohne sich nach ein paar Minuten an die Kehle zu gehen.*

»Aber was, wenn sie nicht zueinander finden?«, fragte Großmutter. »Was, wenn die Gabe, die auf sie wartet, eine zu große Last ist und sie ...«

Grams wagte nicht, diesen Gedanken zu Ende zu denken. Es wäre nicht das erste Mal, dass ein Hexentrio unter der Last der Verantwortung zusammenbricht und den leichteren, den bösen Weg einschlägt.

Sie schüttelte den Kopf. »Ich fürchte, wenn ich es nicht schaffe, die drei zusammenzubringen, bleibt mir nur noch eine Möglichkeit ...«

Patty Halliwell riss erschrocken die Augen auf. Sie konnte nicht glauben, was ihre Mutter da andeutete.

»Mutter, das ist doch Unsinn«, sagte sie bestimmt.

»Vielleicht. Gute Nacht, mein Schatz.«

Bevor Patty protestieren konnte, blies Grams die Kerze aus.

Patty Halliwells Geist verschwand.

4

Es mochte vielleicht albern klingen, aber das ganze Gerede über Katzen hatte Phoebe Durst auf Milch gemacht. Sie ließ ihre Schwestern im Wohnzimmer zurück und öffnete die Küchentür.

Es war stockfinster.

»Hey! Wer hat denn hier das Licht ausgemacht?«, murmelte Phoebe und tastete nach dem Lichtschalter.

Als sie ihn gefunden hatte und das Licht anknipste, sah sie aus den Augenwinkeln den dicken Hexer im Ledermantel, der sich hinter der Tür versteckt hatte. Bevor sie etwas tun konnte, hatte er ihr den Arm um den Hals gelegt und drückte ihr die Kehle zu. Dann wirbelte er sie brutal herum und schleuderte sie über den Küchentisch. In einem Regen aus Geschirr und Besteck kam Phoebe auf dem Boden auf.

Sie sprang wieder auf die Füße, als der Hexer auf sie zustürmte. Mit einer geschmeidigen Bewegung stützte sie sich an der Küchenspüle ab und versetzte dem Hexer, zum zweiten Mal an diesem Tag, einen Tritt in den Bauch.

Diesmal reichte der Schwung aus, um den Angreifer seinerseits über den Küchentisch zu schleudern.

Befriedigt über ihren Abwehrangriff raste Phoebe um den Tisch herum, um dem Hexer noch ein paar Schläge zu verpassen. Sie durfte ihn vielleicht nicht töten – aber niemand hatte etwas davon gesagt, dass es verboten war, ihm eine Tracht Prügel zu verabreichen.

Doch dann stutzte Phoebe. Der Hexer lag mit aufgerissenen Augen auf dem Rücken, zuckte einmal – und löste sich dann in einer Schleimexplosion auf.

Nachdem sein Körper verschwunden war, stürzte ein

Brotmesser zu Boden. Der Mann musste so unglücklich – oder aus seiner Sicht glücklich – gefallen sein, dass sich das Messer dabei in seinen Körper gebohrt hatte.

Oh, nein, dachte Phoebe, das darf doch nicht wahr sein!

In diesem Augenblick kamen Prue und Piper in die Küche gestürmt.

»Was ist denn hier los?«, fragte Piper erschrocken.

Phoebe zögerte. »Ich, äh, habe gerade aus Versehen einen Hexer getötet ...«

»Phoebe!« Prue blickte ihre Schwester böse an. »Du weißt doch, dass wir ihn nicht mehr töten dürfen!«

Phoebe zuckte mit den Achseln. »Das war doch keine Absicht«, jammerte sie wie ein kleines Kind, das eine Fensterscheibe zerbrochen hat. »Eine reine Reflexreaktion. Selbsterhaltungstrieb und so.«

Prue schüttelte den Kopf. Die anderen folgten ihr ins Wohnzimmer. »Wisst ihr, ich habe nachgedacht. Selbsterhaltungstrieb ist das Stichwort. Ich bin mir sicher, dass dieser Hexer uns nichts tun wird. Ich meine, er braucht uns schließlich. Stellt euch nur mal vor, er tötet eine von uns ...«

Charmante Vorstellung, dachte Piper, aber sie ahnte, auf was ihre große Schwester hinaus wollte. »Dann wäre die *Macht der Drei* durchbrochen und die übrigen beiden wären nicht mehr stark genug, um ihn weiter zu töten.«

»Und er kann für den Rest seines Lebens Katzenfutter fressen«, sagte Phoebe nachdenklich. »Aber was, wenn er selbst schlau genug ist, um darauf zu kommen? Was, wenn er uns nicht tötet – und wir auch nur herumsitzen und Däumchen drehen?«

»Aber was haben wir denn für eine Wahl?«, fragte Prue ratlos. »Ich meine, wenn wir ihn noch vier Mal töten, hat er gewonnen und wird zu mächtig für uns. So oder so – wir verlieren.«

»Ich würde lieber überhaupt nicht verlieren«, protestierte Piper.

Phoebe seufzte. Was für ein Dilemma! Sie grübelte über eine Lösung nach, bis sie die Umzugskartons sah, die Piper mit ihren persönlichen Dingen gefüllt und im Flur aufgestellt hatte. »Wow!«, rief sie nur und deutete auf die Kartons.

»Ach ja, ich räume das Zeug aus dem Weg, sobald ich Zeit dazu habe«, entschuldigte sich Piper.

»Es ist dir also Ernst mit der Sache, was?«

Piper nickte entschlossen. »Ja. Aber es ist doch nicht das erste Mal, dass wir getrennt voneinander wohnen.«

»Aber damals haben wir getrennt voneinander *gelebt*, Piper.« Prue baute sich vor ihrer Schwester auf. »Das war etwas ganz anderes. Wir sollten noch einmal über diese Sache reden und uns darüber klar werden, was für Konsequenzen dein Auszug haben wird.«

Piper wollte gerade etwas erwähnen, als ein freundliches ›Miau‹ die Schwestern für eine Sekunde erstarren ließ. Es war nur Kit, der Hauskater der Halliwells. Offenbar sagte ihm seine innere Uhr, dass es Zeit zum Abendessen war.

Phoebe beugte sich hinunter und nahm Kit auf den Arm. »Ich glaube, nach dieser Geschichte mit dem Hexer werde ich Kit in Zukunft mit ganz anderen Augen sehen. Und ich werde mich sicherlich nicht mehr ausziehen, wenn er im Zimmer ist.«

Piper seufzte. »Ihr habt Recht, Leute. Wir sollten noch einmal über die ganze Sache reden.«

Prue und Phoebe blickten Piper nach, als sie die Haustür öffnete und ins Freie trat ...

1999

Piper öffnete die Haustür und stolperte fast über die hellbraune Katze, die jetzt schon seit Tagen vor dem Anwesen der Halliwells herumlungerte.

»Mann, diese dumme Katze ist ja immer noch da«,

rief Piper. »Hast du kein Zuhause, Mieze? Verschwinde! Husch!«

Wenig beeindruckt machte der Kater, der bald unter dem Namen Kit ein Mitglied des Halliwell'schen Haushaltes werden sollte, ein paar Schritte zur Seite – in erster Linie, um Prue auszuweichen, die hinter Piper aus der Haustür heraustrat.

»Also, Prue«, fragte Piper, »was willst du denn so Wichtiges mit mir besprechen?«

Prue schloss die Tür hinter sich und zögerte noch. »Äh, lass uns erst mal ein Stückchen weiter gehen ...«

Die beiden Schwestern schlenderten die Straße entlang. Dann rückte Prue schließlich mit der Sprache heraus.

»Es, äh, gibt da ein Detail für meine Hochzeit mit Roger, das ich noch nicht geklärt habe. Ich möchte, dass du meine Brautjungfer wirst, Piper.«

Piper blieb überrascht stehen. »Ich?!«

Prue zuckte mit den Achseln. »Na ja, ich kann ja schlecht Phoebe fragen. Sie würde mich wahrscheinlich nur auslachen.«

»Großartig. Ich werde also aus Mangel an Alternativen ausgewählt?«, spottete Piper. »Wow, Prue, du weißt wirklich, wie man Komplimente macht.«

»Piper, lass mich bitte ausreden, okay? Ich habe mir das auch alles ganz anders vorgestellt. Ich fände es einfach großartig, wenn meine beiden Schwestern auch meine besten Freundinnen wären, aber das ist ja nun einmal eindeutig nicht der Fall. Eines Tages mag sich das vielleicht ändern, aber ...«

Piper schüttelte den Kopf. »Prue, dazu braucht es mehr als nur Zeit. Ich meine, ich freue mich für dich und ich weiß, dass du große Pläne für die Zukunft hast – aber was ist mit uns anderen? Wenn du mit Roger zusammenziehst, muss ich mich allein um Großmutter kümmern – und um meine kleine Schwes-

ter, die völlig außer Kontrolle geraten ist. Was ist, wenn es einen Notfall gibt? Wenn irgendetwas passiert?«

Prue legte ihrer Schwester die Hand auf die Schulter. Sie konnte verstehen, dass Piper sich solche Gedanken machte.

»Piper, ich werde ja nicht aus der Welt sein. Ihr drei könnt mich jederzeit erreichen und ich werde kommen, wenn ihr mich braucht.«

Ins Gespräch vertieft bemerkte keine der beiden Schwestern den gut aussehenden, blonden jungen Mann, der ihnen auf dem Bürgersteig entgegenkam. Auch der Mann selbst war in Gedanken versunken und blickte nicht nach vorn.

»Ich finde nur«, sagte Prue, »dass wir alles noch einmal genau besprechen sollten, um uns über die Konsequenzen klar zu werden.«

Sie zögerte. »Okay, vielleicht ist ein Teil von mir auch eifersüchtig, weil du diesen tollen Kerl kennen gelernt hast und du eine wunderschöne Hochzeit feiern wirst. Und ich – naja, ich habe nie so viel Glück mit den Männern. Manchmal glaube ich, ich werde niemals jemanden treffen, den ich ...«

Piper blickte auf, als der gut aussehende junge Mann sie im Vorbeigehen versehentlich an der Schulter anrempelte. Er schien darüber mindestens so erschrocken zu sein, wie Piper selbst.

»Oh, Entschuldigung«, sagte Piper gedankenabwesend, ohne den Mann überhaupt richtig anzusehen.

»Nein, das war meine Schuld«, entgegnete er höflich.

Der Mann ging weiter und aus irgendeinem Grund, den sie selbst nicht kannte, blickte Piper ihm eine Sekunde lang hinterher. Dann zuckte sie mit den Schultern und die beiden Schwestern setzten ihren Spaziergang fort.

Piper sollte nie erfahren, dass auch der junge Mann nach ein paar Schritten stehen blieb und Piper hinterhersah.

Dann schüttelte er, erstaunt über sich selbst, den Kopf und löste sich in einer Wolke aus Licht auf.

Noch viele Tage später dachte Leo, der Wächter des Lichts, *über diese kurze Begegnung mit der unbekannten Schönen nach und ahnte nicht einmal im Traum, dass er sie in ein paar Jahren heiraten würde …*

5

PIPER BLICKTE ÜBER DEN RAND ihrer Kaffeetasse auf ihre beiden Schwestern.

Es war ein warmer Herbstnachmittag und die drei Hexen hatten es tatsächlich geschafft, in einem der angesagtesten Cafés von San Francisco einen sonnigen Platz zu erhaschen.

»Wisst ihr, nur weil ich ausziehe, heißt das doch nicht, dass wir so etwas wie hier nicht mehr machen können.«

»Was denn?«, fragte Phoebe spitz. »Kaffee in uns hineinpumpen und Pläne zur Bekämpfung von Hexern schmieden?«

»Nein, zusammen abhängen«, sagte Piper. »Ich möchte jedenfalls nicht zu diesen verheirateten Langweilerinnen gehören, mit denen niemand mehr etwas zu tun haben will, weil sie keinen Spaß mehr verstehen.«

»Du hast noch nie Spaß verstanden«, frotzelte Prue lächelnd.

»Habe ich wohl. Und jetzt bin ich *Misses Fun* persönlich!«

»Weißt du, *Misses Fun*«, warf Prue ein, »ich mache mir eigentlich weniger Sorgen um deine Freizeitgestaltung als um unsere besonderen Verpflichtungen.«

Piper schüttelte den Kopf. Dieses Argument konnte sie nicht durchgehen lassen. »Aber wir werden doch ständig getrennt voneinander angegriffen. Erst gestern zum Beispiel. Und dann haben wir uns getroffen und die Sache gemeinsam geregelt.«

Prue wollte gerade etwas erwidern, als neben dem Tisch der drei Hexen ein zischendes Geräusch ertönte.

Prue, Piper und Phoebe drehten sich herum.

Der Hexer hatte sich auf einen freien Stuhl neben

ihnen materialisiert und grinste die Schwestern selbstgefällig an. »Wisst ihr, Mädels, es wird immer schwerer, euch zu finden. Ich hatte schon gedacht, dass ihr mir aus dem Weg geht.«

Prue stellte ihre Kaffeetasse ab und funkelte den Hexer an. »Oh, *du* kannst denken. Das ist ja schon mal ein Fortschritt für einen Hexer. Andererseits – Katzen sollen ja ziemlich schlau sein, sagt man.«

Der Hexer grinste noch breiter und fläzte sich in den Stuhl. »Oho«, höhnte er, »ist das der Moment, wo ich rufen sollte ›Oh, nein – sie wissen alles‹, um dann wegzulaufen?«

»Vielleicht gar keine so schlechte Idee«, knurrte Phoebe.

»Oder was sonst?«, funkelte der Hexer. »Werdet ihr mich sonst etwa töten?«

»Nein, wir werden etwas viel Schlimmeres tun«, erwiderte Piper. »Wir werden dich nicht töten.«

»Na, so was. Die kleinen Hexen glauben, sie hätten einen Plan.«

Ganz langsam stand der Mann auf, ohne die *Zauberhaften* aus den Augen zu lassen. »Aber ihr wisst ja, was man sagt: Es kommt immer anders, als man denkt!«

In genau diesem Moment zog der Hexer ein Messer aus der Tasche und zog mit der anderen Hand eine Frau an sich heran, die gerade zufällig vorbeikam, um nach einem freien Platz zu suchen. Bevor die Frau Zeit hatte, zu schreien, stieß der Hexer ihr sein Messer zwischen die Rippen.

Die drei Schwestern erstarrten, während er sie kalt angrinste. Für den nur Sekundenbruchteile dauernden Todeskampf der Frau hatte er nicht einmal einen Blick übrig.

Piper war von der Kaltblütigkeit des Mannes so schockiert, dass sie ihren Erstarrungszauber erst anwandte, als es bereits zu spät war.

Dann sprang Phoebe auf, griff nach einem Kuchenmesser, das auf ihrem Tisch lag und rammte es dem immer noch grinsenden Hexer in die Brust.

Wieder verpuffte er in einer übel riechenden Wolke aus zerplatzendem Schleim. Das Messer, das vor einer Sekunde noch in seiner Brust gesteckt hatte, fiel zu Boden.

Phoebe beugte sich über die Frau, die reglos auf dem Boden lag.

»Rufen Sie einen Notarzt«, rief Prue den anderen Gästen zu, doch Phoebe wusste, dass für die Frau jede Hilfe zu spät kam.

Es sah aus, als hätte der Hexer das ultimative Druckmittel gefunden, um den *Zauberhaften* seinen Willen aufzuzwingen.

Ein seltsamer, aber nicht unangenehmer Geruch erfüllte die Küche des Halliwell-Hauses. Prue und Phoebe beobachteten, wie Piper ein paar magische Zutaten in einen großen Kochtopf warf und miteinander verrührte.

Die Stimmung der drei Schwestern war mehr als gedrückt.

Phoebe hatte Recht behalten: Sie hatten der jungen Frau – dem Opfer des Hexers – nicht mehr helfen können. Als der Sanitäter endlich eintraf, konnte er nur noch ihren Tod feststellen.

Zum Glück hatte sich die ganze grausame Szene in einem von Grünpflanzen verdeckten Teil des Cafés abgespielt, sodass keiner der anderen Gäste die Bluttat beobachtet hatte.

Die Polizei hatte den Mord als Tat eines Wahnsinnigen verbucht, dem nach dem Mordanschlag die Flucht gelungen war.

Womit die Beamten gar nicht so falsch lagen.

Die drei Schwestern hatten – als einzige Zeugen – ein

paar Fragen beantworten und ein Dutzend Formulare ausfüllen müssen, dann konnten sie nach Hause gehen. Auf dem Rückweg hatten sie kaum ein Wort gewechselt.

»Die arme Frau«, sagte Phoebe schließlich, als Piper ein paar Kräuter in den Kochtopf streute. »Ihr Tod war so sinnlos. Und sie hatte ...«

»... nicht den Hauch einer Chance«, vollendete Prue den Satz. »Aber ihr Tod hatte einen Sinn, Phoebe, wenigstens für ihn. Er hat uns eine Botschaft mitgeteilt.«

»Ja«, nickte Piper, »und ich denke, sie ist bei uns angekommen. Aber wir können nichts tun, als das, was wir bereits versucht haben.«

»Und das bedeutet? Er mordet einfach immer weiter, bis wir ihn töten?«, fragte Phoebe.

»Ganz genau.« Piper nickte und ließ eine kleine Wurzelknolle in den Topf fallen. Ein leises Zischen ertönte.

»Aber wir *dürfen* ihn nicht mehr töten«, warf Prue ein und blickte dann in den Topf. »was brutzelst du da eigentlich? Ein Zauberelixier?«

Piper schüttelte den Kopf. »Nein, leider nicht. Ich wüsste gar nicht, wie ich ein Elixier brauen sollte, das uns gegen ihn helfen könnte. Ich improvisiere nur. Grams hat mir das beigebracht.« Prue seufzte und zog den Kochlöffel aus dem Topf. Eine zähe, graue Masse tropfte herunter. »Aber bis jetzt ist nur Schlamm dabei herausgekommen.«

Phoebe schüttelte den Kopf. »Also, Mädels, wie tötet man einen Hexer, den man nicht töten darf?«

»Tja«, sagte Prue, »wir haben nur noch drei Versuche, um das herauszufinden.«

Prue starrte nachdenklich in den Topf mit der brodelnden grauen Masse. Wenn doch nur Großmutter noch leben würde. Die weise alte Hexe hätte ihnen bestimmt helfen können. Grams hatte immer gewusst, was zu tun war ...

1999

Großmutter Halliwell stand in der Küche und rührte ein paar Zutaten in einem großen Topf zusammen. Die alte Dame hatte sorgfältig darauf geachtet, neben den magischen Zutaten auch ein paar ganz gewöhnliche Gewürze und Küchenkräuter in das Zauberelixier zu streuen, damit die drei Schwestern keinen Verdacht schöpften. Für jemanden, der keine Ahnung von Hexenmagie hatte, musste der Inhalt des Topfes riechen, wie eine ganz normale Gemüsesuppe. Aber was da köchelte war mehr, viel mehr ...

Grams drehte sich um, als Piper in die Küche stürmte. »Ich werde jetzt die letzten Schokoladen-Brownies verputzen, Grams«, sagte Piper fröhlich, »und versuch nicht, mich davon abzuhalten.«

Großmutter Halliwell lächelte ihre Enkeltochter an. »Ich fürchte, Prue ist dir zuvorgekommen. Aber was hältst du davon, wenn wir beide zusammen einen sündhaft kalorienreichen Doppel-Schoko-Kuchen backen?«

Piper blickte ihre Großmutter halb amüsiert, halb skeptisch an. »Ich weiß nicht. Dann könnte ich mir die Schokolade auch gleich auf die Hüften schmieren. Was kochst du denn da?«, fragte sie und blickte neugierig in den Topf.

Großmutter winkte ab. »Ach, ich improvisiere nur ein wenig.«

Die beiden blickten sich um, als Phoebe an der Küchentür vorbeiging und ihren Haustürschlüssel vom Schlüsselbrett an der Wand nahm. Sie trug eine schwarze Lederjacke und wollte damit sicherlich nicht zur nächsten Bibliothek gehen, um ein Schulreferat vorzubereiten.

»Oh, äh, Phoebe«, rief Großmutter. »Piper und ich wollen gerade etwas backen – möchtest du nicht mitmachen?«

Phoebe machte sich nicht die Mühe, auf die Frage ihrer Großmutter zu antworten.

»Wo gehst du denn hin?«, fragte Grams.

»Aus«, sagte Phoebe nur und warf ihrer Großmutter einen kühlen Blick zu. Dann verließ sie ohne ein weiteres Wort das Haus.

Großmutter Halliwell blickte ihr traurig nach. Piper seufzte und band sich eine Küchenschürze um.

»Brauchst du etwas Hilfe?«, fragte sie und blickte ihre Großmutter lächelnd an. Dann griff sie ohne darüber nachzudenken nach ein paar Kräutern und Gewürzen und schüttete sie wohldosiert in den großen Kochtopf. Grams beobachtete sie still lächelnd.

»Was guckst du so?«, fragte Piper freundlich.

»Woher weißt du, was du hinzufügen musst?«, fragte Großmutter. Es war eine rhetorische Frage. Sie wusste die Antwort.

»Na ja, man braucht etwas, um den scharfen Geschmack der Senfkörner auszugleichen«, erwiderte Piper ohne zu zögern, »und das Meersalz verstärkt den Geschmack der, äh ...«

Piper brach mitten im Satz ab, als sie spürte, wie der liebevolle Blick ihrer Großmutter auf ihr ruhte. Seit Wochen versuchte Grams nun schon, ihre Enkelin davon zu überzeugen, dass sie eine begnadete Köchin war. Aber Piper wollte nichts wissen. Kochen war für sie ein Hobby, mehr nicht. Wie sollte man damit Geld verdienen?

»Piper«, seufzte Großmutter Halliwell, »du bist ein Naturtalent. Warum bestehst du nur darauf, dein Leben hinter irgendeinem Bankschalter zu verschwenden?«

»Weil ich mit diesem ›Talent‹ keine Krankenversicherung bezahlen kann«, antwortete Piper schärfer, als sie es eigentlich wollte. »Grams, Prue heiratet bald und Phoebe ist ... na ja, Phoebe eben. Jemand von

uns Schwestern muss realistisch bleiben und praktisch denken.«

Großmutter schüttelte den Kopf. »Aber nicht, wenn dabei deine Träume auf der Strecke bleiben.«

»Aber sonst bleibt dieses große, teure Haus auf der Strecke – und ich werde deine Krankenhausrechnungen nicht mehr bezahlen können.«

Piper senkte den Blick. »Es tut mir Leid, wenn ich dich enttäusche, Grams.«

Die beiden umarmten sich. »Das könntest du gar nicht«, sagte Großmutter.

Piper löste sich sanft aus der Umarmung und verließ traurig die Küche. »Ich tue nur, was ich tun muss.«

Großmutter blickte ihr nach.

»Das tue ich auch«, flüsterte sie.

Tief seufzend griff sie zu einer großen Küchenpipette und tauchte sie in den Topf mit dem brodelnden Elixier. Dann träufelte sie die Flüssigkeit in ein elegantes Glasfläschchen mit einem kunstvoll gearbeitetem, spitzen Verschluss.

Tränen stiegen ihr in die Augen. Sie spürte ein Stechen in der Brust, als sie den Flakon zustöpselte.

»Meine geliebten Enkel. Ihr seid noch nicht bereit. Ich muss verhindern, dass ihr zu den Zauberhaften *werdet ...«*

»Ah, die *Zauberhaften*!«

Prue, Piper und Phoebe fuhren herum, als sich der fette Hexer im Wohnzimmersessel materialisierte und die drei Hexen hämisch angrinste. »Was muss man hier eigentlich tun, um anständig getötet zu werden, hä?«

Prue funkelte den Hexer an. »Mach dir keine Hoffnungen. Das wird nicht mehr passieren!«

»Ach nein?« In aller Seelenruhe erhob sich der Mann.

Dabei kratzte er sich nachdenklich am Kopf. »Hmm, ich könnte jemandem den Kopf abschlagen. Das ist ja schnell gemacht.«

»Denk nicht mal daran«, zischte Piper böse. Mit einer Handbewegung brachte sie den Hexer zum Erstarren.

»Hey, warum lasse ich ihn nicht einfach immer wieder bis Mitternacht erstarren? Dann haben wir endlich Neumond und wir sind den Kerl für immer los!«

Prue schüttelte nur den Kopf und deutete auf den Hexer. Piper folgte dem Blick ihrer Schwester und sah dann fassungslos, wie der Widerling sich langsam aus der magischen Erstarrung befreite. Dann streckte er sich wie nach einem Nickerchen. »Ahh, das tat gut«, gähnte er, »ich werde langsam immer besser.«

»War ja nur so eine Idee.« Piper zuckte mit den Schultern.

Das Lächeln auf dem Gesicht des Hexers erstarb.

»Schluss jetzt mit diesem Theater«, knurrte er. »Ihr wisst genau, dass ich einfach immer weiter morden werde, bis ihr das macht, was ich will. Und eins kann ich euch versprechen: Beim nächsten Mal werde ich mir Zeit lassen und es genießen. Und ihr wollt einfach dabei zusehen? Wie viele Menschen werden sterben müssen, bevor ihr tut, was ich euch sage?«

»Niemand mehr!« Prue wusste, dass es ein Fehler war, aber sie konnte einfach nicht anders. Sie erinnerte sich daran, wie der Hexer erst vor ein paar Stunden eine völlig unschuldige Frau ermordet hatte.

Mit der Kraft ihrer Gedanken ergriff sie einen Brieföffner, der auf der Kommode im Flur lag. Das lange, silberne Messer wirbelte pfeilschnell durch die Luft – und bohrte sich in die Brust des Hexers.

Sein Gesicht wurde zu einer Grimasse, in der sich Schmerz und Triumph miteinander vermischten. Wieder war er seinem Ziel ein Stück näher gekommen.

In einer schwarzen Schleimwolke verpuffte er.

Der Brieföffner fiel klirrend zu Boden.

Piper ließ die Schultern sinken. »Tut mir Leid. Ich musste es einfach tun.«

»Ich hätte es auch getan«, nickte Phoebe, »aber du bist mir zuvorgekommen.«

»Jetzt hat er nur noch zwei Leben übrig«, sagte Prue resignierend.

»Und uns bleibt nur noch eine Hoffnung.« Piper deutete mit einem Kopfnicken auf die Treppe zum Dachboden.

Phoebe blickte sie fragend an. »Aber wir haben doch schon im *Buch der Schatten* nachgesehen!«

»Dann werden wir es eben noch einmal tun! Es muss doch einen Weg geben!«

»Es muss doch einen anderen Weg geben!«, sagte der Geist von Patty Halliwell, der im dunklen Dachboden hell aufstrahlte. »Warum gerade jetzt?«

Grams blätterte im Buch der Schatten *und schüttelte dabei traurig den Kopf. »Wir wissen doch beide genau, warum. Nur traut sich keiner von uns, es auszusprechen.«*

Großmutter Halliwell zuckte zusammen, als sie erneut einen scharfen Stich in der Brust spürte. Trotz der Behandlung im Krankenhaus und aller teuren Medikamente kamen die Herzschmerzen jetzt immer öfter und mit größerer Heftigkeit. Dass sie jetzt auch noch über das Schicksal ihrer Enkeltöchter – und damit vielleicht über das der ganzen Welt – entscheiden musste, war eine große Belastung für ihre angeschlagene Gesundheit.

»Bitte, tu es nicht!«, flehte ihre Tochter.

»Patty«, sagte Großmutter streng, »es geht mir nicht besonders gut. Wenn ich sterbe ...«

»Mutter! Sag nicht so etwas!«

»Wenn ich sterbe«, wiederholte Grams, »werden die Mädchen ihre Kräfte bekommen. Und ich darf nicht zulassen, dass das passiert!«

»Aber es ist ihr Schicksal! Ihre Bestimmung!«, protestierte Patty.

Grams schüttelte nur traurig den Kopf. »Wer sind wir, dass wir das Recht haben, darüber zu entscheiden, ob es ihr Schicksal ist, Hexen zu werden?«

»Und woher sollten wir das Recht haben zu entscheiden, dass sie keine Hexen werden sollen? Diese Entscheidung liegt nicht bei uns!«

»Aber es ist meine Aufgabe, die drei zu beschützen.«

Ein neuer Stich durchzuckte ihre Brust. Noch heftiger als der erste. Großmutter taumelte zurück zum Buch der Schatten.

»Mom, alles in Ordnung?«, rief Patty erschrocken.

»Keine Sorge, es geht mir gut. Versuch nicht, das Thema zu wechseln. Patty, sie sind noch nicht bereit. Vielleicht werden sie es nie sein. Willst du sie wirklich diesem Risiko aussetzen?«

Patty verstummte.

Großmutter Halliwell nahm die große Kerze in die Hand, die auf dem Podest flackerte und pustete die Flamme aus.

»Gute Nacht«, flüsterte sie, als Patty sich in einem Lichtblitz auflöste.

Dann klappte sie den Deckel einer alten Eichentruhe mit einem telekinetischen Stoß auf. Sie zögerte eine Sekunde und blickte auf das Buch der Schatten, *jenen alten, magischen Folianten, der seit vielen Generationen im Besitz der Halliwells war. Durfte sie diese Tradition wirklich brechen?*

Aber sie hatte sich längst entschieden. Sie musste es tun.

Sekunden später schwebte das Buch der Schatten *durch die Luft und verschwand in der Truhe.*

Mit einem leisen Knall, der etwas entsetzlich Endgültiges hatte, fiel der Deckel der Truhe wieder zu.

Dann griff Großmutter Halliwell nach der kleinen Flasche mit dem spitzen Verschluss und betrachtete sie nachdenklich.

»Jetzt oder nie«, flüsterte sie.

Grams verließ den Dachboden und zog die Tür hinter sich zu. Sie wusste, dass sie damit eine jahrhundertelange Tradition beendete. Die Last der Verantwortung lag schwer auf ihrem Herzen.

Mit langsamen Schritten und schwer atmend, begann Großmutter, die Treppen hinabzusteigen.

Der Schmerz in ihrer Brust kam so plötzlich wie ein Blitzschlag.

Großmutter stöhnte auf und griff sich an die Brust. Das Fläschchen mit dem spitzen Verschluss stürzte zu Boden und kullerte die Treppe herunter.

Eine alles verschlingende schwarze Wolke schob sich vor ihre Augen und tauchte die Welt in Dunkelheit, bis es nur noch den rasenden Schmerzen in ihrem Herzen gab.

Nein, durchfuhr es sie, nicht jetzt! Ich habe versagt!

Dann verlor Großmutter Halliwell das Gleichgewicht und stürzte kopfüber die steile Treppe herunter.

Doch das spielte keine Rolle mehr. Ihr Herz hatte schon aufgehört zu schlagen, bevor sie die erste Treppenstufe berührte.

Sekunden später raste Piper in den Flur. Der Treppensturz war im ganzen Haus zu hören gewesen.

»Grams?«

Pipers Schrei durchschnitt die gespenstische Stille, die darauf gefolgt war. »Oh, nein! Grams! Prue! Phoebe! Helft mir!«

Prue und Phoebe liefen aus ihren Zimmern.

Unten im Flur umklammerte Piper ihre tote Großmutter.

6

PRUE, PIPER UND PHOEBE HIELTEN sich die Ohren zu, als der Hexer wie am Spieß schrie. Der Vergleich war gar nicht so unpassend, denn in seiner Brust steckte ein schlankes, antikes Schwert, das Piper in ihn hineingebohrt hatte.

Dann zerplatzte er – wie üblich – in einer widerlichen Schleimexplosion.

Die drei Schwestern hatten kaum den Dachboden betreten gehabt, als der Hexer hinter ihnen aufgetaucht war. Diesmal war es Piper gewesen, die zuerst reagiert und das alte Schwert in seine Brust gerammt hatte.

»Tja, das wäre dann Tod Nummer acht«, sagte Prue und verschränkte die Arme vor der Brust. Piper und Phoebe traten neben sie.

»Bleibt nur noch eins übrig«, bemerkte Piper.

Phoebe schüttelte ärgerlich den Kopf. Sie wusste nicht wieso, aber als sie vorhin die Treppe zum Dachboden hinaufgestiegen waren, hatte sie an Grams denken müssen, die vor drei Jahren auf eben dieser Treppe gestorben war.

»Das ist einfach nicht fair«, sagte sie.

Piper deutete auf die Schleimflecken auf dem Fußboden. »Ja, ich weiß, aber mit etwas warmen Wasser und Kernseife ...«

»Nein, das meine ich nicht«, brummte Phoebe. »Der Tod ist endgültig, nicht nur ein kurzer Augenblick. Und dieser Mistkerl betrügt ihn nicht nur ein Mal, sondern gleich neun Mal.«

Piper gab ihr Recht. »Ja, wer das Schicksal betrügt, sollte nicht auch noch davon profitieren.«

»Wisst ihr«, warf Prue nachdenklich ein, »wenn er

wüsste, wie der Tod wirklich ist – nicht diese Kurzversion, sondern der richtige Tod –, dann wäre er vielleicht nicht so wild darauf, immer wieder zu sterben.«

»Und was wäre, wenn wir es ihm zeigen würden?« Irgendwo tief in Phoebes Hinterkopf dämmerte ein Gedanke.

»Wie meinst du das?«, fragte Piper.

»Na ja, jedes Mal, wenn er stirbt, spürt er doch Schmerzen, oder?«

»Ja, aber nur für eine Sekunde«, nickte Prue.

»Aber was wäre, wenn wir diese Sekunde irgendwie verlängern könnten? Ich meine, den Augenblick seines Todeskampfes, in dem er tatsächlich Schmerzen verspürt. Und wenn wir diesen Augenblick dann neunfach verstärken würden?«

»Dann würde er den Schmerz seiner neun Tode spüren«, sagte Piper, »und das könnte vielleicht ausreichen, um ihn wirklich zu töten.«

Prue stieß laut den Atem aus. »Tja, wir haben dafür nur noch einen einzigen Versuch übrig. Oder hat jemand eine andere Idee?«

Phoebe und Piper schüttelten den Kopf.

»Dann los!«

1999

Piper ging in Gedanken versunken die Treppe des Halliwell-Hauses hinunter. Aus den Augenwinkeln nahm sie plötzlich einen kleinen, blauen Gegenstand wahr, auf den sie beinahe getreten wäre. Piper bückte sich und hob ein kunstvoll angefertigtes Glasflakon mit einem spitzen Verschluss auf. Sie betrachtete es verwundert.

»Hey!«, rief Prue von unten. Sie war ebenso wie Piper schwarz gekleidet. Die Schwestern waren noch nicht dazu gekommen, sich nach der Beerdi-

gung umzuziehen. »Alles in Ordnung?«, fragte Prue leise.

»Ich ... nicht wirklich«, antwortete Piper. »Ich weiß nicht, wie ich mit all dem umgehen soll, Prue. Ich meine nicht nur die Tatsache, dass wir sie verloren haben, auch die Rechnung für die Beerdigung, die Ärzte, die Rechtsanwälte ... und es ist niemand da, der uns irgendwie helfen könnte.«

Prue nickte. »Aber die Trauerfeier heute war wirklich wunderschön – sofern man das von einer Beerdigung behaupten kann.«

Piper spürte, wie ihr die Tränen in die Augen stiegen. »Grams hätte es gefallen, was du an ihrem Grab gesagt hast, Prue.«

»Danke.« Die beiden Schwestern gingen mit langsamen Schritten hinüber ins Wohnzimmer. »Es klingt irgendwie seltsam, aber ... glaubst du, sie hat es gehört?«

Piper lächelte. »Ja, ich glaube, das hat sie.«

Und das war mehr als nur eine Redensart. Aus irgendeinem Grund spürte Piper tatsächlich, dass Großmutter immer noch bei ihnen war.

»Ich würde trotzdem gerne wissen, was sie da oben gemacht hat«, sagte Prue.

»Wo oben?«, fragte Phoebe. Sie saß auf dem Wohnzimmersofa und blickte auf, als ihre Schwestern eintraten.

»Piper glaubt, dass Großmutter auf dem Dachboden war, bevor sie starb«, erklärte Prue.

Phoebe runzelte die Stirn. »Das ist unmöglich. Sie hat doch immer gesagt, dass der Dachboden versiegelt ist.«

»Kann schon sein«, erwiderte Piper. »Aber was hat sie dann auf der Stufe zum Speicher gemacht?«

Phoebe stand auf. »Ich glaube, die wichtigere Frage ist: Was machen wir jetzt?«

»Wie meinst du das?«, fragte Prue.

»Ich meine genau das, um was sich Grams immer Sorgen gemacht hat: unsere Zukunft. Schließlich war sie der einzige Grund, warum wir hier zusammen wohnten. Prue, du wirst doch ohnehin heiraten und ausziehen. Und du Piper – na ja, ich weiß genau, dass du mich nur so lange erträgst, wie es unbedingt nötig ist.«

Phoebe seufzte. Ihre Schwestern blickten sie verwundert an. So viel hatte Phoebe schon lange nicht mehr mit ihnen geredet.

»Geben wir es doch zu«, beendete Phoebe ihre kleine Ansprache. »Grams war der Klebstoff, der uns zusammengehalten hat.«

»Warum, äh, besprechen wir das nicht einfach beim Essen«, fragte Piper. »Ich könnte Grams Lieblingsgericht kochen. Sie hat es immer gern gesehen, wenn ich in der Küche hantiert habe.«

Prue schüttelte den Kopf. »Ich wollte eigentlich heute bei Roger übernachten.«

Piper nickte und blickte dann hoffnungsvoll auf ihre jüngste Schwester. »Okay. Was ist mit dir, Phoebe? Dinner for Two?«

Phoebe blickte ihre beiden Schwestern an.

»Ich, äh, hatte eigentlich daran gedacht, mich aus dem Staub zu machen«, sagte sie nach einer langen Pause.

»Gehst du noch aus?«, fragte Piper.

»Nein«, sagte Phoebe. »Ich gehe fort.«

Sie deutete auf eine Reisetasche, die bis jetzt versteckt unter dem Wohnzimmertisch gestanden hatte.

»Ich bin nicht sicher, wo meine Zukunft liegt, aber ich bin mir ziemlich sicher, dass sie nicht in San Francisco liegt.«

Prue holte tief Luft. »Phoebe, du musst nicht ...«

Doch Phoebe schüttelte nur den Kopf. »Schon okay.

Wir wissen doch alle, dass ich die Unruhestifterin von uns dreien bin, also ... mal sehen, was New York von mir hält. Was immer meine Bestimmung sein mag – vielleicht finde ich sie dort.«

»Phoebe, was ist mit der Schule?«, fragte Piper, als Phoebe ihre Tasche aufnahm.

»Tja, ich schätze, dass die Schule noch da sein wird, wenn ich wiederkomme. Grams hat immer gesagt, dass unser Leben ein Ziel hat. Vielleicht finden wir es leichter, wenn jede für sich allein sucht.«

Phoebe drehte sich um und ging.

Phoebe lief die Treppe zum Flur hinunter. Es war kurz vor Mitternacht. Und eins war sicher: Bevor die Uhr zwölf schlug, würde der Hexer wieder auftauchen, um seinen letzten Tod einzufordern – und um danach unsterblich und unbesiegbar zu werden.

»Hast du den Zauberspruch aufgeschrieben?«, rief Prue, die aus dem Wohnzimmer gerannt kam.

Phoebe hielt einen kleinen Zettel hoch. »Alles bereit«, antwortete sie. »Was macht das Zauberelixier?«

Piper rannte aus der Küche und hielt ein kleines Fläschchen in der Hand. »Bereit! Spitzer Gegenstand?«

Prue hielt den alten, rostigen Feuerhaken hoch, der normalerweise neben dem Kamin stand. »Bereit!«

»Ooh, gute Wahl!«, lobte Phoebe.

»Danke«, lächelte Prue.

»Okay, Leute«, sagte Piper, »wie stehen unsere Chancen, dass dieser Plan gelingt?«

Phoebe runzelte die Stirn und machte dann ein unschuldiges Gesicht. »Na schön, auf einer Skala von eins bis zehn, wobei zehn dafür steht, dass wir ihm kräftig in den Hintern treten und eins dafür, dass er lachend zusieht, wie wir nackt in einer Stichflamme verbrennen, würde ich sagen ...«

Piper hob eine Hand. »Vielleicht solltest du mich einfach anlügen.«

Phoebe wollte etwas erwidern, als die Haustür aufgestoßen wurde. Mit einem breiten, triumphierenden Grinsen stapfte der Hexer in den Flur.

»Ah, ich liebe es zu siegen«, höhnte er.

Prue verdrehte die Augen. »Ja, schon klar. Können wir die Sache nicht einfach hinter uns bringen?«

Der Hexer schüttelte in gespielter Entrüstung den Kopf. »Wo bleiben nur eure Manieren?«, fragte er mit gekränkter Stimme.

»Wir haben sie verloren, als du diese Frau ermordet hast«, knurrte Phoebe.

Der Hexer lachte auf. »Tja, und wessen Schuld war das wohl?«

Dann stutzte er. Mit einem misstrauischen Blick musterte er Prue, Piper und Phoebe, die ihm gegenüberstanden.

»Moment mal – haltet ihr mich für einen Idioten? Ihr habt doch irgendetwas vor! Ihr wisst genau, dass ich als Unsterblicher wiederkommen werde, um euch in die Mangel zu nehmen.«

Piper zuckte mit den Schultern. »Willst du nun sterben, oder nicht?«

Der Hexer funkelte die drei Schwestern an. Er war noch immer misstrauisch, aber was konnten die Hexen schon tun? Er hatte sie in der Hand. Der Hexer breitete die Arme aus und erwartete genussvoll den letzten Todesstoß. Es würde das letzte Mal sein, dass er einen kurzen Schmerz verspüren würde. Dann warteten Unsterblichkeit und Unverwundbarkeit auf ihn.

»Tut es!«, grollte er.

Prue, Piper und Phoebe blickten sich kurz an. Jetzt würde sich zeigen, ob ihr gewagter Plan auch funktionierte. Sie hatten nur diesen einen Versuch.

»Jetzt!«, rief Prue.

Piper reagierte sofort. Sie ließ den Hexer mit einer Handbewegung erstarren und schleuderte im gleichen Augenblick das Fläschchen mit der Zaubermixtur in seine Richtung. Das dünne Glas zerplatze sofort und bespritzte den noch regungslosen Hexer mit einer durchsichtigen Flüssigkeit.

Dann bohrte Prue den spitzen Schürhaken zielsicher in seine Brust.

Ein kurzes Zittern ging durch seinen Körper.

Die drei Schwestern begannen, zu singen:

»Neun Mal will er den Tod betrügen,
keinen Schmerz verspüren, das Leben belügen,
der Hexer, der sich so vergisst
soll spüren, was er dabei vermisst.«

Sie blickten gebannt auf den Hexer, in dessen Brust noch immer der Schürhaken steckte. Das schmerzverzerrte Gesicht des Mannes verwandelte sich in eine Grimasse des Triumphes, als die Lebensgeister ihn zum neunten Mal verließen.

Doch dann entfaltete der Zauber der Schwestern seine Wirkung. Anstatt sich wie bisher in einer Schleimexplosion aufzulösen, verformte sich der Körper des Hexers. Er blickte überrascht an sich herunter.

Acht kleine Schatten, Silhouetten seiner selbst, lösten sich aus dem Fußboden und begannen, den Hexer in rasendem Tempo zu umkreisen. Dann stieß ein Schatten nach dem anderen in seinen Körper und verschwand darin.

Der Hexer riss die Augen auf. Der neunfache Schmerz des Todes wütete plötzlich in seinen Eingeweiden. Sein Körper verkrampfte sich und schien Blasen zu werfen.

»NNEEEEIIN!«, schrie er auf.

Aber es war zu spät.

In einem nachtschwarzem Licht explodierte der Hexer und erlebte das letzte Mal den Todeskampf.

Die drei Schwestern schluckten. Piper war die Erste, die ihre Wort wieder fand. »Okay, äh … ist er diesmal wirklich weg?«

Prue deutete auf die alte Standuhr in der Ecke des Raumes. »Wenn nicht, dann wird er wahrscheinlich sein Ohr vermissen, denn ich glaube, ein Teil davon tropft gerade von der Uhr herunter.«

»Igitt«, kommentierte Piper.

»Tja, aller guten Dinge sind neun«, sagte Phoebe. »Diesmal sah es anders aus als sonst. Ich schätze, der Kerl ist fort.«

Piper holte tief Luft und blickte ihre beiden Schwestern an.

»Aber wir nicht, wir sind immer noch hier. Und zusammen.«

Vielleicht war dies nicht der richtige Augenblick, um sentimental zu werden, aber ihr wurde bewusst, dass sie wieder einmal eine mächtige Gefahr abgewehrt hatten. Doch nur, weil sie gemeinsam dagegen angetreten waren.

»Aber nicht mehr lange«, sagte Phoebe und deutete auf Pipers Umzugskartons, die immer noch im Flur standen. »Gibt es irgendetwas Besonderes, das du an deinem letzten Abend hier tun möchtest?«

Piper zögerte. »Ich weiß nicht. Könnte ich wohl ein paar Minuten allein sein?«, fragte sie dann.

Phoebe und Prue nickten verständnisvoll und gingen dann schweigend die Treppe zu ihren Zimmern hinauf.

Piper blickte ihnen ein paar Sekunden nach und ging dann mit langsamen Schritten durch das Wohnzimmer. Jedes Möbelstück, jedes Bild schien mit schönen oder traurigen Erinnerungen behaftet zu sein. Es war, als ob das ganze Haus zu ihr sprechen würde. Und das hatte

nichts mit Magie zu tun – nur mit den vielen glücklichen Jahren, die sie hier verbracht hatte. Mit Prue. Und Phoebe. Und Grams.

Seufzend ließ sich Piper auf das alte Sofa fallen. Sie liebte sogar das gemütliche Quietschen, das die ausgeleierten Sprungfedern in der Polsterung von sich gaben.

Piper blickte auf einen der Umzugskartons, der geöffnet neben ihr auf dem Boden stand.

Eine kleine, kunstvoll geschliffene Flasche mit einem spitzen Verschluss schaute heraus.

Sie griff in den Karton und holte den Flakon heraus. Sie hatte das Fläschchen als Andenken an Grams eingepackt. Irgendetwas brachte sie jetzt dazu, die kleine Flasche hochzuheben und auf die Unterseite zu schauen.

Ein kleiner, zusammengefalteter Zettel war daran festgeklebt. Piper wickelte ihn auseinander und erkannte sofort Grams elegante, etwas altmodische Schrift.

Der Zettel war eine Art Inhaltsangabe. Fein säuberlich hatte Großmutter alle Zutaten notiert, aus denen die Flüssigkeit bestand, die die Flasche in ihrem Innern bewahrte.

Ein Zauberelixier, keine Frage. Und Piper beherrschte die Kunst, Elixiere herzustellen, mittlerweile so meisterhaft, dass sie genau wusste, wofür Großmutter diese Mixtur angefertigt hatte.

Oh, Grams, dachte Piper, es tut mir Leid, dass wir drei nicht früher zueinander gefunden haben.

Dann legte sie das Fläschchen sorgsam zurück und stand auf.

Es wurde Zeit, eine Entscheidung zu treffen.

7

DIE WARME VORMITTAGSSONNE fiel auf die Straße, die am Halliwell-Anwesen vorbeiführte. Leo war gerade damit beschäftigt, ein paar schwere Umzugskisten in den Kofferraum seines Wagens zu wuchten, als Piper aus dem Haus kam.

Leo stellte den Karton ab und blickte sie skeptisch an. »Ist alles okay?«

Piper lächelte unsicher. Und ein wenig schuldbewusst. »Bin ich so durchschaubar?«

»Nein, ich bin nur so unglaublich aufmerksam«, lächelte Leo. »Setz dich.«

Er deutete auf die hintere Stoßstange des Wagens. Die beiden ließen sich darauf nieder.

»Also?«

Piper holte tief Luft. Das war alles andere als einfach.

»Es fühlt sich nicht richtig an, Leo. Ich meine, irgendwann muss es ja mal passieren und ich will ja auch, dass es passiert, aber ... als Prue, Phoebe und ich damals wieder zusammengezogen sind, hat uns das auch als Schwestern wieder zusammengebracht. Und ich glaube, wir sind noch nicht so weit, um diese Beziehung wieder auf die Probe zu stellen. Und dann ist da auch noch dies hier.«

Piper zog den Zettel aus der Tasche, den sie auf der Unterseite der Flasche gefunden hatte und reichte ihn Leo.

»Ich glaube, wir wissen beide, was diese Mixtur mit uns dreien gemacht hätte. Grams wollte verhindern, dass wir Hexen werden, um wenigstens Schwestern bleiben zu können. Ich meine, das sollte uns doch etwas bedeuten, oder?«

Piper blickte vorsichtig zu Leo auf. »Wirst du mich jetzt hassen?«

Leo blickte sie lächelnd an und deutete mit dem Daumen auf den voll gepackten Kofferraum.

»Nicht, wenn du die Möbelpacker bezahlst, die das alles wieder zurücktragen.«

Ein paar Stunden später hatten Piper und Leo die Umzugskisten wieder zurück ins Haus gebracht. Ohne Möbelpacker.

Piper wollte gerade auf ihr altes Zimmer gehen, um die Kartons auszupacken, als Prue sie zu sich rief. »Piper? Können wir dich mal kurz sprechen? Es ist wichtig!«

Piper ging zurück ins Wohnzimmer. Prue und Piper saßen mit ernsten Gesichtern auf dem Sofa.

»Äh, sicher«, sagte Piper skeptisch. »Alles okay?«

Phoebe räusperte sich. »Ähm, ja. Wir freuen uns darüber, dass ihr wieder hier einziehen wollt, aber äh ... wir müssen dich doch bitten, wieder auszuziehen.«

»Wie bitte?« Piper traute ihren Ohren nicht.

»Aus deinem alten Zimmer«, ergänzte Prue und brach dann in ein breites Grinsen aus. »In meins. Ich meine, es ist doppelt so groß und ihr seid doch nun mal zu zweit.«

Piper war fassungslos. »Wirklich?«

»Wirklich.«

»Das wäre ... großartig!«

Piper sprang auf das Sofa und drückte Prue fest an sich.

»Uuurgh!«, rief Prue.

Phoebe tippte Piper auf die Schulter. »Hey!«, beschwerte sie sich, »ich habe auch eine Umarmung verdient. Immerhin räume ich mein ganzes Zeug aus dem Badezimmer heraus, damit du und Leo ... na ja ...«

Piper schlang den anderen Arm um Phoebe. »Das wäre wirklich großartig!«

»Siehst du«, sagte Prue, »das wird so sein, als ob du deine eigene Wohnung hättest.«

»Nur dass deine Schwestern auf demselben Gang wohnen«, ergänzte Phoebe.

»Wir wissen natürlich«, sagte Prue, »dass das nicht ewig so bleiben kann.«

»Nein«, sagte Piper und zog ihre Schwestern noch enger an sich heran, »aber die Ewigkeit hat noch längst nicht angefangen.«

Auf dem Dachboden des Halliwell-Hauses klappte sich das *Buch der Schatten* wie von Geisterhand zu.

Das *Zeichen der Drei* glühte kurz auf.

Drei Ringe, die fest miteinander verbunden waren.